十津川警部と七枚の切符《チケット》

西村京太郎 他著

安萬純一
井上 凜
川辺純可
獅子宮敏彦
山木美里
米田 京
和喰博司

論創社

巻頭言にかえて

西村《にしむら》　京太郎《きょうたろう》

【初出】
「思い出の一冊　『天使の傷痕』」、「オリンピックの終わり」
いずれも西村京太郎ファンクラブ誌『十津川エキスプレス第38号』より

思い出の一冊『天使の傷痕』

昭和三十八年の第二回オール讀物推理小説新人賞を得て、一応、作家になった。三十二歳である。同時に受賞した野上竜さんが、同じ三十二歳だったので、受賞者は同じ三十二歳の独身と書かれた。そのため、若い女性から何通かの手紙を頂いた。

いずれも、ラブレターのような心躍るものでも、受賞作の感想を書いたものでもなかった。文面は、殆《ほとん》ど同じだった。自分はひとりで上京して、ファッションの勉強をしている（他の職業を書いたものもあった）。ただ、マンションの部屋代が高くて困っている。私の勉強のサイクルと、作家のサイクルとは、昼と夜だろうから、部屋代を半分持って欲しいというのである。

何となく嬉《うれ》しかったが、実際には、それどころではなかった。推理小説新人賞は、短篇の賞だったので、注文が殆ど来ないのだ。これでは、長篇の賞を取るより仕方ないなと思っていた。それも、三十代の中に取りたかった。

今は長篇の賞も多い。しかし、私の頃は、江戸川乱歩賞だけだったから、一年に一回しか応募出来ないのである。実は以前ひそかに乱歩賞に応募したことがあって、その時は長篇の書き方がわからず、まず、サスペンス物を書いて送ったのだが、あの内容ではとても駄目だと思い、急いでトリック中心の本格を書いて送った。それでも不安なので、ハードボイルドを書いて送るということをしたことがあった。よく書けたものだと今になって思うが、一作も最終候補にもならなかった。その年の選評に、「一人で何篇も応募した人がいたが、そんなことをすれば一篇が軽くなり、いい作品になる筈がない」という言葉があった。私のことかどうかはわからなかったが、大いに反省して、今回は一篇にして、何度か書き直すことにした。

当時は、松本清張さんを始め、社会派全盛の頃だったし、自分でも、公害問題に関心があった。それに、水俣とか、薬害を連日、新聞が書き立てていたので、薬害が生む障害児問題を書くことにした。

現実に、障害児が生まれているし、マスコミが書き立てているので、書くことはさして難しくなかった。

問題はストーリイだった。ストーリイをいくら工夫しても、生まれてくる障害児の重さに負けてしまうのである。

サリドマイド児という実際の障害児が、丁度、三歳ぐらいで、世間に出て来る時期になっていたので猶更だった。どうしても、甘くなってしまう。結局、障害児問題を扱っていながら、その部分が、甘く感傷的になってしまった。それでも幸運にも、第十一回乱歩賞を受賞したが、自分でも甘い作品だと自覚している。

この時、テレビドラマ化の話もあったのだが、障害児を写していいのか悪いのかという論争になって、結局、写すのは難しいということで、ドラマ化は出来なかった。

オリンピックの終わり

だんだん、オリンピックが詰まらなくなってきている。あまりにも多くの種目をやるからである。

二年前、日本でラグビー世界戦が行われた。たった一種目の試合でも連日、観客であふれ、六十億円の収益があったといわれる。

これは、ラグビーに限らない。プロ野球のワールドシリーズでも、ゴルフでも、テニスの四大大会でも、オリンピックの同じ試合より、人気がある。

それなのに何故、四年に一回、世界一カ所に選手が集って、他の種目と一緒に、競技しなければならないのか。

オリンピックの野球に、アメリカの一流選手が来なかったり、テニスのゲームに、一流テニス選手が出て来ない。当然である。オリンピックが、あまり意味がないからだ。

それでもオリンピックは、平和の祭典だから必要という主張がある。モスクワやロスアンゼルスで、必ずしも平和の祭典でないことがわかってしまった。

それどころか、オリンピックが、政治利用される恐れが多くなった。

オリンピックが、もっとも政治的に利用されたのは、ベルリン大会だろう。

一面、もっとも成功したといわれるベルリン大会だが、完全にナチスのプロパガンダだった。日本も間違いなく、東京オリンピックを政治利用しようとしている。オリンピックを成功させれば、政府の支持率があがる。それに乗じて、総選挙に突入すればという胸算用が、見え見えです。

そのため、東北復興オリンピックとか、コロナに打ち勝ったオリンピックとか、日本人の好きな「純粋なオリンピック」とは、どんどん離れていっているような感じがする。

それにしても政府の好きな「聖火リレー」だが、この奇妙な行事は、プロパガンダだったベルリン大会から始まっている。

十津川警部と七枚の切符《チケット》

目次

振り子電車殺人事件

西村《にしむら》 京太郎《きょうたろう》

【略歴】

一九三〇（昭和五）年、東京生れ。鉄道ミステリ、トラベルミステリの立役者で、二〇二二年に亡くなるまで六〇〇冊以上の書籍が刊行されている。オール讀物推理小説新人賞、江戸川乱歩賞、日本推理作家協会賞、日本ミステリー文学大賞など、数多くの賞を受賞。

1

南紀白浜は、東の熱海や、九州の別府と共に、日本を代表する温泉地である。温泉の他に、海水浴場や、ゴルフコースなどもあり、四季を通じて、観光客が絶えない。

気短かな人なら、東京、名古屋からの航空便を利用する手もあるが、大半の客は、国鉄の白浜駅でおりる。

さして大きな駅ではないが、駅前には、白浜、湯崎、ワールドサファリ或いは、田辺、椿温泉などへ行くバスの乗り場があり、レンタカーの営業所もある。

列車から降りて来る人々は、バスや、タクシー、或いは、レンタカーで、目的地へ向う。

丁度、昼頃に、白浜駅に降りた観光客の中には、駅近くの食堂で、食事をしてから、バスに乗る人もいる。

この日、八月二十日に、駅前のレストラン「白浜」に入って来た男も、そうした観光客の一人らしかった。

ボストンバッグを下げた四十五、六歳の男である。

「ええと、かつ丼が出来るかね」

と、男は、お茶を運んできたウェイトレスにいった。

他にも、家族連れの客がいたが、入れ代りに、店を出て行った。

男は、お茶を飲み、それから、煙草を取り出して、火をつけた。

異変が起きたのは、その時だった。

突然、男が、口にくわえていた煙草を落とし、「ううッ」と、呻き声をあげたのである。

両手で、のどを掻《か》きむしりながら、椅子から転げ落ちた。

ウェイトレスが、びっくりして、

「お客さん、どうなさったんですか?」

と、床に倒れた男を、のぞき込んだ。

男は、床の上で、身体を折り曲げて、ただ唸り声をあげている。

「旦那さん!」

若いウェイトレスが、甲高い声で叫んだ。

主人の井上は、太った身体をゆするようにして、出て来たが、あわてて、ウェイトレスに、

「救急車を呼ぶんだ」といってから、男の傍に屈み込んだ。

「大丈夫ですか? お客さん」

「下りの——グリーン車の男——」

「下りが、どうかしたんですか? え?」

井上は、太い腕で、男の身体を抱き起こしたが、もう、男は、ぜいぜいいうだけだった。井上

には、どうしていいかわからなかった。

何が起きたのかも、わからなかった。

五分して、救急車が到着した。が、男は、すでに、事切れていた。

念のために、市内の救急病院へ運んだが、それは、死亡を確認しただけのことである。

病院では、毒物死の疑いがあるとみて、警察に連絡した。

和歌山県警の刑事が駈けつけたのは、さらに、十分後である。

「多分、水銀系の農薬じゃないかと思いますね」

と、医者は、県警の長谷川警部にいった。

「駅前のレストランから運ばれて来たということでしたね？」

長谷川は、汗を拭きながらきいた。

「そうです。『白浜』という店から、救急車で、運ばれて来たんです。ここへ着いたときには、もう死亡していましたが」

「その店へ行ってみよう」

と長谷川は、部下の田口刑事を促した。

2

食堂の主人の井上は、まだ、蒼《あお》い顔をしていた。

「うちじゃあ、まだ、お茶しか出していませんでしたからね。食中毒ってことは、ありませんよ」

井上がいうのを、長谷川は、手を振って、

「食中毒で死んだんじゃないんだ。どうも、農薬を飲んだらしい。それで、男のことを聞きたいんだが、前に、来たことのある客だったかね？」

「いや。初めてのお客さんでしたよ」

「駅からやって来たのかな？」

「さあ、多分、そうだと思いますが、はっきりしたことはわかりませんね。白浜温泉からやって来て、列車に乗る前に、食事をとろうとしたってこともありますからね」

「なるほどね。それで、男は、何を注文したんだ？」

「かつ丼ですよ。それが出来ないうちに、突然、苦しみ出して、びっくりしましたよ」

「それで？」

「どうしたんですかってきいたら、変なことをいいましたよ」

「変なこと？」
「下りのグリーン車の男が、どうとか――」
「下りのグリーン車の男ねえ。そのあとは？」
「それだけですよ。きき直したときには、もう、口も利けなくなっていましたよ。やっぱり死んだんですか――」
井上は、溜息をついた。
長谷川は、男が、最後にいったという言葉を重視した。
もし、これが、殺人事件なら、「下りのグリーン車の男」が、犯人かも知れない。
男の死体は、解剖のために、大学病院へ送られ、長谷川たちは、男の所持品を調べた。
十八万円入りの財布
ダンヒルの腕時計
崎田徹の名刺五枚
同じ名前のＤＣカード
これが主なものだが、名刺とＤＣカードから見て、男の名前は、崎田徹と考えてよさそうである。
名刺には、「中央興業会計課長」の肩書きが刷ってあった。会社の住所は、東京の八重洲口である。

しかし、長谷川警部が、あっけにとられたのは、ボストンバッグの中身だった。

ルイ・ヴィトンのボストンバッグを開けてみると、中から出て来たのは、古い週刊誌だけだったのだ。各種の週刊誌が、二十冊も詰め込んであった。

「何だい？　これは」

と、長谷川は、苦笑して、週刊誌を、机の上に放り出した。

「レストランの主人は、男が、ボストンバッグを、大事そうに持っていたといっていましたね」

田口刑事も、わけがわからないという顔で、首をかしげている。

「大切なボストンバッグの中身が、古雑誌か」

長谷川は、念のために、週刊誌のページを繰ってみたが、何かはさんである様子はなかった。ただの古い週刊誌である。

ルイ・ヴィトンのボストンバッグの方は、新しいもので、ブランド製品だから、十五、六万円はするだろうが、だからといって、大事そうにしていたとは思えなかった。

「下りのグリーン車の男か」

と、長谷川は、呟いてから、

「その男に、毒を飲まされたかな」

「しかし、警部。被害者は、レストランに彼ひとりで入って来たそうじゃありませんか」

「だから、その店へ来る前に飲まされたんだ」

「水銀系の農薬というのは、そんなにゆっくり作用するものですか？」

「多分、カプセルに入れたヤツを飲まされたんだ。カプセルの厚さを調整すれば、飲んでから、死ぬまでの時間も、ある程度、かげん出来るだろう」

「そうかも知れませんが、そうだと、おかしいことが出来て来ますよ」

田口は、難しい顔でいう。

「どんな点が、おかしいんだ？」

「被害者は、レストランで、『下りのグリーン車の男』といったわけです」

「ダイイングメッセージとみていいだろうね」

「とすると、被害者は、自分に毒を飲ませた犯人のことを告げたことになります。下りのグリーン車というところをみると、白浜へ来る下りの列車のグリーン車の中で、その男に飲まされたことになります」

「そんなところだろうね」

「もし、被害者が、相手の男をよく知っていれば、名前をいったと思うのです」

「そうだな。だから、見知らぬ男だったんだろう」

「そこがおかしくありませんか。見知らぬ男に、列車の中で、毒を飲まされたことになってしまいます。ビールとか、コーヒーに混ぜて、すすめられたら、相手が、知らない男でも、飲むかも知れませんが、その場合には、すぐ、毒が利いてしまって、白浜の駅でおりて、レストランまで歩けませんよ。だから、警部のいわれるように、カプセルに詰めたものを飲まされたと思いますが、そんなものを見知らぬ男から貰って、飲むでしょうか？」

「その疑問は、私も感じるよ」

と、長谷川は、肯いてから、

「とにかく、この崎田徹という男が、いったい何者なのか、東京で、調べて貰おうじゃないか」

3

捜査依頼は、電話で行われた。

受話器を置いた。警視庁捜査一課の十津川警部は、亀井刑事に向って、

「ちょっと面白い事件だよ。南紀白浜駅前のレストランで、男が毒死した。カプセルに入れた水銀系の毒物で殺されたらしい。その男が、大事そうに持っていたルイ・ヴィトンのボストンバッグには、札束ではなく、古雑誌の束が入っていたそうだ」

「確かに、面白い事件ですね」

「死んだ男の名前は、崎田徹。東京八重洲口にある中央興業の会計課長だ。もう一つ、男のダイイングメッセージは、『下りのグリーン車の男』だそうだ」

十津川は、そのダイイングメッセージと男の名前を黒板に書きつけた。

すぐ、日下と西本の二人の刑事が、中央興業へ出かけて行った。

「下りのグリーン車ですか」

亀井は、時刻表を取り出して、ページを繰っていった。

「白浜駅前のレストランに入って来たのは、十二時十五分頃だったそうだよ」

「東京から行くとすると、大阪廻りで行く方法と、名古屋から、関西本線と紀勢本線を経由する方法とがありますね」

「下りのグリーン車というから、大阪経由じゃないだろう」

「そうですね」

肯いて、亀井は、「紀勢本線、阪和線（下り）」のページを開いた。

「新宮十時二十分発の『くろしお7号』というのがあります。この『くろしお』は、九両編成のL特急で、グリーン車も、一両ついています。それに、『くろしお7号』の白浜着は、十二時五分です」

「その列車だろうね」

と、十津川も、時刻表をのぞき込んだ。

この列車は、新宮発だから、被害者は、前日、ここに、一泊したのかも知れない。

日下と西本の二人の刑事が帰って来たのは、五時間ほどしてからである。

二人とも、顔から、汗を吹き出していた。

まだ、夏の盛りで、外は、三十度を越す暑さだからだろう。

「ご苦労さん」

と、亀井が、二人に、冷えた麦茶を出した。

日下は、一口飲んでから、

「中央興業というのは、何でも扱う問屋ですね」

と、十津川に、いった。

「問屋ねえ」

「雑貨から、トラックまで扱っています。相手は、主として、東南アジアですが」

「それで?」

「メーカー品と称して、安物のビデオデッキを、大量に東南アジアに売りつけて、問題になったことがあります」

「ふーん」

「そこの管理部長に会って、崎田徹のことをきいてみたんですが、これが、どうも妙なんです」

と、西本が、いった。

「どう妙なんだ?」

「崎田は、一ヵ月前に退職しているから、うちの会社とは、関係ないというわけです。ところが、会計課の女の子にきいたら、今月も、崎田は、会社に来ていたというんです」

「妙な話だな」

「その女子社員の話では、課長の崎田が顔を見せなくなったのは、八月十六日からで、十五日には、社にいたそうです」

「崎田の評判は？」

「堅物で通っていたそうです」

「家族はいるのか？」

「娘が、半年前に、交通事故で死んでいます」

「奥さんは？」

「奥さんは、早く亡くして、娘を、男手一つで育てていたと聞きました」

「あまり幸福じゃなかった男か――」

「どうも、あの会社は、おかしいですよ」

と、日下がいった。

「被害者の扱い方がか？」

「そうです。会計課の女の子に、われわれが質問していたら、上役が、心配そうに、聞き耳をたてていましたからね。被害者と会社との間に、何かあったんじゃないかと思うんです」

「何かと問題のある会社か」

「前に、ニセのダンヒルのライターや、ニセのオメガの時計が、大量に出廻ったことがありますが、それにも、この中央興業が関係していたんじゃないかといわれています」

「社長は、どんな男なんだ？」

「川原勇三という五十二歳の男で、弁護士あがりです」

「今でも、弁護士の資格を持っているのか？」

「いえ。暴力団と関係していたことがわかって、五年前に、弁護士の資格を失っています」

「すると、今でも、暴力団と関係があるのかね？」

「それはわかりません。その点を、管理部長にきいたら、とんでもないと、否定していましたが」

「もう一つ、女の名前が浮んできました」

これは、西本が、いった。

「被害者には、女がいたのか？」

「同じ会計課の職員で、池田章子という二十七歳の女性が、同じく、八月十六日から、来なくなっています。四谷のアパートに住んでいたんですが、そこにも、帰っていません」

「被害者と、彼女の間には、何か関係があったのかね？」

「彼女の同僚の話では、二人が、並んで歩いているのを見たことがあるということです。夜おそくですが」

「女ねえ。被害者のダイイングメッセージでは、男だからな。彼女が、毒を飲ませたのではないらしいね」

「これが、彼女の写真です」

西本が、一枚の写真を、机の上に置いた。

いかにも、平凡な、目立たない感じの女だった。今風にいえば、ネクラな感じのする女である。

この女が、四十過ぎの男、それも、上司と関係があったのだろうか。

4

東京警視庁から、東京での調査の結果と同時に、池田章子の写真も、電送されてきた。

和歌山県警では、その写真を、何枚もコピーして、白浜周辺のホテルや、旅館に配った。

彼女が、被害者と関係があるとすれば、白浜に来ている可能性があったからである。

翌八月二十一日になって、解剖の結果も出た。

死因は、やはり、水銀系の農薬による心臓麻痺での窒息ということだった。

とすれば、どうしても、カプセルに入れて飲ませたとしか考えられない。

県警の長谷川も、被害者が、白浜まで乗って来たのは、下りの「くろしお7号」だろうと、考えた。

白浜着が、十二時五分で、レストラン「白浜」の主人の証言に合うからである。この列車のグリーン車内で、被害者の崎田徹は、男に、農薬入りのカプセルを飲まされたのだろう。

問題は、名前も知らない男から、どうして被害者が、農薬入りのカプセルを飲まされてしまったかという疑問である。

田口刑事たちが、被害者の顔写真を持って、白浜駅に行った。が、昨日は、夏休中で、乗降客が多く、改札係は、被害者を覚えていなかった。

その日の夕方になって、白浜警察署から、手配の池田章子を見つけたという連絡が入った。

白浜温泉の「うしお旅館」に、泊っているという。

長谷川は、すぐ、田口を連れて、急行した。

白良浜の近くにある旅館である。潮騒《しおさい》が聞こえてくる。

池田章子は、山田章子という偽名で、昨日から泊っているということだった。

長谷川が、二階の部屋にあがって行き、警察手帳を見せると、彼女は、顔色を変えて、

「あの人に、何かあったんですか」

と、きいた。

「あの人というのは、崎田徹さんですね？」

長谷川が、きき返すと、今度は、黙り込んでしまった。

「あなたは、崎田さんと同じ会社にいた池田章子さんですね？」

「――」

「崎田さんは、死にましたよ」

「死んだ――？」

「そうです。死にました」

「そんな――」

と、彼女は、絶句した。

「それも、殺されたのではないかと考えられるのですよ。われわれは、犯人を捕まえなければならんのです。だから、協力して頂けませんか」

「本当に、崎田さんは、殺されたんですか？」

池田章子は、じっと、長谷川を見つめた。

「そうです。犯人に、心当りはありませんか？」

「私には、わかりません」

「あなたは、昨日、この旅館に来たそうですね？」

「ええ」

「ここで、崎田さんに会うことになっていたんですか？」

「ええ」

「なぜ、一緒に来なかったんです？」

「彼が、別に用があるというし、私は、新宮に親戚があるので、一昨日は、そこに泊って、昨日、ここへ来たんです」

「新宮からは、『くろしお7号』で、来たんじゃありませんか？　十時二十分新宮発の列車です」

「ええ。なぜ、ご存知ですの？」

章子は、びっくりした顔できいた。

「死んだ崎田徹さんは、この列車に乗っていたと思われるんですよ。昨日の『くろしお7号』のグリーン車に乗っていたんです」

「まさか――」

「あなたは、グリーン車に乗りましたか？」

「いいえ。自由席ですわ」

「それなら、わからなかったのかも知れませんね」

「でも、一緒の列車だったなんて、信じられませんわ」

章子は、うつろな顔でいった。

長谷川は、そんな女の顔を、じっと見つめながら、この女が、犯人ではないのかと思っていた。殺された崎田は、「下りのグリーン車の男」といったといわれている。

しかし、そのダイイングメッセージは、長谷川が聞いたわけではなかった。井上というレストランの主人が聞いたのである。しかも、突然の異変に、仰天しながら聞いたのだから、「おんな」といったのに「おとこ」と、聞き違えたということも、考えられるのではないか。

彼女なら、崎田も、何の警戒も抱かずに、農薬入りのカプセルを飲んでしまうだろう。

「崎田さんの持っていたルイ・ヴィトンのボストンバッグには、古い週刊誌が詰っていたんですが、なぜだか、わかりますか？」

「古雑誌が？」

「そうです。古雑誌を、大切に持っていた理由がわからない。あなたなら、わかるんじゃありませんか？」

「わかりませんわ」

と、章子はいったが、その眼は、落着きを失くしていた。明らかに、動揺しているのだ。崎田の死と同じように、ボストンバッグのことが、彼女を動揺させたに違いなかった。

「何か知っているんですね？」

と、長谷川は、章子の顔をのぞき込むように見た。

章子は、まだ迷っているようだったが、しばらく、間を置いてから、

「崎田さんが殺されたのは、本当なんですか？」

と、きき直した。

長谷川は、「本当です」といった。

「あとで、確認をして貰いますがね」

「ボストンバッグの中身が、古雑誌だったというのも、本当なんですね？」

「東京を出る時は、あの中に、札束が入っていたんじゃありませんか？」

長谷川が、切り込むと、章子は、覚悟を決めたように、

「五千万円入っていた筈なんです。それと、何か書類が」

と、いった。

「五千万円と書類ですか。それは、会社の金ですか？」

「ええ」

「それでは、会社の金を持ち逃げしたわけですか？」

「でも、会社は、崎田さんに、不正経理とか、中古車の不正輸出なんかの責任を負わせようとしたんですわ。だから、大人しい崎田さんも、怒ってしまって、会社のお金を持って逃げたんですわ」

「あなたは、そんな彼に同情したわけですか？」

「ええ」

「五千万円と一緒に入っていた書類というのは、何なんですか？」

「私は知りません。でも、それを持っていれば、会社は、おれに、どうにも出来ないんだと、崎田さんは、いってたんですけど」

章子は、肩を落とし、黙ってしまった。

5

「五千万円の持ち逃げか」

十津川は、電話を切って、小さな唸り声をあげた。

亀井に、和歌山県警からの連絡内容を話した。

「それに同情した部下のＯＬとの逃避行だったわけですか」

と、亀井は、小さな溜息をついた。

よくある話のようでもあるし、特別な事件のようでもある。

「崎田は、会社の秘密を握っていて、それで会社を牽制《けんせい》したつもりだったんだろうね。だが、相手が悪かった」

「社長の川原勇三が、直接手を下したとは思えませんが」

「社長がやったのなら、崎田は、ダイイングメッセージで、ちゃんと、犯人の名前をいっているだろう。社長の川原に頼まれた誰かが、下りの列車のグリーン車の中で、崎田に、農薬入りのカプセルを飲ませ、五千万円と、会社の不正を証明する書類の入ったボストンバッグと、古雑誌を詰めた同じルイ・ヴィトンのボストンバッグをすりかえたんだ」

「なぜ、カプセル入りにしたんでしょうか?」

「時間稼ぎだよ。即死したんでは、自分が逃げられなくなるからね。問題は、崎田は、逃避行だから、用心深くなっていた筈なんだ。それなのに、なぜ、見知らぬ男の出したカプセルを飲んだかということだよ」

「そうですね。池田章子なら、簡単に飲ませられたでしょうが」

「和歌山県警では、それで、彼女に疑惑の眼を向けているらしい。崎田のダイイングメッセージの『グリーン車の男』というのは、『グリーン車のおんな』というのを、レストランの主人が、聞き違えたのではないかといっていた」

「なるほど」

「もう一つの考えは、彼女には、男がいたという線だ」

「なるほど。車内で、自分の友だちだとか、親戚だとかいって、その男を、崎田に紹介し、男が、薬をすすめたということですね。それなら、崎田は、簡単に飲んだかも知れませんね」

「だから、崎田は、死ぬ間際に、『男』といったんじゃないかというわけだよ。和歌山県警は、この線もあると思っているようだ。男は、すりかえたボストンバッグを持って、そのまま、下り『くろしお7号』に乗って行く。大阪の天王寺まで行く列車だからね。池田章子は、疑われるといけないので、白浜で一緒におり、先に白浜温泉へ行く。間もなく、崎田が死ぬとわかっているから、理由をつけて、先にバスに乗ったんだろう」

「池田章子に、崎田以外の男がいたかどうか、調べてみましょう」

「もう一つの線も調べてくれ。社長の川原勇三が、誰かをやって、殺させたという線だ。チンピラに、金を与えて殺させたということは、まず考えられないね。会社の不正を証明する書類が一緒だったわけだからね。社長が信頼している人間だろう」

「川原のまわりにいる人間で、ここ二、三日、様子がおかしかったり、旅行したりしている男を、チェックしてみます」

亀井は、他の刑事数人を連れて、飛び出して行った。

十津川は、南紀の地図を取り出して見ていたが、図書室へ行き、国鉄の特急列車について書いた本を、借り出した。

崎田徹は、ダイイングメッセージで、「下りのグリーン車」といっていることから、特急「くろしお」という列車が、マークされた。

いかにも、南紀の海岸線を走る列車にふさわしいトレインネームである。

この紀勢本線を走る列車は、他にも、急行「きのくに」があるが、追われていることを考えれば、常識的に見て、特急「くろしお」を利用するだろう。

それに、十二時前後に、白浜に着くのは、「くろしお」だし、池田章子自身、下りの「くろしお7号」で、新宮から白浜に行ったと証言している。

「国鉄の特急列車」という本によれば、L特急「くろしお」は、やはり、黒潮のことで、曲線の多い紀勢本線で、スピードアップをはかるために、昭和五十三年十月から、三八一系振り子電車が投入され、地方幹線としては類を見ない表定速度八十キロを達成したと書かれてあった。

「くろしお」の写真ものっている。クリーム色の車体に、赤い横の帯が入っていて、波頭の図案のところに「くろしお」という字の入ったヘッドマークをつけた特急電車である。

（振り子電車か）

だが、その説明がないので、具体的に、どんな車両なのか、わからなかった。

曲線区間では、どうしても、スピードを落とさざるを得ない。それを克服するための車両だということはわかる。多分、振り子の原理を利用したものだろうが、それ以上は、乗ったことがないので、はっきりしない。

（一度、乗ってみたいものだ）

と思う反面、振り子電車だろうが、普通の電車だろうが、殺人には関係ないなとも思った。振り子電車だからといって、殺人がやり易いということはないだろう。

二時間ほどして、まず、西本と日下の二人の刑事が帰って来た。

「池田章子の男関係を調べて来ました」

と、西本が、報告した。

「地味な性格だったせいで、上司の崎田以外に、男の匂いはありませんね」

「兄か弟はどうだ？」

「兄が一人いますが、これは、年齢が三十二歳で、すでに結婚して子供も二人います。当日のアリバイも、はっきりしています」

「やはり、会社関係かな」

と、十津川は、いった。

亀井は、若い日下刑事を連れて、川原勇三の周辺を調べていたが、夜おそくなって、帰って来た。

「川原は、会社でも、社長秘書を置いていますが、その他に、私設秘書といった、若い男を二人、使っています」

と、亀井が、いった。

「私設秘書の方だな。正式な秘書なら、殺された崎田も、顔は知っているだろうから、ダイイングメッセージで、名前か秘書といった言葉をいった筈だ」

「私も、そう思いましたので、私設秘書の二人を追ってみました。それについては、日下君が、報告します」

「ええと、名前は、片野真一、二十八歳と、永江幸夫、三十五歳です。片野は、大学時代カラ手部の主将をやっていまして、どうやら、秘書というより、川原のボディガードをやっているようです」

と、日下が、メモを見ながらいった。

「永江の方は？」

「こちらは、身長百七十センチ、やせた、インテリタイプです」

「多分、やったとすれば、永江の方だろうね。毒をカプセルに入れて飲ませるというのは、カラ手の猛者の手口じゃない。二人のアリバイは、どうなんだ？」

「直接、この二人にきいてみたんですが、片野は、八月二十日には、朝から、社長の川原に付いて、千葉県内のSゴルフクラブに行ったといっています。夕方までです」

「裏はとれたのか？」

「川原は、間違いなく、八月二十日の午前十時に、Sゴルフクラブに行っています。懇親ゴルフということで、政治家や、同業者も集っていて、証人は、沢山います。片野ですが、彼は、川原が、グリーンに出ている間、クラブハウスで待っていたことは、従業員が証言していますし、午後六時ごろ、千葉市内で、宴会が開かれましたが、片野は、それに出ています」

「永江は、どうだ？」

「八月十九日の午後、大阪にある中央興業の大阪支店に、社長の命令で行ったそうです」

「大阪？」

「そうです。仕事がすんだあと、支店長と、キタの『葵』というクラブで飲み、午前一時頃、ホテルに戻った。翌日は、大阪市内を見物してから、夕方、東京に帰ったといっています。二十日の夕方、東京へ帰ったことは、裏がとれました。永江がよく行くという銀座のステーキ屋があるんですが、ここの主人が、二十日の午後七時頃、間違いなく、永江が来て、食事をして行き、大阪のお土産をくれたと証言しています」

「大阪府警に頼んで、八月十九日の行動をチェックして貰おう」

と、十津川は、いった。

翌日、大阪府警に、調査を依頼したが、永江が、十九日の夜、大阪キタの「葵」というクラブで飲んだことは、簡単に証明された。

この店は、中央興業大阪支店の支店長の行きつけの店で、永江は、ママに、名刺を渡していた。ママと、テーブルについたホステスの証言によれば、支店長と永江は、午前一時近くまで飲み、ホステスの一人が、永江を、タクシーで、大阪市内のホテルまで送って行ったということだった。

「問題は、八月二十日の永江の行動ですね」

亀井が、いう。

「もちろんだ。この地図を見てくれ」

と、十津川は、時刻表の線路図を広げた。

「南紀を走るL特急『くろしお』は、大阪の天王寺と、白浜、新宮の間を走っている。永江が犯人とすれば、彼は、八月二十日の『くろしお』に乗り、グリーン車内で、崎田に、毒入りのカプセルを飲ませたんだよ」

十津川は、指先で、天王寺から、白浜までの路線を、なぞって見せた。

「適当な列車がありますか？」

と、亀井が、きいた。

「十時零分天王寺発、新宮行の『くろしお8号』がある。この列車の白浜着は、十二時四分だ。白浜のレストランの主人は、十二時十五分頃に、崎田が店にやって来たといっているのだから、ぴったりだよ」

十津川は、時刻表を見ながらいった。

「犯人が、その列車に乗っていて、白浜に着く前に、崎田にカプセルを飲ませたとしてですが、同じ日の午後七時に、銀座で、ステーキが食べられますか？」

と、きいたのは、日下刑事だった。

「それは、大丈夫だ。終着の新宮まで行かずに、犯人も、白浜でおりてしまう。そして、白浜発十二時八分、天王寺行の『くろしお7号』に乗って、引き返すんだ。この列車の天王寺着が、十四時十六分。天王寺から、新大阪までは、大阪環状線を使ってもいいし、地下鉄御堂筋線を使ってもいい。地下鉄なら、天王寺―新大阪間は、十二分しかかからない。乗りかえなどの時間を見ても、三十分あれば、新大阪へ着ける筈だ。つまり、十四時四十六分には、新大阪に行けるんだよ。十五時十分新大阪発東京行の『ひかり6号』に乗れば、東京に十八時二十分（午後六時二十分）に着く。午後七時に、銀座で、ステーキが食べられるんだ」

十津川がいうと、日下は、眼を輝かせて、

「これで、決まりですね。永江が、社長の川原にいわれて、L特急『くろしお8号』の中で、崎田に、毒入りカプセルを飲ませ、五千万円と、書類の入ったボストンバッグを、すりかえて、持ち去ったんですよ」

一瞬、これで、事件が、解決したような空気になった。

だが、十津川が、急に、「駄目だ」と、いった。

「国鉄では、下りに奇数、上りに偶数をつけている。天王寺十時零分発の『くろしお8号』は、上り列車だよ。殺された崎田は、ダイイングメッセージで、『下りのグリーン車』といってるんだ」

6

壁にぶつかってしまった。

十津川をはじめとして、困惑した顔が並んだ。

「崎田が、上りと下りを間違えたということは、考えられませんか」

と、西本刑事が、遠慮がちにいった。

「可能性はあるが、今は、崎田のダイイングメッセージが、正しいとして考えなければいけないよ。もし、ダイイングメッセージを疑ってかかったら、推理は、成り立たなくなってしまうからね」

十津川は、厳しい眼でいった。

「下りの『くろしお』になると、やはり、『くろしお7号』しかありませんね。他に、十二時頃、白浜に着く下りはありませんから」

亀井が、時刻表を見ながら、確認するようにいった。

「そうだよ。カメさん」

「問題は、この『くろしお7号』に、永江が、新宮―白浜の間で、乗り込めるかどうかということになりますね」

「不可能じゃない。新宮十時二十分発の天王寺行の『くろしお7号』は、白浜までは、紀伊勝浦（十時三十八分）串本（十一時十分）と、二つの駅に停車するんだ。十九日に大阪のホテルに泊った永江が、先廻りして、その二つの駅から、『くろしお7号』に乗れればいいんだよ」

「調べてみましょう。天王寺始発の『くろしお』は、八時零分発の『くろしお2号』ですが、これが、紀伊勝浦着が十一時四十三分で、駄目ですが、一つ手前の串本には、十一時十分に着きます。『くろしお7号』は、同じ十一時十分に串本に着きますが、発車は十一時十一分です。一分間しか止まりませんが、何とか乗れると思います。乗れれば、崎田に毒入りのカプセルを飲ませられますよ」

「午前八時丁度の天王寺発か」

「永江が、何時にホテルを出たかが、カギになりますね」

と、亀井がいった。

十津川は、もう一度、大阪府警に依頼して、調べて貰うことにした。

返事は、一時間後に、もたらされた。

「永江幸夫が泊ったのは、大阪駅近くのKホテルです」

と、大阪府警の三浦刑事が、電話で、十津川にいった。

「Kホテルから、天王寺までは、どのくらいの距離ですか？」

「車より、地下鉄の方が早くて、十分もあれば行けます」

「永江が、八月二十日の何時に、チェックアウトしたか、わかりましたか？」

「午前九時三十分です」

「本当ですか？」

「間違いありません。ホテルの会計係が覚えていました。というのは、フロントに、善意の箱が置いてあって、会計のあと、お客が、釣り銭を、入れたりするわけです。永江は、それに、一万円札を、ぽんと入れたので、会計係がびっくりしてしまった、よく覚えていたわけです。九時三十分にチェックアウトしたことは、間違いありません」

電話が切れたあと、十津川は、ぶぜんとした顔になった。九時三十分にホテルを出たのでは、天王寺八時発の「くろしお2号」には乗れないのだ。この事態を、どう考えるかということになってきた。

十津川は、考え込んだ。

いくつかの対応の仕方がある。

第一は、亀井がいったように、崎田のダイイングメッセージ自体が、間違っているという考え方だ。

崎田は、「上り」というべきところを、「下り」といい間違えたとすれば、永江は、殺人が可能なのである。

崎田が、上りの「くろしお8号」の車内で毒入りのカプセルを飲まされたのだとすれば、大阪のホテルを九時三十分に出た永江は、ゆっくり「くろしお8号」に乗れるからである。

しかし、この推理が正しいとすれば、崎田が、なぜ、ダイイングメッセージで、「上り」と「下り」を間違えたかというはっきりした理由がなければならない。

第二は、永江も、川原も、殺人事件には無関係だという考えである。そうだとすれば、犯人は、和歌山県警の考えるように、池田章子ということになるだろう。

章子に、別の男がいれば、その男と共謀して、崎田の五千万円を奪い取ったということになり、「下りのグリーン車の男」というダイイングメッセージが、そのまま、納得されることになる。

「問題は、崎田の行動だね」

と、十津川はいった。

崎田は、会社の金五千万円と、重要書類を持って、東京を逃げ出した。

八月十六日から、崎田も、池田章子も、会社に来なくなったという。

章子は、十九日は、ひとりで、新宮の親戚の家に泊ったと証言している。

十九日に、崎田は、どこにいたのだろうか？

わかっているのは、二十日の昼の十二時十五分頃、国鉄白浜駅前のレストランに現われた崎田が、「下りのグリーン車の男」というダイイングメッセージを残して、死んだということである。

前日の十九日に、崎田も、新宮にいたのなら、犯人は、池田章子だろう。

7

和歌山県警も、崎田徹と、池田章子の足取りを追っていた。

まず、池田章子が、十九日に、本当に新宮にいたかどうか、彼女に、別の男がいたかどうかを、調べてみた。

章子は、新宮に、親戚がいるので、そこに泊ったといっている。県警の二人の刑事が、新宮市に出かけた。

新宮は、熊野川の河口に出来た町である。製材、製紙の盛んな木材の町であると同時に、勝浦、湯の峰、川湯などの温泉への起点でもあって、そのせいで、六十軒近い旅館が、点在している。

章子の親戚は、この町で、魚屋をやっていた。県警の刑事が、訪れて行くと、確かに、十九日に、章子が来て、一泊し、翌二十日の朝、帰ったといった。

その時は、彼女が、一人で来たという。

崎田が一緒だったとすれば、彼の方は、新宮市内の旅館に泊ったに違いない。そこで、崎田の顔写真を持って、六十軒の旅館を、一軒一軒、廻って歩いたが、泊ったという答は見つからなかった。

新宮に近い川湯温泉や、勝浦温泉にも、捜査の足を伸してみたが、結果は、同じだった。

どうやら、崎田は、十九日に、新宮周辺には、来なかったと、考えるより仕方がないということになった。

章子は、八月二十日に、新宮から、十時二十分発の「くろしお7号」に、ひとりで乗ったという。それは、事実だったのだろうか？

もし、事実なら、章子は、崎田を殺した犯人ではないのだ。それでも、県警は、池田章子犯人説を捨て切れなかった。彼女には、はっきりした動機があったからである。五千万円の現金は、殺人の動機には十分だろう。それに、「下りの――」という崎田のダイイングメッセージもある。

章子は、逮捕しないでいるが、それでも、監視はつけてあった。もし、彼女が犯人だったら、崎田から奪った五千万円を、どこかに隠してあるだろうし、それを、取りに動くのではないかと考えていたからだが、彼女は、白浜の旅館から、動こうとしなかった。

崎田の二十日以前の動きについては、和歌山県警だけでは、調べようがない。

県警の長谷川警部は、東京警視庁の十津川警部に、合同捜査会議を持ちたい旨を、電話で告げた。

「私が、東京へ行ってもいいのですが」

長谷川がいうと、十津川は、

「いや。私に、そちらへ行かせて下さい。実は、私も、亀井刑事も、一度、紀勢本線を走っている『くろしお号』に乗ってみたいと思っているんです。振り子電車というそうですが、どんな電車なのか、興味がありますからね」

と、いった。

「じゃあ、どこへ迎えに行きますか?」

「事件が起きた白浜へ行くつもりにしていますので、そこで、お会いしたいですね」

と、十津川は、いった。

8

東京から、南紀白浜へ行くルートは二つある。

新幹線で、名古屋まで行き、名古屋からは、関西本線、紀勢本線と乗りつぐ方法である。ブルートレインを使うのなら、前日の夕方、東京から、ブルートレイン「紀伊」に乗れば、翌日の午前七時二十二分に紀伊勝浦に着けるから、ここから、「くろしお」に乗ってもいい。

もう一方は、新幹線で、新大阪まで行ってしまい、天王寺へ出て、ここから、白浜、新宮行の「くろしお」に乗る方法である。こちらの方が、距離的には、遠廻りだが、紀勢本線の単線区間を使用しないことなどのために時間的には、早く着く。

十津川は、この二つのルートを検討した揚句、大阪廻りを選んだ。

東京でも、殺人事件が連続して起きているので、一時間でも早く着ける方にしたかったのと、池田章子よりも、永江幸夫に、疑惑の眼を向けていたからである。

池田章子が犯人とすると、彼女の行動は、いかにも馬鹿げていると、十津川は、思うのだ。まるで、疑われるために、動いているとしか思えない。

カプセルに毒を入れて飲ませるというのは、それが溶けるまでの時間を利用して、自分のアリバイを作るためだろう。

それなのに、被害者が、白浜に着いたと思われる十二時頃に、彼女も、白浜に降り、バスで、白浜温泉に向っている。

被害者が、「下りのグリーン車――」と、ダイイングメッセージを残しているのに、新宮から、「下り」の「くろしお7号」に乗ったことを、自ら認めているのだ。

それに反して、永江の方は、二十日の朝、大阪のホテルを出たあとの行動が、あいまいなままである。市内を見物してから、東京へ帰ったというが、朝九時三十分に、ホテルを出てから、夜の七時に、銀座で夕食をとるまでの間が、空白である。

永江のアリバイは、ただ一つ、被害者のダイイングメッセージが、「上り」ではなく、「下りのグリーン車――」だったことである。これが逆だったら、永江は、すでに逮捕されていても、おかしくはないのだ。

（もし、ダイイングメッセージが、間違っていたら？）

十津川が、大阪廻りとしたのは、それを、確認したかったのである。

十津川たちの調査では、被害者の崎田徹は、生前、南紀をよく旅行したという証言はなかった。崎田は、東北の生れで、これといった趣味はなく、旅行をよくしたということもなかったらしい。

彼が、南紀の白浜で、章子と落ち合うことにしたのは、新宮に親戚がいる彼女の提案によるものだろう。

それに、東京から逃げた二人にとって、関西の白浜は、かくれるのに、恰好の温泉場だったのではないか。

もし、崎田が、生れて初めて、紀勢本線の「くろしお号」に乗ったとすれば、何か、「上り」と「下り」を間違えることとぶつかったのかも知れない。

それも確かめたくて、十津川は、関西廻りにしたのである。

その結果が、どう出るかはわからない。もしかすると、永江幸夫はシロで、池田章子がクロの結果になってしまうかも知れなかった。

十津川と亀井は、翌朝、午前六時零分東京発の「ひかり21号」に乗った。東京駅始発の列車である。

十津川も、亀井も、眠くて、列車の中で、眠ってしまった。

新大阪に着いたのは、九時十分である。これなら、天王寺へ出て、問題の「くろしお8号」に乗ることが出来る。

天王寺までは、地下鉄を利用した。

（果して、上りの「くろしお」を、被害者が、下りと間違えるようなことがあるのだろうか？）

9

十津川と亀井は、捜査で、大阪へも何回か来ていたが、天王寺に来たのは、初めてだった。

大阪の天王寺というと、東京育ちの十津川は、動物園ぐらいしか想像できないのだが、実際に行ってみると、この天王寺駅が、南紀への玄関だということが、よくわかる。

規模は違うが、上野が、東北、上越への玄関だというのと、よく似ている。

十津川と、亀井は、白浜までの切符を買った。乗るのは、もちろん、十時零分発の「くろしお8号」である。

早く着いてしまったので、「くろしお8号」はまだ、ホームに入っていなかった。

十津川が、ホームの売店で、煙草を買っていると、

――和歌山行の下りの電車は、間もなく発車しますよと、いった声が聞こえてくる。

(おや?)

と、十津川が、思ったのは、ここから出る「くろしお」は、全て、「上り」の筈だったからである。

今のは、駅のアナウンスではなかった。

駅員と、乗客の会話だった。駅員が、「下り」と、いったのである。

その駅員が、「上り」と「下り」を間違えたのだろうか?

しかし、駅員が、間違えるとは、思えなかった。

十津川は、天王寺駅の助役をつかまえて、聞いてみることにした。

「この天王寺から、下りの列車が出ることもあるんですか?」

十津川が、きくと、陽焼けした顔の、中年の助役は、

「それが、何か事件と関係があるのですか?」

と、十津川の渡した名刺を見ながら、きき返した。

「ええ。ある殺人事件で、問題になっているのです。大変に、大事なことですから、教えて頂きたいのですが」

「ここから出る阪和線の電車は、全て、下りです。和歌山まで行く電車です」

「しかし、ここから出る『くろしお』は、上りでしょう？」

「その通りです」

「その辺が、どうも、よくわからないんですが」

「こういうことなんです」

親切な助役で、次のように、十津川に説明してくれた。

天王寺から和歌山までは、「阪和線」である。大阪の阪と和歌山の和である。

「くろしお」が、大阪（天王寺）から出ているので、紀勢本線の起点が、天王寺のように思えるが、実際には、紀勢本線は、和歌山から、新宮の先の「亀山」までの線区をいうのである。

阪和線は、天王寺が起点で、和歌山が終点なので、「下り」になる。

しかし、紀勢本線は、亀山が起点で、和歌山が終点なので、新宮方面から、和歌山に向う方が「下り」で、逆は、「上り」になる。

「くろしお」が、和歌山から出ると、わかりやすいのだが、それでは不便なので、天王寺から出発する。そのため、阪和線の中で、「下り」の線路を、「上り」の「くろしお」が走ることになってしまったのである。

従って、天王寺から出る列車の中、和歌山まで行く普通電車は、「下り」で、白浜、新宮へ行く「くろしお」は、「上り」ということになってしまうのだ。

これでは、乗客が混乱してしまうというので、天王寺のホームには、上り、下りの表示はしていない。

「ただ、駅員が、乗客にきかれて、つい、下り電車といってしまうこともあると思います。ここから出る阪和線の電車は、全て、『下り』ですから」

と、助役はいった。

十津川は、助役に礼をいい、売店で、時刻表を買って、亀井と、入線した「くろしお8号」に乗り込んだ。

座席に腰を下してから、改めて、時刻表を見た。

紀勢本線を走る「くろしお」というように思っていたが、正確には、阪和線と、紀勢本線の二つの線区を走るのである。

その阪和線のページを見ると、天王寺から和歌山へ向う電車の列車番号が、全て、奇数になっている。国鉄では、下りを奇数、上りを偶数で表わしているから、これは、明らかに、下りの電車なのだ。同じく天王寺から、白浜、新宮に向う「くろしお8号」は、偶数だから、これは、明らかに、上りであることを示している。

十津川は、それを亀井に話すと、亀井は、眼を輝かせた。

「これで、崎田徹が、上りと下りを間違えたという可能性が出て来たじゃありませんか。普通の乗客は、列車番号の奇数が下りで、偶数が上りなんて知りませんよ。この天王寺駅で、これから南へ向うのは、下りだといわれて、『くろしお』も、下りだと思い込んでいたんじゃないですか。

だから、『くろしお8号』に乗ったのだが、下り列車に乗っていたと思い込んでいたんですよ」

「その可能性はあるね。次は、この列車に乗った崎田が、なぜ、見知らぬ男から、毒入りのカプセルを貰って、飲んだかということだね」

と、十津川は、いった。

車内は、ほぼ、満席である。白浜方面へ行く列車なので、いかにも、これから湯治に行くのだという感じの団体客の姿もある。

「ずいぶん、窓の低い列車ですね」

窓際に腰を下した亀井が、窓の外を見ながらいった。

隣りには、阪和線の電車が入っている。なるほど、亀井のいうように、こちらの車両は窓が低い。

三八一系振り子電車というのは、車窓が低くなっているのかも知れない。

その他にも、他の電車と違う点も多かった。座席の間隔が、狭いので、窮屈である。

窓は、ガラスが二重になっていて、ブラインドが内蔵されている。ハンドルがついていて、回すと、ブラインドが、上下する。感じはいいのだが、窓枠が狭いので、缶ビールなどは、のせることが出来ない。

十時丁度に、「くろしお8号」は、天王寺駅を出発した。

振り子電車というので、すごく揺れるのではないかと思ったが、いっこうに、揺れはひどくならない。普通の電車と同じである。

和歌山までは、ノン・ストップである。助役の話を聞いたあとなので、阪和線の区間は、遠慮して停車しない感じで、十津川は、おかしかった。

和歌山着十時四十五分。

「普通の電車と、変ったところはありませんね」

亀井が、首をかしげながらいった。

一分停車で、「くろしお8号」は、再び、動き出した。

スピードが、あがって来る。

天王寺と、和歌山の間は、割りに、直線区間が多かったが、和歌山を出てから、次第に曲線が多くなった。

普通の電車なら、曲線に入るときに、スピードを落とすのだが、この列車は、百キロ近いスピードを、全く落とさない。

車体が、強烈に傾く。しかし、スピードは落ちない。普通の電車なら、こんなに傾いたら、脱線してしまうだろう。

振り子電車に初めて乗ったので、十津川は、少し気分が悪くなってきた。トイレに行くために、立ち上った亀井が、危うく、転びそうになった。

車体が、右に左に、大きく揺れる。揺れるというより、振り出されるという感じである。座席にいると、身体が放り出されるところまではいかないが、通路に出ると、つかまりながらでないと、歩けない。

トイレから戻って来た亀井が、溜息をついている。

「驚きましたよ。普通の電車だと、カーブに入ると、全車両が、一斉に傾くでしょう。ところが、この列車は、カーブに入った一両ずつ傾くんですよ。直線になって、この車両がもとに戻っても、隣りの車両は、まだ、大きく傾いたままなんですよ。それを見てたら、気持が、悪くなりましたよ」

と、亀井が、いう。

「なれれば、何でもないんだろうね」

十津川が、いったとき、通路の反対側の席にいた中年の男が、

「気分が悪いんですか?」

と、声をかけてきた。

「たいしたことはありません」

亀井が、答えると、相手は、ニコニコ笑いながら、

「私なんか、なれていて平気ですが、初めての人は、気分が悪くなることがあるんですよ。これを飲むといいですよ」

と、仁丹を差し出した。駅の売店で売っている小さな仁丹のケースだった。

「ありがとう」

亀井は、それを貰って三粒ばかり口に入れてから、十津川と、亀井は、顔を見合せた。

「これじゃありませんか？」

と、亀井が、小声でいった。

十津川も、肯いた。

「崎田も、多分、初めて振り子電車に乗ったので、気分が悪くなったんだ。その時を狙って、犯人は、薬をすすめたんだろう。気分が悪いのが治ると思ったんだと思うね。自分でも、一粒、飲んで見せたのかも知れないね。崎田も、気分が悪くなっていたので、すすめられるままに、カプセル入りの錠剤を飲んだんだと思う。白浜近くで飲ませれば、降りてから死ぬわけだよ」

10

十津川と亀井が、はしゃいでいるのを、相手は、変な顔をして見ていたが、

「どうですか？　そちらの方も」

と、十津川にも、仁丹をすすめた。

十津川は、笑顔になった。

「もちろん、頂きますよ」

ケースを、受け取って、二粒、三粒と、口の中に放り込んだ。

梅の香りのする仁丹だった。

十一時二十五分に、御坊《ごぼう》に着いた。

三十秒の停車で、すぐ出発した。右手に太平洋の真青な海が広がり、左手には、山が迫っている。

相変らず、曲線の多いところで、「くろしお8号」は、百キロ近いスピードをゆるめずに、カーブに突入して行く。

十津川も、席を立って、通路に出てみた。

カーブに入ると、足先が、大きく外側に放り出される感じになる。

カーブが連続すると、それが、右に左に、大きく振られる感じだった。スピードを落とさずに走れるのは素晴らしいが、船酔いに似た気分になってきた。

十津川は、船に乗って、時化《しけ》にあったことがある。

横揺れに悩まされて、すぐ、吐いてしまったが、それにまた、船の揺れに身体をまかせていると、酔わなくなったが、この振り子電車も同じらしい。無理に、まっすぐ立っていようとすると、酔ってしまう。

とにかく、床全体が、大きく、左右に揺られるので、曲線区間に入った時に、通路を歩くのは大変である。

座席には、背のところに、手でつかむ把手《とって》がついているが、これがなければ、とうてい歩けないだろう。

どうにか、ドアのところまで行き、ドアののぞき窓から、隣りの車両を見ていると、亀井のいった意味が、よくわかった。

急カーブに入ると、こちらの車両が、立ち直っても、次の車両が、まだ傾いたままの時間がある。面白いといえば、面白いが、初めてだと、びっくりするだろう。

次の紀伊田辺に停車した時に、十津川は、車掌に、振り子電車の構造を聞いてみた。

親切な車掌で、メモ用紙に、図を描いて説明してくれた。

要するに、振り子電車の場合は、台車と、車体の間に、ローラーが入っていて、カーブに入ると、大きく、外側に放り出される。床面も、大きく傾くが、車体の重心も、大きく傾くから、脱線の心配はないという。

在来車両に比べて、車体が、台車の外にまで、大きくふくらむので、構造的にぶつからないように、丸くカットしてあるし、在来車両に比べて、車高も低くしてある。天王寺で、亀井が、窓が低いといったのは、そのせいなのだ。

「スピードアップは結構ですが、初めて、この振り子電車に乗った人の中には、酔って、気分の悪くなる乗客もいるんじゃありませんか？」

十津川が、きくと、車掌は、困ったような顔をして、

「さほど揺れはない筈なんですが、確かに、初めての方の中には、気分が悪くなったとおっしゃる方がいますね。なれれば、何ともないと思うんですが」

と、いった。

崎田も、それだったのだ。

永江は、社長の川原から、崎田を消して、五千万円の金と、書類を取り戻せと、命令されていたのだろう。

永江は、農薬をカプセルに入れて、チャンスを窺《うかが》った。

或いは、崎田が、八月二十日に、「くろしお」に乗るのを知って、農薬入りのカプセルを、用意したのかも知れない。

永江は、前に、「くろしお」に乗ったことがあって、初めて乗る乗客の中には、気分が悪くなる者がいるのを知っていた。それで、崎田と同じ「くろしお8号」のグリーン車に乗り込んで、チャンスを狙った。

永江の予想どおり、和歌山を出て、曲線区間が多くなってくると、崎田は、酔って、気分を悪くした。

チャンスである。白浜が近づくのを待って、永江は、崎田に、気分がよくなるからと、薬をすすめる。永江の顔を知らない崎田は、別に、疑うこともなく、飲んでしまったのだろう。永江も、ただのカプセルを、自分で飲んで見せたのかも知れない。

永江は、そうしながら、崎田のボストンバッグと、古雑誌を詰めた同じルイ・ヴィトンのボストンバッグをすりかえた。

何も知らない崎田は、白浜でおり、昼食を食べに、駅前の食堂へ入ったとき、カプセルが溶け出したのだ。突然、苦痛が、彼を襲った。

その時になって、毒を飲まされたと気がついたのだろう。だが、永江の名前を知らなかったし、「くろしお8号」を下り列車と思い込んでいたので、「下りのグリーン車の男」というダイイングメッセージを残して、死んだ。

「くろしお8号」の白浜着は、十二時四分。一方、池田章子の乗った「くろしお7号」の白浜着は、十二時五分である。

白浜温泉の旅館で、落ち合うとしか約束してなかった章子は、一分前に、崎田が、白浜に着いたとは知らず、そのまま、バスに乗って、白浜温泉に向ってしまった。

永江は、どうしたろうか？

「くろしお8号」も、白浜止まりではなく、新宮行である。

まんまと、ボストンバッグをすりかえ、毒入りのカプセルを飲ませることに成功した永江は、終点の新宮まで行ったろうか？

多分、そうはしなかったろう。一刻も早く、東京へ引き返したかったろうからである。

永江も、白浜でおり、四分後に下りの「くろしお7号」に乗ったに違いない。それが、もっとも早く、東京に帰る方法だからである。

十津川と、亀井の乗った「くろしお8号」も、定刻の十二時四分に、白浜に着いた。

11

改札口のところに、和歌山県警の長谷川警部が、迎えに来ていた。

十津川が、ダイイングメッセージの謎が解けたことを話すと、長谷川は、肯きながら聞き、

「それでは、犯人は、永江幸夫に決まりですね」

「そうです。池田章子は、シロですよ」

十津川がいった。

「その池田章子ですが――」

「どうしたんですか？」

「彼女が、白浜温泉の旅館から、姿を消してしまったんです」

「姿を消した――？」

十津川は、亀井と、顔を見合せた。

「実は、われわれも、ホシは、池田章子ではなく、川原の指示を受けた永江ではないかという考えになって来ていたので、彼女の監視は、ゆるめてしまったのです。逃げる心配より、崎田の後

を追って、自殺するのではないかと、その心配をしていたくらいです。その彼女が、旅館から、姿を消してしまったんです。目下、うちの刑事が、行方を追っていますが、まだ、見つかっていません」

「旅館の支払いをすませているんですか？」

「今朝早く、すませています」

「つまり、誰かに連れ去られたわけではなく、自分から、姿を消したというわけですね？」

「その通りです」

「どこへ行ったのか、全く、手掛りなしですか？」

「残念ながら、今のところはありません」

「自殺すると、お考えですか？」

「それが、まず心配だったので、その辺の海岸をくまなく調べさせましたが、今までのところ、水死者は出ていませんね」

「カメさんは、どう思う？」

と、十津川は、亀井にきいた。

「自殺の線は、あまり考えられないんじゃないかと思います」

亀井は、考えながら、いった。

「なぜだい？」

「二十七歳という年齢もありますし、自殺するなら、崎田の死を知ったすぐあとにしたんじゃないでしょうか？」

「では、なぜ、突然、姿を消したと思うね？」

十津川が、きくと、亀井は、立ち止まって、じっと、考えていたが、

「殺された崎田ですが、彼は、社長の川原に追われることは、十分に知っていた筈です」

「そうだね」

「それなのに、あまりにも、無防備すぎだとは思いませんか？」

「そういえば、そうだな。崎田は、中央興業の不正を証明する書類を持ち出しながら、簡単に、取り返されてしまっているからね」

「私だったら、五千万円は、自分で持っていますが、書類の方は、誰かに預けて、万一、自分が殺された時に備えますね」

「そうか。崎田も、そうしていたんじゃないかと、カメさんはいいたいんだろう？」

十津川がいうと、亀井は、ニヤリとした。

「その書類は、池田章子が持っていたと？」

長谷川が、じろりと、亀井を見た。

「そうです。そう考える方が、納得がいきます。ボストンバッグの中に、五千万円と、書類の両方を入れておくのは、どうぞ殺して下さいというようなものですからね」

「しかし、池田章子は、書類も、ボストンバッグの中にあったといっていたんだ」

「それは、多分、嘘ですね」

「彼女が、もし、持っていたとすると、今日の失踪《しっそう》と、何か関係があるのかな？」

「二つ考えられますね。中央興業の川原も、ボストンバッグの中になかったら、池田章子が持っていると考えると思います。当然、彼女から、取りあげようとするでしょう。だから、一つは、川原たちが、彼女を連れ去ったという見方です」

「もう一つは？」

「逆に、池田章子が、その書類を使って、中央興業を脅したという線です。崎田の仇を取ろうとするのかそれとも、単に、金がほしいだけなのか、わかりませんが」

「どちらにしろ、彼女の行方は、東京だな」

と、十津川が、いった。

12

十津川と亀井は、すぐ、東京に引き返すことにした。

十二時八分白浜発の「くろしお7号」は乗れなかったが、十三時三分白浜始発の「くろしお9号」に乗ることが出来た。

和歌山までは、来たときと同じように、「くろしお9号」は、揺れたが、なれたせいか気分が悪くなることはなかった。

十五時七分に、天王寺着。

新大阪には、十五時三十分に着けたので、十五時三十四分発の「ひかり180号」に乗ることが出来た。

とにかく、あわただしい帰京である。

十津川は、「ひかり」の中から、東京に電話をかけた。

部下の西本と日下の二人の刑事に、池田章子のことを話した。

「中央興業の川原に、会いに行ったものと思う。金をゆする気だろうが、川原が大人しく払うとは思えない。彼女が危険だ」

「わかりました。川原の身辺を調べましょう」

「それに、永江の動きにも注意してくれ」

と、十津川は、いった。

東京に着いたのは、十八時四十四分である。

陽が落ちて、東京の街には、ネオンがまたたき始めていた。警視庁に帰ると、西本と日下の二人の刑事は、今、田園調布の川原邸に張り込んでいるという。

十津川と亀井も、すぐ、現場に、急行した。

すでに、午後八時を廻っていた。田園調布の高級住宅街は、ひっそりと、静まり返っている。

物かげから、川原邸を監視している西本を見つけて、

「どんな具合だ？」

と、十津川はきいた。

「五、六分前に、永江が、あわただしくやって来ました」

「川原が、呼んだんだろう。池田章子が、電話して来たのに対する善後策の相談かも知れんな」

「私も、そう思います」

「彼女が、どんな電話をかけて来たかだが」

と、十津川は、いった。

動きが見えたのは、九時近くなってからである。

車庫の扉が開いて、白いベンツが、滑るように出て来た。

運転席に一人、リア・シートに一人、合計二人の男が乗っている。

「川原と、永江が乗っています」

と、西本が、緊張した声でいった。

十津川たちも、覆面パトカーで、ベンツのあとをつけることにした。

ベンツは、首都高速に入り、上野方面に向った。九時を過ぎているので、さして、混雑はしていない。

「どこへ行く気ですかね？」

リア・シートに並んで腰を下していた亀井が、きいた。

「わからんな」

と、十津川がいう。

ベンツは、高速を出た。

上野公園の不忍池の前へ行って、止まった。

リア・シートから、社長の川原一人が、鞄《かばん》を下げて、車からおりた。

弁天堂の方へ歩いて行く。
五、六分すると、川原が、小柄な女と戻って来た。
(池田章子だ)

と、十津川は、思った。

女が、鞄を下げている。

道路に出たところで、川原は、女に背を向け、上野の駅に向って、歩き出した。

女は、それをじっと見ていたが、ほっとしたように、鞄を持って、歩き出した。

その時である。

十メートルほど離れた場所にとまっていたベンツが、猛烈な勢いで、彼女に向って突進して行った。

「あッ」

と、亀井が叫び声をあげた時には、女の身体は、宙に舞いあがっていた。

「君たちは、あの車を追え。逃がすな！」

十津川は、運転席と助手席にいる西本と日下の二人に、大声でいってから、亀井と、車の外に飛び出した。

亀井は、駅に向って川原を追いかけ、十津川は、道路に倒れている女の傍に駈け寄った。

血が、道路に流れ出していた。

池田章子は、ぴくりとも動かない。手首を握ってみたが、もう脈は打っていなかった。

心臓も、止まっている。それでも、十津川は、通りかかった男に、

「警察だ。救急車を呼んでくれ！」

と、怒鳴った。

男が、あわてて、公衆電話のある方へ駈けて行った。

倒れている章子の傍に、鞄と、ハンドバッグが転がっている。

鞄には、きっと札束が詰っているのだろう。だが、いくら入っていても、死んでしまっては、どうしようもないではないか。

ハンドバッグは、口があいて、緑色の紙片が顔をのぞかせている。

十津川は、何だろうと思った。ハンドバッグごと拾いあげた。

切符だった。

二十三時零分上野発青森行の寝台特急「はくつる3号」の切符だった。

行先は、八戸になっている。

十津川は、白浜で殺された崎田の郷里が、東北だったことを思い出した。八戸だったのではあるまいか。

彼の郷里へ、章子が、何をしに行こうと思っていたのか、彼女が死んでしまった今になってはわからない。だが、十津川は、彼女が、崎田を愛していた証拠と考えたかった。

＊

川原は、上野駅の構内に逃げ込んだところを、追いついた亀井に逮捕された。彼は、紙袋に入った書類を持っていた。中央興業の不正輸出や、脱税の証拠となる書類である。

ベンツに乗った永江の方は、百五十キロ近い猛スピードで逃げ廻った。

日下が、無線で、周辺に、非常線を張るように頼んだ。

パトカー十二台が動員された。

追いつめられた永江は、ベンツを、北千住の先で、道端のガードレールにぶつけ、ようやく、逮捕された。

二人の逮捕で、わかったことが、いくつかあった。

その一つは、崎田の行動である。白浜で死ぬ前日の八月十九日、崎田は、大阪で旅館に一泊していた。

中央興業で、崎田のかつての部下だった男の家である。中央興業にいる時、崎田が、ずいぶん面倒を見てやった男だった。

池田章子が、新宮の親戚のところで一泊するというので、崎田も、十九日をその男の旅館に泊ることにしたのだろう。

だが、その男は、崎田が来たことを中央興業に知らせたのだ。二十日に、「くろしお8号」に乗るということも。

川原は、崎田が関西方面に逃げたらしいということで、永江を大阪に行かせていたが、すぐ、そのことを電話で知らせた。

だから、永江は、最初から、崎田が、二十日の「くろしお8号」に乗ることを知っていたのである。

崎田を裏切ったこの男は、恐らく、殺人幇助《ほうじょ》の疑いで逮捕されるだろう。

偽りなき顔

安《あ》萬《まん》純《じゅん》一《いち》

【略歴】

一九六四年、東京生まれ。二〇一〇年、『ボディ・メッセージ』で第二十回鮎川哲也賞を受賞しデビュー。他著作に『星空にパレット』『滅びの掟　密室忍法帖』『王国は誰のもの』『青銅ドラゴンの密室』『モグリ』『ポケットに地球儀』『ガラスのターゲット』等。

1

タクシーから降り、何歩か進んだところで足が自然に止まった。

裕美《ゆみ》は振り返って乗ってきたタクシーを探したが、すでに走り去っていた。

目のまえには『和歌山市駅』の表示。

状況を把握する間もなく、

「あれっ、裕美じゃないか」

ズキンと心臓が高鳴る。

よりによって今日一番聞きたくなかった声だ。

信じられない。いや、信じるしかない。よくあるのだ。こういうことは本当によく起こる。

裕美はほがらかな顔を作って声の方を向く。

「やっぱりそうか。どうしたんだこんなところで」

宗谷《そうや》健《けん》が近づいてくる。十五年まえの大学時代と比べるといくぶん太り、髪にはひとすじ、ふたすじ、白いものが混じっている。

「あなたこそ、なんの用事?」

「子供を送りに来たのさ。塾の夏期講習でね」

裕美の顔を覗きこむようにしながら続ける。

「樋沼《ひぬま》に会いに来たのか」

「えっ」

「いやね、こないだ実にひさびさにあいつに会ったんだ。そうしたら、今度裕美が来るんだぜっていってたね」

祐美はうなずいた。そうしなければ、なにかほかのもっともらしい理由をいわなければならない。

宗谷と樋沼はどちらも和歌山市内に住んでいる。

「東京から来たんだろ。随分早く出てきたんじゃない？」

「まあね」

いま午前十一時半。裕美の家から東京駅までだって一時間はかかる。たしかにこの時間にこの辺りにたどり着くには、六時すぎには電車に乗らなければならないだろう。

それにしても……。

宗谷の顔には最初の質問が貼りついたままだ。どうしたんだこんなところで。

答えないでいる裕美に対し、こういってきた。

「樋沼の家ならわかるよ。乗せてってやろうか」

「わあ、助かる。でも悪いわ」

「ははは。ちっとも悪いと思ってない顔だぜ」

車はあっちだというように宗谷が歩き出した。裕美はうしろに続く。

「塾って、何年生なの？」

車に乗った裕美が尋ねる。車は東京でもよく見かけるハイブリッド車だ。家族のためのコンパクトカー。たしか宗谷の子供はひとりだと聞いたのを思い出す。

「いま小学三年生さ。いや、俺がいうのもなんだけどさ、結構成績良くてね。本人もどういうわけか勉強がわりと好きみたいで。親がいわなくても結構自分で――」

社交辞令的質問だったのだが、宗谷の子供自慢がひとしきり続いた。

それがようやく終わったのは、三上町という標識が見えた辺りだった。

「知ってる？　樋沼のやつ、ほとんど世捨て人みたいにしてすごしているらしいぜ」

運転しながら横目でちらりと裕美の方を見る。

「収入がどうなってるのか不思議なんだよな。死んだ両親が財産でも残してくれたのかな」

「全然働いてないの？」

「よく知らないけど、たぶんね。同じ市内にいても、あいつとはめったに会わないないんだ。こないだ会ったのだって、何年ぶりかわからないくらいさ」

車は駅から南へ向かって走っていた。車窓から眺めていると徐々に緑が増えてくる。

「あいつ、一時期裕美に熱を上げてたみたいだけど、まさかそういう話じゃないよな」

カマをかけてくる。裕美は軽い笑顔でいなした。

かつて裕美と宗谷と樋沼は東京の同じ大学へ通っていた。同じテニスサークルにいた仲だった。宗谷と樋沼は和歌山出身だが、学生時代からそれほど仲が良かったわけではない。社交的で口達者な宗谷と、無口でおとなしい樋沼はもともとソリが合わなかったようだ。

東京育ちの裕美も、両者とそれほど近しい関係ではなかった。その他大勢の中のひとりという感じ。

ただ、いわれてみれば、学生時代に樋沼の視線を感じたことが何度もあった。

「卒業してから会いに来るの初めてよ」

車が道路を脇道にそれ、坂道を登り始めた。

家の数が少しずつ減っていく。

「アポは取ってきたのかい？」

「ええ」

なんの用事か重ねて訊くことはさすがにしてこないが、気になっていることを隠そうともしなかった。無理もないだろう。同じサークルにいたというだけの、当時の同級生が東京からはるばるこんな場所へ訪ねてくるのだから。

「ええっと、たしかこの近くだ。一度だけ行ったことがあるんだけど、もう何年もまえのことだしな」

宗谷が車を路肩に停め、カーナビの画面を見つめた。

「――そうか。もう少しだけ先だな」

ふたたび車が走り出した。


たどり着いたのはかなり古めかしい家のまえだった。造りこそそこそこ立派だが、門柱の脇からすでに草ぼうぼうで、いかにも隠者の住処《すみか》といった雰囲気を醸《かも》し出している。

裕美は車を降りた。宗谷も降りる。じゃあ自分はここで、というつもりもないようだ。結構暇人だ。裕美はもう、次の行動へと頭を切り替えた。

「――出ないわ。出かけてるのかしら。それとも呼び鈴が壊れてるのかしら」

裕子が三度ほど押したが返事がない。

宗谷は少しうしろに立っている。

「アポ取ったんだったら出かけないとは思うけど」

裕子がドアノブを握った。

「鍵がかかってる」

一分ほどしてもう一度呼び鈴を鳴らした。

「いないみたい」

「失礼なやつだな。憧れの君がわざわざ遠出して訪ねてきたというのに」

「仕方ないわ」

「携帯番号とかラインは？」

「知らないわ」

裕美があきらめるように両肩をすくめる。すると宗谷がいった。

「なあ、こうしたらどうだろう。これからしばらく市内観光でもして、もう一度来てみればいいよ」

「でも……」

「俺なら平気さ。今日はもう、夜七時にまた駅まで迎えに行くだけなんだ。この近くなら、和歌山城がちょうどいいよ」

「悪いわ」

「いいって。遠慮しなさんな」

ふたりで車に戻り、来た道を引き返す。

2

「建っているのは虎伏山っていうんだ。山っていっても高さは五十メートルもないんだけどね」

運転しながら宗谷が和歌山城に関する知識を披露し始める。

「豊臣秀吉が作ったんだけど、関ヶ原以降は徳川家の物になった。何度か火事に遭《あ》って天守閣が消失したりしたんだけど、その都度立て直したんだって。

明治になって廃藩置県の際に、本格的に壊されることになったそうなんだけど、反対運動があってそのまま残されることになったんだ」

車を駐め、徒歩で城に向かう。たしかに、山というよりちょっとした丘の上に城はあった。うしろに、はるかに高いビルが見える。どこかこじんまりした雰囲気の城だ。

緑色濃い木々が丘を取り囲むように茂っている。

石垣を右に見ながら、ふたりは不揃いな石段を上った。

「今日は天気がいいから、きっと上まで行くと海が見えるよ」

春休みのことで、幼い子供を連れた夫婦や観光客の姿もあった。同じ歳のふたりはまず夫婦に見られるだろう。

「樋沼になんの用があるのか訊いていいかい」

顔は裕美の方に向けずに宗谷がいった。

「ええ、いいわ。べつに私の方では隠すことでもなんでもないから。

実は、彼に貸したある物を返してもらいに来たの」

「へえ」

宗谷の顔に意外だという表情が広がる。裕美は続けた。

「うちに昔からあった日本人形なの。ずいぶんまえにその話をしたら、樋沼君が興味を持って、ちょっと貸してもらえないかっていわれて、送ったの。

で、ふと思い出して返してもらえるかって電話でいったら、いいよって答えたんだけど、いつまでたっても送ってくれない。

だからとうとう自分で返してもらいに来たの」

「へえーっ、あいつが日本人形をね。

でも、今日あいつが不在だったのも、もしかすると返したくないからかもしれないな」

「そう思う?」

「あるいは、勝手に売り払ったりして、返せないのかも」

裕美が下を向く。すると宗谷がはげますような口調でいった。

「ようし、こうなったら今日出くわしたのも何かの縁だ。あとでもう一度行って、あいつがゴネるようなら俺がガツンといってやるよ」

天守のある場所まで行くと眺望が開けた。ゆったりとうねって海に注ぐ紀の川の河口がくっきり見える。

「きれいな眺めね」

遠い向こう岸に並ぶ工場の煙突の群れも、このなんとものどかな雰囲気をいささかも崩していない。

見つめていると宗谷のお腹がぐうっと鳴った。もうとうにお昼を過ぎている。

「ごめんなさい。付き合わせちゃったせいでお腹空いちゃったわね」

「せっかく来たんだから、クジラかクエだな」

「なあに、そのクエって」

「この辺りの海で捕れるおっきな魚さ。鍋にするとおいしいんだぜ。ああそうだ。三月が旬の最後だよ。よし、クエで決まりだ」

宗谷の案内で行った店に飾ってあるクエの模型は、本当にこんな魚がいるのかと思うような珍妙な姿をしていた。口がやたらと大きく、胴体が太く短い巨大魚だ。

だが、いわれたとおり鍋で食べると、いいようのないおいしさが口の中に広がった。

「おいしいわ。ありがとう」

「今度、もっと時間のあるときに来れば、もっといろんなところに連れて行くよ。高野山もあるし白浜もきれいなんだ」

腹が膨れると本来の目的を忘れそうになる。

「どうもありがとう。そのときはまたよろしくね」

店を出たふたりは車に乗ってふたたび樋沼の家をめざした。


「――やっぱり出ないわ」

樋沼の家の呼び鈴のボタンを押しても相変わらず誰も応答しなかった。

「しょうがねえなあ」

「あら、開いてる――」

裕美がつかんだドアノブが回転し、ドアが外側に開いた。

まえに出た宗谷が内側をのぞき込み。声を上げた。

「おい樋沼、いるかーっ」

応える者はいない。

「どういうこと?」

「さっきはいなかったのが、いったん帰ってきて、それから鍵をかけ忘れてまた出て行ったってことだろうなあ」

宗谷が、この状況を説明しうる唯一の回答という感じでいう。

「また戻ってくるかしら」

「かもしれない。中に入ってみようよ」

「大丈夫かしら」

「そこはもと同級のよしみってやつだよ。君はちゃんと約束してるんだしさ」

そういうと中に入って靴を脱ぐ。裕美もあとに続いた。

雑然とした室内だった。アニメや映画関係の雑誌が所狭しと積み上げられている。食べ終わった食器類なども床に置きっぱなしの状態だ。

「まあ想像してはいたけど不衛生極まりないな」

眉根を寄せて宗谷がいう。

見た感じ、ここで誰かが生活していたことは間違いない。

宗谷が遠慮しない調子で家中の部屋を見て回る。平屋建てなのであっというまに見終わった。

「いないな。ひとりで死んでるってこともない」

「あたりまえよ。鍵がかかってなかったのを忘れたの？」

宗谷がテレビをつける。午後のワイドショーがやっていた。

ソファのあいている部分に腰を下ろし、三十分ばかり待つ。

「――だめだな。すぐに戻ってくるつもりはないのかもしれない」

「わざとってこと？」

「それもあり得るだろうってことさ」

少し下を向いたあと、裕美がきっぱりした口調でいった。

「わかったわ。もうあきらめる。宗谷君、今日はいろいろどうもありがとう。助かったわ」

「いいって。目的が果たせなくて残念だな」

ふたりは雑然とした室内で立ち上がる。

「帰るんだろ。送ってくよ。和歌山駅でいいのかい」

「ええ。ありがとう」

3

東京に帰ってきてからの裕美はいつもの日常に戻った。アパレル系の会社でデザイン部門の統括部長をしているのだ。

定時で社を出て、どこにも寄らずにまっすぐ家に帰った。ひとり暮らしだ。夕食になるものは家にある。

マンションの三階にある自宅に着いて五分後、チャイムが鳴った。

「はい」

「宗谷だ」

ドアを開けるまえにのぞき穴から見る。宋谷がひとりで立っていた。

「悪いね。いきなり訪ねて」

「いいわ」

上がってきた宗谷を奥のリビングに案内する。

「へえ。きれいな部屋じゃない」

「べつに、なんの取り柄もないわ」

ふたり掛けのソファに宗谷を座らせると、裕美は少し離れて立った。

「わざわざ和歌山からどういう風の吹き回し？」

「ちょっと話したくてね」

「お茶入れるわ」

キッチンに行って湯を沸かす。食事をすすめるつもりはない。湯が沸くと買い置きのおかきと一緒にソファのまえのコーヒーテーブルに置いた。

「座らない？」

宗谷にいわれ、裕美はキッチンから椅子を引っ張ってきた。宋谷の正面から少しずれた位置に座る。

裕美が自分用に入れたお茶を啜ると、つられて宗谷もそうした。

「こないだは奇遇だったね。あんなところで会うなんて奇跡みたいな確率だなってあとから思ったよ」

「そうね」

裕美は話をせかすことはしなかった。わざわざお金をかけてやって来たのだ。遅かれ早かれ自分から話すに違いない。

「さて、いざとなるとどこからどう話すか、迷うな」

宗谷が菓子皿の上のおかきを手に取り、口に放り込む。すぐにポリポリと噛み砕く音が聞こえてくる。

「――あれから樋沼とは連絡が取れたのかい？」

「いいえ」

「そうか。俺もね、あれからちょっと気になって、あいつの家に何度か行ってみたんだ。でも、会えなかった。最後に君と行ったときのまま。あれっきり、あいつあの家に帰ってないみたいだ」

もうひとつまみ、おかきを食べる。

「これ結構辛いね」

そういってお茶を飲む。

「まるで樋沼の奴、この世から消えちまったみたいだ。あいつ、両親もいないし、親戚はどこかにいるのかもしれないけど、差し当たり、あいつがいなくなったからって捜索願を出す人なんていないんじゃないかな。誰ひとり、あいつがこの世から消えても気にする人なんかいない。ちょっとかわいそうだよな」

宗谷がまたしてもおかきをつまみ、お茶を飲む。

「べつに樋沼がいなくなったからって俺はなにも困らないし、どうでもいいといえばどうでもいい。

だけど、やっぱり気になったんだ。わざわざ約束した君が訪ねてきたっていうのに、一度は留守で、そのあと二度めに行ったときに鍵が開いたってことは一度帰ってきたわけだ。なのにそれっきり、今度は完全にいなくなってしまうなんて絶対におかしい。普通じゃないよ。それで、悪いと思ったけど、あいつの家に上がり込んで、あちこち探してみたんだ」

宗谷が裕美の顔を見ながらいったん話を切る。

「お茶、もっと飲むでしょ」

宗谷の湯飲みを持ってキッチンに行き、あらたに入れて持ってくる。

「ありがとう」

入れ立てのお茶を一口啜る。

「――君が来たときのことも何度も思い出して考えてみた。

それでね、ふとおかしなことに気づいたんだ。

まず、出会ったときのことさ。

俺が和歌山市駅で君の姿を見かけたときだ。

君は間違いなくおどろいた顔をしてた。

思うんだけどさ。人間、一番正直な顔をするときってどんなときだと思う?

それはさ、おどろいたときだと思うんだよね。

人はおどろいたとき、一番偽りのない顔をするんだ。

あの、和歌山市駅に立っていた君は、間違いなくなにかにおどろいて唖然としていた。

じゃあ、一体君は、どうして、何にそんなにおどろいていたんだろう。和歌山市駅のなにが君をおどろかせたのか。

あのとき君が立っていたのはタクシーの降車場だった。つまり君は、どこかからタクシーに乗ってきて、あそこで降りたんだ。それで、駅の表示を見ておどろいていた。

これで、地元の人間ならピンと来なきゃ嘘だ。

僕が君を送っていったのがJRの和歌山駅だった。もうわかるだろ。

君は、JRの和歌山駅へ向かうつもりで和歌山市駅に来てしまったんだ。

これは間違いないと思った。東京と行き来するなら使うのは間違いなくJRの和歌山駅の方だ。南海本線や紀勢本線の和歌山市駅なんかに用があるはずがない。

あのね、地元の人間は和歌山市駅のことはたんに『シエキ』って呼ぶんだ。きっとタクシーの運転手だって、君が和歌山駅っていったとき、『シエキ?』って聞き返したんじゃないかな。それがわからなかったか聞き取れなかったかで、君はそのまま和歌山市駅へ乗せてこられてしまった。そしてタクシーから降りて、駅を見て唖然としていたところに俺が出くわした。

どうだい、当たってるだろ」

得意そうな宗谷に対し、裕美はうなずくよりほかなかった。たしかに行き先を運転手に告げたとき、運転手が短くなにか聞き返したおぼえがある。だが、頭はべつなことでいっぱいだったし、とくに聞き返すこともしなかったのだ。

うなずく裕美を見て、宗谷が満足そうに笑みを浮かべる。

「そこまでわかったらその次だ。じゃあ君は、あのとき一体、どこからタクシーに乗ってきたんだろうってね。

俺はあのとき、駅で見かけた君がてっきり東京から来て着いたばかりだと思ってしまった。そんなふうに君に話しかけたはずだけど、なぜか君は俺の間違いを正さなかったね。

普通に考えれば、タクシー降車場に立って駅の方を向いている君が、行きではなく帰りだったとするのが当然なんだけど、会った時間が昼前だったこともあって、まさか帰りだとは思わなかった。

さて、君は一体どこからタクシーに乗ってきたのか」

宗谷が余裕たっぷりにおかきをつまみ、お茶を啜った。

「これはもう、ひとつしかないよね。君は樋沼の家から来たんだ。それ以外にない。なにしろ君は樋沼に用があって和歌山へやって来たんだからね。

樋沼の家の中じゃ、あいつの行方をつかむ手がかりになりそうな物なんかまるで見あたらなかった。

それで俺は、あの家の庭も調べてみたんだ。

あいつ、長いこと庭の手入れなんてやってなかったんだろうな。もう草ぼうぼうでジャングルみたいだった。

でも、あったよ。奥のすみの方に、つい最近掘り返したみたいな跡がね。幅一メートル、長さ二メートルくらいかな。ちょうど人ひとりが入るくらいの大きさだ。その部分だけ草が生えてないのさ。

いや、誤解するなよ。俺はシャベルもつるはしも持ってなかった。だから掘り返したりはしてない。そういう跡を見つけただけさ。警察にもいってないよ」

宗谷は間を置き、裕美の顔を眺める。

裕美はなにもいわず、表情も変えなかった。

宗谷がお茶を飲み、手でもうこれ以上は結構という仕草をした。

「これは考える必要があると思ってね。いろんなことをじっくり検討してみた。

ここから話すのはほとんど想像だけど、大きくは違ってないと思うよ。

君はなにか樋沼に弱みを握られてたんじゃないかな。それも相当やばい弱みだ。

で、定期的に樋沼にお金をわたしていたんだろう。

俺は証拠を捜すべくふたたび樋沼の家に行った。お金をわたしてたとしたら、君と樋沼の住所を考えても、まず振り込みだ。それで通帳とかを捜したんだけど、見事になにも見つからない。

まるで誰かがすでに持ち去ったみたいにね。

銀行に問い合わせたって、他人の俺なんかに何も教えてくれるわけがない。

けどね、もしも警察が動いたらどうだろう。金銭授受の記録なんか簡単に見つけるだろうね。君もおそらく、自分名義で振り込んだりはしていないだろう。でも、君の口座のお金の動きを合わせて調べれば、かなり確実な証拠になるよきっと。

樋沼がほとんど働かずに生活できていた理由もわかった。それなりのお金をわたしていたんだね。

さて、ここで最大の謎が立ちはだかる。君が俺と一緒に樋沼の家に行ったときのことだ。最初に行ったときにはドアの鍵がかかっていたのに、次に行ったときにはかかっていなかった。それでこっちはてっきり、一度めと二度めの間に樋沼がいったん帰ってきて、また出かけたんだと思った。つまり、樋沼はあの日、君が東京へ帰るまで生きていたんだとね。

でもこれは、君が仕掛けたトリックだったんだ。俺はまんまと君の心理的アリバイを信じ込まされたわけだよ。

最初に俺たちが行ったとき、ドアに手をかけたのは君だけだ。ドアノブを握って、開かない、鍵がかかっているといった。

でも、そこが嘘だよね。あのときすでに樋沼はいなかった。ドアは開いていたはずなのさ。それを、君は鍵がかかっているように演技した。手品師がよくやる手じゃないか。

あの家は、君が俺と会うまえに出て行ったときのままだったんだ」

再度、宗谷が言葉を切り、今度は少し憐れむような視線で裕美を見た。

「俺はね、いろいろ考えた結果、君が樋沼になにを握られていたか、また、君が樋沼に対してやったことを不問にしようと思うんだ。そう決めたのさ。

まえにもいったけど、子供に本格的にお金がかかるのはこれからなんだ。仕事の方の収入がいま以上に上がることも期待できない。

いいたいことはわかるよね。

これからは俺を援助してもらいたいんだ。

こんなことをいうともちろん、俺もかなりのリスクを負うことになるのはわかる。

君が入れてくれたお茶を飲んだのも、俺がなんの話をしに来たかいうまえに作ってくれたものだからさ。君の決断力と行動力は決して侮《あなど》れないからね。

もうこれからは君が作ったものは口にできない。

今日、ここへ来ることはもちろん家族にも話していない。だから、あまり遅くなるわけにはいかないんだ。仕事関係の話合いとしかいってないからね。

できればいますぐ答えを聞かせて欲しい。

それとも、いいたいことがあるなら聞くよ。

ちょっと疲れたな。普段こんなにしゃべることもないからな」

4

宗谷にいわれ、裕美は口を開いた。

「わかったわ。よく警察に駆け込まないでくれたわね。私、あなたに感謝すべきなんでしょうね。もうこうなったら、なにもかも話すわ。

大学四年のとき、足立区に住んでいた男子大学生がひとり、行方不明になった事件、おぼえてるかしら。私たちとは違う大学の学生よ。

短いあいだだったけど、私ね、その人と付き合ってたの。

会ったのもほんの何回かだし、誰にも教えなかったから、私たちの関係を知ってる人はいなかったわ。

でもその、ほんの何回かの付き合いで、私、妊娠しちゃったのよ。

その話を私のアパートの部屋で彼に伝えたら、突然冷たくなって、お金をわたすから堕してくれっていわれたの。

それを聞かされたとき、私は目のまえが真っ白になった気がしたわ。

気づくと、目のまえの床に彼が倒れてたの。額から血を流してね。

いつのまに手にしたのか、私の手からフライパンが落っこちた。

あのころはまだ、いまみたいに街のあちらこちらに防犯カメラなんてなかったのが幸いだった。

それと、彼は男性としては小柄だったの。彼の体を黒いゴミの袋で覆って上から縛ったのを、車輪のついたスーツケースに押し込んで、夜中になってから外に運び出したのよ。

誰かと会うんじゃないかって生きた心地がしなかった。重くて重くて、頭がぼうっとなってきたけど、川のそばまでひたすら運んだの。

手前の土手を越えると、もうあまり人目につかなかった。そこから川原まではゆるやかな下りだったわ。近くには工場もあったし、周囲の草むらにいろんな物が落ちているのは知ってた。私はあの、横に穴の開いたコンクリートブロックを探したわ。いくつか見つけて、持ってきた紐を穴に通して彼の体に縛り付けたの。

そうして最後の力を振り絞ると、彼の体を川に落としたのよ。

彼と付き合ってたことは誰にも知られてないと確信したのは、家族が捜査届を出したにもかかわらず、警察が一度も私のところへ来なかったからなの。

でも、やっぱりうまくいかなかった。

樋沼君に見られてたのよ。

彼、ときどき私の部屋を見張ってたみたいなのね。

それも、カメラまで持ってきてて。

私が大きな袋を担いでいるところを写したんだって。川に捨てるところも。

暗いうえにフラッシュもたかなかったから映りは悪いけど、それでも私だってはっきりわかるっていってたわ。

樋沼君ったらね、それを卒業してしばらくしてから教えてきたの。

そのときの、電話で聞かされたときの絶望感はいまでも思い出せるわ。

ただ、おもしろいことにね、私がやったことを知ったせいか、あれだけしつこかったくせに、それっきり付き合ってくれとはいわなくなったわ」

裕美はしばし感慨にふけるように押し黙った。目のまえでうっという声がしていたがそれを無視し、少しすると話を続けた。

「あとはあなたの想像通りよ。樋沼君に定期的にお金を送り続けることになったの。

もう十年以上になるわ。

彼がね、とうとう仕事もやめてひとりで家に引きこもってるって聞いて、私の中でスイッチが入ったの。

これからは、君が送ってくれるお金で暮らしながら好きなことだけやるよ、なんていってね。

それを聞いて心底うんざりした。これはもう終わりにしなきゃって決意したわけ。

まだまだ人生長いんだしね。

一度経験があるせいかしら、今度もうまくできる気がしたわ。

私が彼の家に行ったのは、あなたと会った前日。彼の家に行き、睡眠導入剤入りのお茶を飲ませて眠らせてから首を絞めたの。

ラッキーだったのは、彼があんな人里離れた場所で独り暮らしをしていたことね。一生懸命穴を掘って――あんまり深くは掘れなかったけど――夜のうちになんとか死体を埋めて、朝まで休んだ。

人目につかないように通勤時間が過ぎるまで待った。それから家を出ると、三十分くらい歩いてからタクシーを呼んだわ。

いま思えば、「和歌山駅へ」っていったとき、たしかに運転手がなにか短く訊き返してきたわ。あれはきっと「シエキ?」って訊いてきたのね。よく聞こえなかったし、あまりおぼえてないわ。だいたい、和歌山で「和歌山駅」っていってるんだから、東京で「東京駅」っていってるのと一緒でしょ。間違えようがないと思うじゃない。

お陰で和歌山市駅の方に行っちゃって、あなたに出会うことになった。

まあ、これも運命ね。

あなた、自分がなんの話をしに来たか知らないうちに私が作ったお茶だから飲んだっていったわね。

でもね、私の方としたら、あなたがいつ来るかと気にしてたのよ。きっと気づいて来るだろうと思ってた。だからお茶には最初から薬が入れてあったのよ。辛いおかきはもちろん、お茶をたくさん飲ませるために用意してた。なかなか来なかったから、もう湿気ちゃうかと心配だったわ。

もう三人目ね。でも、今度も立派にやり遂げてみせる。そうじゃなきゃ、これまでのことが全部無駄になっちゃうじゃない。

でもあなた、おもしろいこといったわね。偽りのない顔ですって？

たしかに、人って本当におどろいたときにはほかの顔はできないものね、今のあなたのように」

裕美はひとりでしゃべり続ける。目のまえにある宗谷の体はもう、ぴくりともしない。体が前のめりに二つ折りになっている。

横からのぞき込むと、そこにはまさに偽りのない顔があった。

「これで終わるのかしら。どうもそうなる気がしないわ。まだまだ、処理しても処理してもずっと続くような気がする。

もういくらでも、来るなら来いって感じよ」

そういってこちらを見る。

「これを読んでいるそこのあなた、私を強請《ゆす》ろうというのならどうぞ。準備万端整えて待ってるわ。いつでもいらっしゃい」

十津川警部と私　あの、太陽のような

安萬純一

　このエッセイの内容をどうするか考えながら電車に乗っていたら、どこかから「西村京太郎——」という声が聞こえてきて「えっ」となった。

　不穏な予感とともに検索すると、ご本人逝去の報が見つかり、おどろきとともにいいようのない寂寥感が身内に広がった。

　今回、奇しくも追悼記念の意味も加わった作品集に自分が名を連ねることができたのを僥倖に思うと同時に、関係者各位へ感謝の意を表したく存じます。

　記憶をたどると、最初に浮かぶのはなんといっても名探偵四部作『名探偵なんか怖くない』『名探偵も楽じゃない』『名探偵が多すぎる』『名探偵に乾杯』である。

　なにしろ、メグレにエルキュール・ポワロにエラリー・クイーンに明智小五郎、さらにはルパンと二十面相まで登場するのだ。ポワロが死んでからはヘイスティングスが代わって出てくるという芸の細かさ。こんなことをやっていいのかとアイディアの大胆奇抜さに脱帽するとともに、著者の才気煥発ぶりにおおいに楽しませてもらったのを思い出す。

　ただ、この作品群やスパイもの、社会派推理を書いていた初期の著者は、そのあり余る才能の向けどころを捜して試行錯誤をしていた時期だったとのちになって知った。

さて、鉄道や電車そのもの、旅行や地方風物がお好きだった西村先生が、必然のようにトラベルミステリーにたどり着いてからのことは、私などが言及するまでもない、余人が到達しえない膨大な山脈のごとき成果を残された。熱エネルギーを噴き上げ続けるあの太陽のような存在感を存分に示した。

人は好きなものをつかんだとき、その力を最大限発揮するという好例であろう。

『鎌倉江ノ電殺人事件』を例に取れば、作中に江ノ電のおもちゃが出てきて重要な役割を果たす。新たな江ノ電のおもちゃが出たら必ず買うという人物が登場する。これなどまさに先生そのものではないだろうかと微笑ましく思いながら読んだものだ。こうした小道具の使い方に独特のセンスを感じるのは私だけではないだろう。

室内に鉄道模型を敷き、窓から三種の鉄道が見える場所を終の棲家とされたのも、好きなことを極めた幸せな人生の象徴のように思える。

もう二度と出てこないタイプの作家だろう。

西村先生が永遠に好きな鉄道の夢を見ながら安らかにすごされることを祈りつつ。

瞳の中の海

井上《いのうえ》　凛《りん》

【略歴】

三重県出身、中央大学卒。二〇〇六年　内田康夫ミステリー文学賞にて特別賞「浅見光彦賞」を受賞。二〇〇七年　短編集『オルゴールメリーの残像』でデビュー。二〇〇八年俳優、柳楽優弥原案・作『止まない雨』の執筆協力。二〇一八年『浅見光彦と七人の探偵たち』に「満ち足りた終焉」収録。二〇一九年『三毛猫ホームズと七匹の仲間たち』に「メルシー・ボク」収録。二〇二一年『棟居刑事と七つの事件簿』で浜井武氏と対談解説。

【有名画伯急死事件、家政婦の自殺で幕引きか】

海辺の風景や女性画など国内外でも著名な画家、五条夢之助《ごじょうゆめのすけ》氏（77）が三月二十六日（火）夜、三重県志摩市の自宅裏の崖から海へ転落、溺死した。当初は事故死と思われたが、その後、事件の可能性もあるという見方が強まり、捜査が続けられていた。

事件性が疑われたのは、五条氏の体内から多量の精神安定剤の成分が検出されたことと、その薬品が本人に処方されたものではなかったことが重要視されたからである。

五条氏は日頃から健康食品やサプリメントなどを摂取していたが、精神安定剤などの服用習慣はなかった。検出された成分は抗うつ剤、抗不安剤として一般的に処方されている医薬品だが、過度な量や誤った服用により、めまい、ふらつき、幻視、異常行動などの副作用も報告されている。

警察は、妻（25）と家政婦（48）から任意の事情聴取を続けていた。前妻は三年前に病死し、五条氏は昨年の秋に再婚している。

その日の夕食後、妻と家政婦は母屋のリビングルームでテレビを観ていた。五条氏だけ別棟のアトリエに移動。就寝時間の午後十時まで自由な時間を過ごす習慣だった。午後十時半過ぎ、就寝時間を過ぎても五条氏が戻って来ないので二人で様子を見に行った。するとアトリエに五条氏の姿はなく、海に面した裏庭の低いフェンスが傾いていた。強盗の形跡はなし、裏庭に向けられた防犯カメラにも侵入者の形跡はなかった。

家政婦が警察に通報。翌朝、海中から五条夢之助氏の遺体が発見された。

アトリエは太平洋にせり出した岬の突端に建てられている。防犯カメラには、五条氏が危うい足取りでテラスから裏庭に出てゆく姿が残されていた。フェンス際までは映っていないが、朦朧とした画伯がバランスを崩し、腰高のフェンスに体重をかけるような姿勢で海に転落したのではないかと思われた。

遺体から薬物が検出されたことで、疑惑の目はまず妻に向けられた。五十歳以上も年下で、結婚してから半年も経っていない。五条氏と前妻との間に子はなく、画伯の死によって莫大な遺産が妻ひとりに転がり込むことになる。やがて、児童養護施設育ちという生い立ちが明かされるとネット上では言いたい放題、疑惑モードに拍車をかけた。

次にとある週刊誌が、家政婦には心療内科への通院履歴がある、と報じた。すると今度は、妻と家政婦の共謀説が浮上した。妻が家政婦を金で買収し、精神安定剤を入手。その薬を食事に混入し、意識混濁状態にしたのではないか、という推測だ。

連日、海辺の田舎町に取材陣が大挙して押しかけた。妻は志摩市を離れ、家政婦は市内の自宅に引きこもった。夏にはマスコミ関係者の数こそ減ったが、家政婦は好奇の目で見られ続けた。元々、不安定な面があった家政婦は精神的に追い詰められたのかもしれない。

九月十二日（木）未明、家政婦が死亡。自宅で入眠剤を飲み、練炭自殺を図っていた。部屋の窓は内側から目張りされ、玄関ドアは施錠されていた。室内には入眠剤の他に五条氏の体内から検出された成分を含む精神安定剤があった。

これらの状況から警察は、家政婦が五条氏のサプリメントに精神安定剤を混入し、それを服用した五条氏は幻視などの副作用で誤って海に転落、と推測。家政婦は罪の意識とマスコミ攻勢で精神的に追い詰められ、自殺を図ったものと結論づけた。殺意の有無は不明。また、単独での犯行か、妻との共謀か、鍵を握る重要人物がいなくなったことで事件の全容解明は難しくなった。

一方、マスコミの過剰な取材による精神的ストレスも自殺の引き金になったのでは、という批判の声もあり、今後はメディアの取材体制についても議論がなされるべきであろう。

《ウェブ配信@ニュース》

人の気配に気づいたのか、女はベッドに横たわったまま拓也を見上げた。だが焦点が定まることはなく、ゆっくりと顔をそむけた。ガラス越しの日差しを半身に浴び、痩せこけた肉体は陰影が濃い。白髪も目立つ。ふっくらしていた頃の記憶しかないので母親の面影を探すのに少々時間がかかった。

声をかけようとしたが言葉が見つからない。思えばもう何年も面と向かって話をしたことがなかった。母親は窓の外をじっと見つめている。色づき始めた木々と、海のかなたに水平線が見える。

一昨日、母親が民間の高齢者施設に入居したという連絡があった。志摩市の福祉課からの電話だった。

「もしもし、寺脇拓也さんですか？　お母様の涼子さんのことですが、もう一人暮らしは難しいと思いまして……」

民生委員が定期的に独居老人世帯を訪問していたと言う。ここ数カ月の間に母親の身体機能は急激に衰えてしまったらしい。病院でアルツハイマー型認知症という診断も下された。現時点で公共型の施設には空きがなく、しばらく待機してください、と言われた。

「いろいろな手続きが必要です。介護認定の申請もされたほうがいいですよ」

市役所の職員は今後の対応について話し始めた。とりわけ費用面に関しては細かい数字を列挙して、この先どれほどの負担額が必要か、ということを説明してくれた。

「はい、わかりました」

ほとんど聞いていなかったが適当に相槌を打ち、区切りのよさそうなところで電話を終えた。

昨日はいつも通りに仕事をこなし、今日から五日間の休暇を取った。そして高校卒業以来、二十数年ぶりに自分の母親と対面したというわけだ。

母と言っても、十歳になるまでほとんど祖母に育てられた。母親はたまに様子を見に来る程度で、顔を合わせてもぷいと横を向いてしまう。抱きしめられた記憶もない。幼心に、自分は嫌われているのだ、と感じていた。

海岸沿いの家の前はコンクリート敷きになっていて、幼い頃の拓也はよく祖母の海藻干しを手伝った。祖母はその海藻を行商で売り歩き、帰りにはいつも駄菓子を買って来てくれた。苛められて泣いて帰ると「人間の目ぇの中には海があってな、ときどき海水が溢れてくるんや。好きなだけ流してしまえばええ。そしたら気持ちが楽になるでな」と言って笑った。拓也の頭を撫でながら顔をしわくちゃにする祖母が大好きだった。が、拓也が小学校四年生の冬、脳卒中でぽっくり逝ってしまった。

そこから気まずい母親との二人暮らしが始まった。

当時、母親はスナックを経営していた。駅裏の路地の奥にある古い小さな店だった。祖母が亡くなったばかりの頃、夜ひとりでいるのが心細くて店を覗きに行ったことがある。子供の足でたっぷり一時間ほどの距離だ。

なんとか店にたどり着き、恐る恐るドアを開けると埃っぽい油染みのような匂いがした。歌謡曲が流れているだけで話し声はしなかった。誰もいないのかと思ってドアの隙間に顔を突っ込んだ瞬間、女の後ろ姿が見えた。赤いドレスと、その腰に回された男の太い腕も……。一瞬、ドキンと心臓が跳ね上がった。と同時に女が振り向いた。笑みを浮かべていた。母だった。

夜道をがむしゃらに走って帰った。国道を曲がると堤防の向こうの海面が月明かりでキラキラ輝いていた。汗だくのまま布団にもぐり込んだが明け方まで寝付けなかった。

その日のことを話題にしたことは一度もない。拓也が学校から帰ると母親は仕事に出かけてしまうし、帰宅は深夜か、ときには朝帰りだった。いつも疲れた顔をしていて、ときどき、酒臭さの奥に男の気配を感じた。ある日、やんちゃな同級生に「お前の父ちゃん、誰かわからんのやてな」などとからかわれ、誰とも遊ばなくなった。

無口で無愛想な中高生時代を過ごし、高校を卒業してから東京に出た。母親と離れて暮らすようになって妙にホッとした。以来、下町の部品工場で黙々と働くうち、独身のまま四十代の半ばにさしかかっている。

母親とも故郷とも疎遠になり、祖母の法事にも帰省しなかった。ただし、わずかな金額とはいえ毎月の仕送りは欠かさなかった。送金が遅れると母親から催促の電話がかかって来るからだ。ATMだけが唯一、母と息子をつないでいたような気がする。

会話もなく、視線すら合わないまま数分が過ぎた。息子の顔も覚えていないのだろうか。顔を近づけてみたらそっぽを向かれた。そういうところは昔のままんまだ。

こんな母親を東京の狭い賃貸アパートに引き取っても世話をする自信はない。公的施設に空きが出るまでこの施設で面倒をみてもらえるのが一番なのだが、お金の工面を考えるだけで頭が痛くなる。どうすれば介護資金が捻出できるのか、そんなことばかり考えていた。

魂が抜けたような母親の姿を見ていることに飽き、部屋を出た。とはいえ帰るわけにはいかない。一時間後にはケアマネージャーと面談、介護認定の打ち合わせをすることになっていた。

とりあえずロビーのソファに腰を下ろし、備え付けの雑誌を手に取った。表紙の見出しに大きく【五条画伯の怪死事件、疑惑の家政婦が自殺！】とある。著名な画家が謎の死を遂げた事件の続報だ。その舞台が生まれ故郷の志摩市だったこともあり、拓也も東京のアパートで興味深くワイドショーを観ていた。

テレビではこれまでの経緯と合わせて五条画伯の描いた数々の作品も紹介されていた。水平線を真っ赤に染める朝日と、沖合に浮かぶ獅子岩のシルエット。焚火を囲んで談笑する浜辺の海女たちや、波打ち際で戯れる幼児とその様子を見守る女性の後ろ姿。他にも、曲がりくねった漁村の坂道と灯台。大漁旗の漁船を港で出迎える人々。岬から続く海原と、そのかなたにうっすら見える富士山の輪郭など。どれもこれも拓也の中に埋もれていた原風景が掘り起こされたような気がした。記憶の底にある景色がふと懐かしくなり、その矢先に母親のことで帰省せざるを得なくなった。なにかしらの予兆だったのかもしれない。

「もしかして、寺脇君やない？」

ふいに背後から声をかけられた。振り向くと、セミロングの髪を束ねた丸顔の中年女性が立っていた。淡いピンクのポロシャツはこの施設の介護職員の制服だ。

「はい、そうですが」

職員から君付けで呼ばれたことに戸惑った。ふっくらした肉厚な耳たぶの途中に切れ込みがあり、桜の花びらのような形をしている。その福耳に見覚えがあった。

「佐久間です。ほら、中二の時、同じクラスやった佐久間汐里《しおり》」

「水泳部の？」

中学時代の記憶がよみがえる。水泳部は県大会にも出場した。体育館に全校生徒が集められ、壮行会が行われた。選手の一人として彼女も壇上に立っていた。

「寺脇君は美術部やったよね。たしか左目の下にほくろがあったような覚えが……」

いきなり間近に迫られ、反射的に顔をそむけた。女性に近づかれることには慣れていない。

「うわぁ、そういう仕草、ほんま、お母さんと似てるわ」

拓也の仕草が母親にそっくりだ、と笑った。そして、

「でもな、涼子さんはそっぽ向いててもちゃんと周りを見てるんよ。ああ見えて聞き上手やし。私も以前いろいろお世話になったわ。そやから恩返しせなあかんと思てる」

介護は任せて、と言ってくれた。

そのあと他愛のない話が続いた。誰それは駅前で喫茶店をしているとか、生徒会長だった何とか君は大阪でお医者さんになっているらしいとか。拓也には同級生の近況などあまり興味はなかった。それよりも、ある日の記憶が鮮明によみがえってきていた。

五時間目の授業が始まったばかりだった。いきなり教頭先生が教室に飛び込んできて「佐久間汐里さん、急いで帰りなさい」と声をあげた。クラス中に緊迫感が漂った。何だかよくわからないがその様子からただならぬことが起きたのだと察知した。汐里は教科書類を片づけ、慌てて帰って行った。

翌日、担任の先生から汐里の母親の訃報を知らされた。海女《あま》漁をしている最中の事故だったらしい。

汐里の両親は夫婦海女《めおとあま》をしていた。地方によっては男女海女《とどかかあま》とも呼ばれる。妻が海に潜り、夫は船の上で命綱をたぐり寄せる役割をする漁法である。命綱を引っ張り上げてもらえるので、自力で浮上する海女漁より多くの潜水回数がこなせ、深い場所での漁ができる。ところがその命綱が岩場に引っかかってしまい、浮上できなくなったらしい。海女の溺死事故だった。

それ以来、なんとなく汐里のことが気になった。だから彼女の特徴的な耳たぶを覚えていたのだ。

「相変わらず無口なんやねぇ」

汐里に言われて我に返った。完全にうわの空だった。

「えっと……苗字は佐久間さんのままなんだね」

取り繕うつもりが、逆にすごく失礼なことを訊いてしまった。

「そう、バツイチの独身や。寺脇君は？」

あっけらかんと答えてくれてホッとした。

「バツゼロの独身」

珍しく軽い口調で切り返せた。

「で、真剣な顔して何を読んどったの？」

言いながら拓也の手元を覗き込んだ。有名画家怪死事件の記事だ。

「この事件、オレはやっぱり後妻が一番あやしいと思うんだけどな」

するとと汐里は首を振った。

「ううん、奥さんは関係ないと思う。実は、家政婦の山野秀子さんて、私の知り合いやったんよ」

自殺した家政婦の名前は山野秀子というらしい。

汐里と秀子は介護職員初任者研修の講座で出会ったという。以来、ときどき食事に行ったり、飲みに行ったり、一時期は互いの家に泊まり合ったりするほど親しい仲だったそうだ。資格取得後、汐里はずっと介護職員として働いているが、秀子はたまたま見つけた求人募集で五条家の家政婦に転職していた。五条夢之助画伯の前妻が三年前に病死したあと、身の回りの世話をする家政婦として山野秀子が雇われたのだ。

足腰が弱くなり始めていた五条氏にとって、介護職の資格を持つ秀子は頼りになった。堤防沿いを散歩する画伯のそばにはいつも秀子がいた。周囲は、そのまま五条と秀子が再婚するのではないか、と噂していた。

しかし、夢之助は昨年の秋、孫のような年齢差の若い女性と電撃結婚した。東京で開催された春季個展に彼女がふらりと立ち寄ったのがきっかけらしい。何度か絵のモデルとして志摩のアトリエに呼び、出会ってから数カ月で入籍した。

突然の再婚宣言に秀子はショックを受けたらしい。

「二十代の女が喜寿のおじいさんと結婚やなんて、遺産目当てに違いないわ」

などと、秀子は汐里にさんざん愚痴っていたそうだ。

「みんなそう思うだろうね」

「でも、そのあと、秀子さん、怖いことを言うたんよ」

「なんて?」

「あんな女、死んでしまえばええのに、って」

聞いたとたん、背筋が寒くなった。

「それなのに、なぜ……」

結果的には五条画伯が死に、その後、山野秀子自身が亡くなっている。

「秀子さんは突発的な行動をすることがあったから」

普段はおっとりしているが些細なことで激昂することがあったらしい。感情が高ぶると行動が制御できなくなる。記事の通り、心療内科にも通院していたようだ。

もし家の中で新妻が殺されれば、夫である画伯と共に秀子も疑われる。でも、五条画伯が殺された場合、真っ先に疑われるのは妻のほうだ。そんな考えから画伯の殺害に至ったのだろうか。

「こんな小さな町でもいろんなことがあるんだな」

どうせ他人事だが、と思いながら雑誌を閉じた。

夕方、タクシーで実家に帰ると、生家はすっかり荒れ果てていた。建物の老朽化は予想していたが、家の中が雑多に散らかっているのは築年数のせいだけではあるまい。祖母の位牌に手を合わせてから室内のゴミを片づけた。

通帳類はまとめて箪笥の引き出しに入っていた。でも預貯金はほとんどない。使えそうな保険にも加入していなかった。店をやめてからは息子の仕送りと年金だけで細々と暮らしていたようだ。

拓也が高校を卒業するまで使っていた和室は物置状態だった。仕方なく母親の寝室に行き、押入れから布団を出そうとした。すると押入れの奥に平たい箱が見えた。経年劣化で変色し、かなり煤《すす》けてはいるが、厚みのある段ボール製で十文字に紐が掛けられている。開けてみると一枚の油彩画が収められていた。

アーチ窓のある部屋で赤いドレス姿の女性が椅子に腰かけていた。両手をお腹に添え、うつむき加減で微笑んでいる。下腹部が少しふっくらしているのは妊婦だからか。窓の外は浜辺で、白砂が陽光に照らされていた。そして左下にサインがあった。やや右肩上がりのローマ字で「Ｇｏｊｏ」と。

「え」

思わず声をあげてしまった。

スマホを取り出し、「五条夢之助」「絵画」「サイン」と入力して画像検索した。今、目の前にある絵の画像は見つからなかった。だが、五条画伯が作品に記すサインの画像はたくさんあった。やや右肩上がりのローマ字で「Ｇｏｊｏ」と綴られている。筆跡も酷似していた。

「マジかよ」

もしもこの絵が五条夢之助画伯の描いたものだとしたら、どれほどの値段が付くのだろう。しかもメディアを賑わした事件直後に発見されたとなると付加価値も上がるのではないか。話題性はあるし注目度も高い。これまで世に出ていなかった作品であればさらに値が吊り上がるかもしれない。拓也は油彩画を手に、その場で小躍りしたくなった。

しかし、そんな単純な高揚感は束の間だった。いろんな疑問が湧いてくる。これが五条画伯の作品だとしたら、なぜ拓也の家にあるのか。著名な画家の絵がどうして母親の押入れにしまってあるのか。五条夢之助の作品など買えるはずがない。

もしや、という考えが浮かんだ。この絵の女性は母の涼子ではあるまいか。海辺の風景と共に五条画伯は女性像もたくさん描いている。拓也の脳裡には、子供の頃に見た母親の後ろ姿が浮かんで来ていた。真っ赤なドレスだった。振り向いた横顔はうっすら微笑んでいた。あらためて手元の絵を見てみる。モデルの女性はうつむいていてどんな顔かわかりにくいが、若い頃の母と少し似ている気がした。ではこのお腹の中にいる赤ん坊は……。

「まさか」

記憶の奥底に封じ込めていた映像がよみがえってきた。その一部分だけが大写しになって迫ってくるような感覚にとらわれた。赤いドレスの腰に回された太い腕だ。あの男は五条画伯だったかもしれない。

さらに想像はふくらんだ。ひょっとしたら五条画伯が自分の父親という可能性もあるのではないか。当時、画伯の奥さんは健在だった。拓也の母とは不倫関係だったのかもしれない。スナックのママと客として知り合い、絵のモデルを頼まれ、いつしか男女の関係になっていた、とか。だとしたら拓也にも五条夢之助の遺産を相続する権利が浮上する。DNA鑑定で親子関係が証明できないだろうか。親子であることが立証されればすごい金額が転がり込んで来るかもしれない。

その夜、ネットでいろんなことを調べた。

五条夢之助は東京都出身、貧しい家庭で育ったが彼の画才を見抜いた資産家の援助で絵を学び、フランス留学も果たした。のちにこの資産家の一人娘と結婚。子供はいない。風景画を描きながら各地を渡り歩き、三十二歳の時に志摩市の美しい海に魅了されて東京から移住。浜辺の風景の他に女性像もたくさん描いている。しかし世に出ている作品の中に妊婦像は一枚もなかった。

一番ドキリとしたのは五条氏の顔写真を見た時だった。左目の下、拓也と同じ位置に小さなほくろがあった。ひげを生やしているので頬から顎にかけての輪郭が分かりにくいが、拓也が老けたら似たような顔になる気がした。もしかしたら自分の父親が著名な画家ではないか、と思い始めたら気分が高ぶってなかなか寝付けなかった。


「なんか、ドラマみたいな話やなぁ」

汐里には笑い飛ばされた。施設内の喫茶コーナーである。母の様子見舞いのあと、彼女の休憩時間を待って呼び出したのだ。今、この町での話し相手は汐里しかいなかった。

「でも可能性はゼロじゃないだろ」

スマホで撮った妊婦像を見せた。すると汐里は真顔になった。

「そうやね。ダメ元でも調べてみる価値はあるかも」

コーヒーを飲むのも忘れて二人であれこれ知恵を絞った。

まず、親子鑑定のためには画伯の毛根付き頭髪、または体毛、爪、歯か歯ブラシ、髭剃りや煙草の吸い殻などが必要らしい。もはや画伯の唾液や口腔上皮から細胞を採取することは不可能だが、邸宅内なら髪の毛くらい残されているかもしれない。保存状態にもよるが五条画伯の汗か血液が付着したタオルなど、どうにかして入手できないものだろうか。

「ゴミ袋とかが残っていたら何か見つかるかもしれない」

「あの事件から何カ月も経ってるし、警察が入ったあとやで」

捜査のため、屋敷内は徹底的に調べあげたはずだ。床に落ちた衣服の繊維でさえ科捜研に送られるらしい。しかも現場検証が行われたのは半年以上前のことだった。

「絵筆や画材道具までは没収されていないんじゃないか」

洗いざらい調べたとしても私物はきちんと返却される。高名な画家なのだから絵筆一本でも財産だ。製作中に手ぬぐいで血を拭いたり、鼻をかんだりしている可能性もある。

「とにかく寺脇君は五条家の屋敷内を調べたいんやね」

「奥さんに頼んで家に入れてもらえないかな。先生の大ファンでした、とか言って」

しかし画伯の妻は雲隠れしている。あの屋敷に戻るつもりなどないかもしれない。

自分の父親が判明したら、子供の頃から抱えていたモヤモヤした気持ちがいくらか晴れるのではないか、と思う。さらに五条画伯の遺産の一部でも相続できたら万々歳だ。

だがその半面、怖かった。画伯との親子関係が立証されなければ、もう自分のルーツを探す方法がなくなってしまうのではないか、という妙な不安感があった。この先、認知症の母親からまともな話を聞き出すことは難しい。自分の父親は著名な画家だったのだ、と妄想したまま、事実はうやむやにしておいたほうがよいのではないか、という気持ちもあった。

「あのさ、もしかしたら、私、寺脇君の力になれるかもしれへん。実は、五条画伯の奥さんのこと、結構知っとるんよ」

「どうして?」

マスコミでは五条夢之助の妻の名は伏せられたままになっている。もちろん地元では後妻の名前くらい知れ渡っているだろう。けれど事件後、彼女はすぐにこの町を出ている。なぜ汐里が若い未亡人の情報を持っているのか。

「秀子さん、探偵事務所に頼んであれこれ調べたんやて」

情報源は秀子だと言う。結婚前の住所はもちろん、モデルの仕事を始めるまでの勤め先、そこでの勤務態度、交友関係、特に異性関係については徹底的に調査したらしい。

秀子にしてみれば、ある日突然、見知らぬ若い女が五条家の〝奥様〟に君臨することとなった。どうせ財産目的に違いない。素性を調べて化けの皮をはがしてやりたい。そんな気持ちが強かったのかもしれない。

汐里は秀子から聞いた情報を拓也にも教えてくれた。

後妻の名前は五条美月。大阪の公立高校を卒業してから東京に出た。ドラッグストアの店員やカフェでのアルバイトなどを転々としたあと、モデル事務所にスカウトされた。とはいえモデル業だけでは収入が少なく、事務所には内緒でキャバクラ勤めもしていた。勤務態度は真面目でだらしないところは皆無、ルーズな異性関係も皆無だった。

「たしか、奥さんは児童養護施設で育ったんじゃなかったっけ」

「そうみたい」

美月は十八歳まで大阪郊外の児童養護施設にいた。年下の子供たちから慕われる面倒見のいい少女だったそうだ。働くようになってからは給料の一部を養護施設に送金していたらしい。

「マスコミのイメージとはずいぶん違うな」

「そやろ」

報道では伏せられていた大阪の児童養護施設もモデル事務所の名称も汐里は知っていた。しかし残念ながら、今どこにいるのかはわからない。たぶん携帯番号も変えているだろう。

「できれば本人に会って話をしたいけど」

拓也は腕組みをし、考え込んだ。そのうち汐里の休憩時間が終わってしまった。

「ええ方法がないか、私も考えてみるわ」

「ありがとう。心強いよ」

相談できる人がいる。それだけで安堵感があった。


駅前でレンタカーを借り、祖母の墓参りを済ませた。農道の脇にある六地蔵の奥、竹藪の手前の小さな区画である。ついでに、新しくできたという丘の上の霊園にも立ち寄った。五条夢之助氏の墓は遠目でもすぐにわかった。日当たりのいい高台のてっぺんに立派な墓石が建てられていた。ここに葬られているのは父親かもしれない人物だ。複雑な気持ちで手を合わせた。

そのあと海岸に向かった。志摩半島の中央を走る国道を南下し、途中で左に折れる。拓也が通っていた中学校は老朽化のために建て替えられ、真新しい校舎になっていた。母校を横目に通り過ぎ、細い坂道を下ると集落の向こう側に水平線が見え始める。拓也は海岸近くの駐車場に車を停めた。

堤防に立って海を眺めた。波の音と潮の香が心地いい。汀《みぎわ》をたどって左側に視線を移せば、遠くの岬に五条画伯の屋敷が見えた。大潮の干潮時で、岬の下の岩場に波が打ち寄せている。一方、浜辺の右手には海女小屋があり、漁を終えた海女たちが数人、焚火を囲んでいた。白浜を歩いてゆくと豪快な笑い声が聞こえてきた。白い海女着ではなく黒いウェットスーツ姿だ。

「ほれ、そこのお兄さん、よかったら食べてきぃな」

振り向くと、海女の一人が手招きをしていた。拓也のほうに焼き芋を差し出している。周りを見渡したが誰もいない。

「あんた、観光客かいな。私ら、芋を焼きすぎてなぁ」

「明日はみんな、海の中でおならが出てしまうやろな」

年配の海女が冗談を言い、みんながどっと笑う。拓也もつられて笑ってしまった。忘れかけていた。田舎町ではこうして誰にでも気軽に声をかけてくるのだ。

「じゃあ、お言葉に甘えて……」

断るのも気が引けて輪に加わった。間近で見ると海女たちはかなり高齢だということがわかる。拓也がこの町の出身で、子供の頃は祖母の海藻干しを手伝っていた話をすると、海女の一人が

「あぁ」と言ってうなずいた。

「そしたら、あんた、寺脇さんとこの子か。私の実家が近所なんよ。いややわぁ、あの男の子がもうこんな歳になったん」

祖母のことをよく知っていたし、拓也が子供の頃のことも覚えていた。どうやら海藻を買ってくれていた家の娘らしい。

「涼子さんの具合はどうや」

「しばらく見かけんと思てたら、施設に入ったんやてな」

「毎日この浜まで散歩に来とったんやで」

海女たちは母が施設に入所したこともすでに知っていた。

「いろいろすみません」

この町を出てから、自分の母親がどんな日常を送っているのか、気にしたこともなかった。客商売をしていたくせに不愛想で、近所付き合いなど面倒くさいタイプだと思っていた。だが意外なほど地元の人たちと交流があったようだ。

「涼子さんなぁ、あんたのこと、いつも自慢しとったで」

「母が?」

二十数年間、生家に寄り付かなかった。母親から嫌われているのだと思っていた。

「毎月欠かさず仕送りしてくれる親孝行な息子やて」

「ときどき電話がかかってきてすごく心配してくれるって、言うてなぁ」

「口癖は、ボケたら息子に申し訳ない、やったのに」

拓也が知らない母親の一面だった。

「あの、つかぬことを伺いますが……」

この際、いろんなことを聞いておきたかった。「うちの母、若い頃に五条先生の絵のモデルをやった、とか言っていませんでしたか」

あの赤いドレスの妊婦像が母親の涼子かどうか知りたかった。

「さぁ、そんな話は聞いたことないなぁ」

「涼子さんは色気のある別嬪さんやったで、あり得る話やけども」

と言いつつ、海女たちは首を横に振った。確信はなさそうだ。

「じゃあ、未亡人になった若い奥さん、今どうしてるか知りませんか。連絡先がわかれば教えてもらいたいんですが」

話を変え、岬にある五条邸を指さした。

とたんに海女たちは表情を曇らせ、黙りこくった。さっきまで満面の笑みだったのに訝《いぶか》しげな視線を拓也に向けている。

「あんたも週刊誌の人みたいなこと訊くんやなぁ」

「私ら、若い奥さんのこと、なんも知らんで」

事件後、のどかな田舎町にマスコミがどっと押し寄せ、あれこれ情報を嗅ぎまわっていた。はじめは快く協力していたのだろうが、毎度の取材攻勢にもはやうんざりしているようだ。気を悪くさせてしまったかもしれない。

「ごちそうさまでした」

海女たちに焼き芋の礼を言い、そそくさと浜辺を離れた。

車に戻り、次に向かったのは岬だった。海風が気持ちよくて窓を全開にして走る。拓也が子供の頃には深い森だと思っていたところも、今、車で通り過ぎると意外と小さな雑木林だ。そして、昔はずいぶん遠くに感じたが、車だと十分足らずで岬にたどり着いた。

著名人の家だから背の高い外壁に囲まれたお屋敷だと思い込んでいた。が、近づいてみれば二メートルほどの生垣の隙間から五条邸の全景が見渡せた。ただし至る所に防犯カメラが設置されている。太平洋にせり出した土地に母屋と別棟のアトリエがあった。三方を海に囲まれ、特にアトリエは断崖の突端に建っているので、まるで洋上にいるような景色だろう。

垣根に沿って歩いてみた。ところどころ茂みの薄い部分や潮風で枯れてしまった樹木があり、その気になれば敷地内に侵入できそうだった。端まで行って腰をかがめた。アトリエの白壁が間近に見える。ただし軒下にある何台もの防犯カメラは、道路側三方と裏庭方向に死角がないよう設置されている。

「お前、ここでなにしとんのや」

男の声がして飛び上がった。拓也の背後に体格のいい男が立っていた。しかも手には棒を握っている。反射的に身を縮めた。

「あれ？　ひょっとして寺脇とちゃうか」

急に声音が和らいだ。恐る恐る見上げると赤ら顔の男が笑みを浮かべている。拓也のことを知っているようだし敵意もなさそうだ。

「オレ、ポストや、ポスト！」

その一言で思い出した。郵便局職員の息子で、いつも赤ら顔だったので同級生からはポストと呼ばれていた。父親と同じようにＪＰに就職したらしい。彼の手元をよく見ると棒に見えたのは筒状の郵便物だった。配達に来たのだが郵便受けは満タンで入らない。五条家の代理人が定期的に取りに来ている様子なので、今日は転送サービスの案内書を投函して引き返すところだ、と言う。

「オレは、あの、ちょっと帰省したついでに、噂のお屋敷を拝見しようと思って」

拓也がしどろもどろ覗き見の言い訳をすると、

「野次馬根性もわかるけど、落ちたら危ないやろ。気ぃつけてくれよ」

ポストは崖下を指さした。

たしかに生垣の端から数メートル先が崖になっている。首を伸ばすと真下の岩場が見えた。落ちたら即死だろう。ゾッとして後ずさった。そんな拓也を見てポストは笑った。

「お前はすっかり東京弁やな。そういえば、おふくろさんの入った施設に同じクラスやった佐久間汐里がおるやろ。あいつ、お前のことが好きやったみたいやぞ」

「え」

急に言われて赤面した。が、ポストは拓也の戸惑いにも気づかず、しゃべり続ける。彼の話でこれまでの汐里の暮らしぶりがわかった。

汐里の父親は妻を亡くしてからずっと酒浸りになっていたようだ。酒代がなくなると日銭を稼いではまた酒を飲むという生活だった。彼女は家事と学業を両立しながら地元の商業高校を卒業。だが我慢の限界が来た。父親と大喧嘩をして家を飛び出したらしい。しかし、三年も経たないうちに舞い戻って来た。父親が病に倒れたからだった。

地元のスーパーで働きながら献身的に父親を支えた。職場で知り合った男性と結婚し、介護の勉強も始めた。しかし夫の両親と同居しながら働き、介護の資格取得を目指し、自分の父親の面倒をみることは並大抵のことではなかっただろう。なかなか子宝に恵まれず、姑とのいざこざもあって離婚した。

やがて父親を看取り、葬儀のあと、何人かの同級生が汐里の慰労会を企画した。その席で彼女が漏らしたのだそうだ。「中学時代は寺脇君のことが好きやった」と。

「お前、案外モテたんやな」

肘で小突かれた。三十年も前のことで冷やかされるとは思ってもみなかった。でもまんざら悪い気はしなかった。

その夜、自宅で中学の卒業アルバムを見つけた。ポストはやはり赤ら顔だったし、汐里の福耳も変わらない。拓也は暗い表情で写っていた。


次の日は風呂敷包みを抱えて見舞いに行った。ちょうど検診時間で、ベッドに半身を起こした母と医師が向かい合っていた。

「涼子さん、息子さんが来ましたよ」

医師の声に母が顔を上げた。ほんの一瞬、拓也と目が合ったが、すぐに横を向いてしまう。

「今日から薬を変更しましたので」

バイタルサインは正常、認知症の改善は難しいかもしれないが、今の状態を維持できるよう頑張りましょう、と励まされた。

医師を見送ってからパイプ椅子に座った。

「母さん」

面と向かって母を呼んだのは何年ぶりだろう。だが母の反応はない。窓の外を見つめたまま、ぼんやりしている。

「オレのこと、わかるか?」

うなずきもしないし、首を横に振ることもない。ただ、母の唇の端が少し持ち上がったような気がした。

「オレ、自分が誰の子か知りたい。父親のこと教えてくれよ」

母は表情を変えない。まなざしは遠くを見据えたまま、息子の声は素通りしてしまうようだ。

拓也は持参した包みをほどいた。

「これ、うちの押し入れで見つけた。いったい誰の絵なんだ？」

母親の顔の前に油彩画を差し出した。いきなり間近に物が現れてびっくりしたらしい。母は何度かまばたきをし、絵に焦点を合わせるまでに数秒かかった。やがて『赤いドレスの女』を認識すると、今度は「あああ！　あああ！」と声を上げ、身体を震わせ始めた。予期せぬ事態だった。急いでナースコールのボタンを押した。

幸い、すぐに医師と看護師が駆けつけてくれた。ついさっき診察してくれた検診医だった。慌ただしく処置が行われる。拓也は壁際で立ち尽くし、呆然としていた。ふと気づくと汐里が横にいて、拓也の背中をそっと撫でてくれていた。

母には鎮静剤が投与された。おかげで数分後には落ち着いた。医師から、しばらく眠れば興奮したことも忘れるでしょう、と言われて母の部屋を出た。

「どうしたらいいのか、まったく自信がないよ」

ロビーのソファに腰かけ、拓也は頭を抱え込んだ。

結論を急ぎすぎてしまった。自分の軽率な行為を悔やんでいた。今の涼子が「拓也の父親は五条夢之助」と言ったところで、認知症患者の証言など信憑性がないと判断されてしまうだろう。

「大丈夫や」

汐里の一言に救われた。

「寺脇君はなんでも一人でやろうとするけど、もっと周りの人に頼ったほうがええよ」

医者、介護職員、認知症介助士、福祉の相談窓口、それぞれの専門家がいるのだから、自分だけで背負わず、いろんな意見を聞いて今後のことを考えればいい。どこかに方策はあるよ、と言った。

「私も、困ったときは親切な人たちに助けてもろた。涼子さんはその恩人のひとりなんよ。親身になって相談にのってくれて、そんな時の涼子さん、私にはお母さんみたいに思えた」

彼女の話には説得力があった。拓也も真剣に考えていた。母親の認知症、介護のこと、その費用、自分はこれからどうすべきか……。そしておもむろに背筋を伸ばした。

「決めた！」

「なにを？」

汐里はきょとんとしていた。

「オレ、この町に戻る」

母の環境はできるだけ変えたくない。拓也が会社を辞めて志摩で暮らすのだ。しばらくは退職金でなんとかなるだろう。母親の介護をしながら次の仕事を探せばいい。

「五条先生との親子鑑定はどうすんの」

「思いつきで言い出したことだ。それに、もう調べようがない」

数日間、もしかしたら自分が有名人の子供ではないか、という夢を見ただけ。画伯のＤＮＡを抽出できる物が入手困難なのだから諦めるしかない。

「で、その絵は？」

「元通り、押し入れに放り込んでおくさ」

風呂敷包みを膝に乗せた。

決めてしまえば気持ちが軽くなった。その日のうちに施設の延長手続きをし、後日また正式な入所手続きをすることにした。福祉に関してわからないことも多く、その都度、汐里が的確なアドバイスをしてくれた。翌日は家の片づけまで手伝ってくれた。

いったん東京に戻らなければならない。退職届を出し、アパートの家財道具をまとめ、すぐにでも引っ越しするつもりだった。

「じゃあ、また」

電車の窓から汐里に手を振った。

拓也の退職届は簡単に受理された。少しくらい上司に引き止められるかと思っていたのだが実にあっさりしたものだった。勤務は今月末まで。さほどの額ではないが退職金も出ると知って少しホッとした。

いよいよ二日後には志摩へ引っ越し、という日の深夜だった。枕元でスマホが鳴った。電話の着信音だ。あまりにも遅い時間帯だったので母親に異変でもあったのかと思った。布団の中から腕を伸ばして画面を見た。非通知番号からの着信だった。

「もしもし、寺脇です」

相手は無言だった。が、少し間をおいて声がした。

「……五条美月と申します」

思わず布団をはねのけた。

「五条先生の、奥様ですか」

「はい。お手紙を受け取りまして……」

先週、たしかに手紙を出した。

引っ越しに伴い、電気やガス、水道の契約解除の手続きを済ませた。郵便物の転送届も出した。一年間は東京のアパートに届く郵便物が志摩市の実家に転送される。あの時、ポストから聞いた話を思い出したのだ。五条家も郵便物の転送依頼を出したかもしれない。

すぐに拓也は五条美月宛の手紙を書いた。自分は断じてマスコミ関係者ではないこと、志摩市の出身で、実家の母親が「Ｇｏｊｏ」というサイン入りの油彩画を保管していたこと、できれば本物かどうか実物を見てもらいたい、という趣旨を伝えた。念のため『赤いドレスの女』の写真も同封した。

ダメ元の手紙だった。五条美月が手紙を読んでくれたとしても反応があることなど期待していなかった。ただ、あの絵の存在を画伯の親族に知らせておきたい、わかるのならばモデルが誰なのか教えてほしい、という気持ちがあった。誰もいない実家に置いておくのも不用心なので東京まで持って来ていた。

「一度、実物を拝見させていただけませんか」

彼女からの申し出で会う約束をした。

指定されたのは都心の一画にあるレンタルスタジオだった。早く着きすぎたので受付のベンチで待つことにした。スタジオは偽名で予約されていた。楽器を持った若者たちが目の前を通り過ぎる。ほどなく一人の女性が現れた。グレーのコート姿、目深に帽子をかぶり、サングラスをかけている。いかにも人目を避けている様子だった。長い髪で表情も見えない。

小声で呼びかけた。

「美月さんですか」

「はい」

振り向いた彼女の美しさにドキッとした。細面で鼻筋が通っている。つややかな唇は果実のようだ。サングラスをしていても美人だと思った。ただしひどく疲れているように見えた。

自販機で一本ずつ飲み物を買い、レンタルスタジオの一室に入った。美月はコートのままスツールに腰かけ、拓也のほうから簡単な自己紹介をした。彼女は風邪気味のようで軽い咳をし、鼻水をかんだ。

「さっそくですが……」

美月はすぐに絵を見たがった。拓也が持参した包みをほどくと、ようやくサングラスを外し、『赤いドレスの女』を食い入るように眺めた。何度か小首を傾げ、しばらくしてから顔を上げた。

「私が買います」

即刻この絵を購入したいと言い出した。そのつもりで小切手も用意して来た、と言う。

「いや、ちょっと待ってください」

「いくらなら譲っていただけますか」

しばらく押し問答が続いた。正直なところ、想像以上の金額を提示された瞬間、かなり気持ちが揺らいだ。でもなんとか堪えた。

「どうしてそんなに欲しいのか、まず理由を教えてもらえませんか」

よほどの価値があるに違いない。この絵にはどんな意味があるというのか。拓也のほうはモデルの女性が自分の母親かどうか、そして赤ん坊の父親が五条氏なのか、まずそれが知りたい。

「ある時、五条先生が言ったんです。画家にとって作品は我が子同然、多くの人に愛でてもらいたいものだが、実は一点だけ、回収して誰の目にも触れさせたくない絵がある、って。それが赤いドレスの女性像です」

美月はゆっくり話し始めた。

五条夢之助は亡くなった前妻のことをとても大切に思い、心から感謝していた。なぜならば、彼女の実家からの資金援助がなければ画家として大成できなかったからだ。前妻とは恩義と、もちろん愛情でも結ばれていた。それなのに一度だけ裏切ったことがあるらしい。女性は懐妊し、画伯はその姿を描いた。

しかし二人の関係を知った前妻が半狂乱になり、すぐにその女性と別れることとなった。画伯はあっさり愛人を捨てたのだ。そして妊娠した女性と共に、アトリエから絵も消えた。

晩年になっても画伯は赤に過敏な様子を見せることがあったらしい。夜間、岬の灯台が赤い光を放ってアトリエを照らすと、庭に出てウロウロ歩き回ることもしばしば。あの日も庭をうろついているうちに誤ってフェンスから身を乗り出してしまったのではないか、と言う。それほど彼の心に残っている女性だったのだろうか。

「その女性の名前は？」

もしや拓也の母、寺脇涼子ではないか。

「知りません」

美月は首を振った。それ以上は話してくれなかったらしい。でもアトリエから絵を持ち去ったのは、おそらく懐妊した女性に違いない。

一方、画伯は内心ひどく悔やみ続けていた。結果的に二人の女性を傷つけ、悲しませてしまったからだ。あの絵がどこかに存在している限り、懺悔の気持ちから逃れられない気がする。だから焼いてしまいたい、と言ったらしい。

無性に腹が立ってきた。母親を冒瀆されたような気がした。

「そのくせ、前の奥さんが亡くなったとたん若い女性と再婚とは、ずいぶん身勝手な男ですね」

「それも五条先生なりに罪滅ぼしのつもりだったようです。一時期、心惹かれた女性と私が似ているからだ、って仰ってました。結婚してからも絵のモデルだけで私には指一本触れず、ずっと二人の女性に申し訳なかった、と言い続けていました」

スケベ親父の言い訳のようだ。絵の中の女性と五条美月はちっとも似ていない。単に、若くて美人がいい、というだけではないか。どんなに大金を積まれてもこの絵を手放すものか、と思った。

これ以上、なんの手がかりもなさそうだ。拓也は立ち上がった。と同時に美月がくしゃみをした。そのはずみで片耳のピアスが落ちた。大粒の真珠だった。

「すみません。私の耳、ピアスが外れやすいんです」

彼女は長い髪をかき上げながらピアスを拾った。その横顔を見た瞬間、拓也の頭の中にかすかな電流が走った。

志摩市に戻り、ひと月余りが過ぎた。新しい仕事をさがしながら、今はコンビニのアルバイトをしている。夜間の勤務を中心にして、昼間はできるだけ母のいる施設に足を運んだ。

「母さん、こっち向いて」

カメラを構えたが、今日も涼子はそっぽを向いてしまう。でも表情は穏やかだった。最近は激しい感情の起伏がなくなり、調子のいいときは拓也の問いかけにうなずくこともある。でも、もう父親についての話はしないことにした。この母親が自分を産んでくれた、という事実だけでいい。ずっと母親の気持ちについて考え、たどり着いた結論である。

「ええ感じに撮れてるやん」

背後から汐里の声がした。カメラに収めたのは遠くの海を見つめる母の老いた横顔だ。

退職金の一部でデジタル一眼レフカメラと中古車を買った。暇を見つけてはあちこちに出かけて写真を撮っている。太平洋から昇る朝日、複雑に入り組んだリアス式海岸の眺望、入り江に照り映える夕日、のどかな浜辺の風景、この地で暮らす人々の生き生きとした表情など、すべてが美しいと感じていた。

「じゃあ、あとで」

汐里の終業後、二人で出かける約束をしていた。拓也にとっては一大決心の誘いだった。従業員用の出入り口で汐里を車に乗せ、海岸通りを走った。彼女はよく笑い、よくしゃべった。だが、拓也が車を停めると急に唇を引き結んだ。岬に建つ五条邸の前である。

拓也は深呼吸してから切り出した。

「犯人は……君だったんだね」

「なに言うてんの?」

彼女は戸惑いの表情を見せた。指先は震え、顔は青ざめている。それで確信した。

「この家のセキュリティーはしっかりしている。でも防犯カメラにはほんの少し死角があった。海側のフェンス際だ。まさか海からの侵入者などいないと思っていたからだろう。でも大潮の満潮時ならかなり水位が上がる。

もしかしたら美しい月夜だったかもしれない。崖下まで泳いで来て鉤型のフックの付いた紐を放り投げる。フェンスに引っ掛ければなんとかよじ登れる。五条画伯が赤色に過剰な反応を示すことを知って、汐里はウェットスーツの上に赤い海女着を重ねて泳いできたのではないか。そしてアトリエにいた五条先生をおびき寄せ、一緒に海へ飛び込んだ。先生は高齢だし、薬のせいで意識がもうろうとしていたはずだ。画伯を溺死させ、自分は泳いで逃げた」

泳ぎが達者な人物なら不可能ではない。

以前、屋敷近くで崖下を覗き込んだとき、ここから転落したら岩場に激突してしまう、と思った。だが画伯の死因は激突死ではなく、溺死だった。それは大潮の満潮時だったからだろう。

そして、海側から侵入してもアトリエ内まで行けば防犯カメラに映像が残ってしまう。画伯自身がフェンス際へ歩いて行ったということは、何か気になるものが見えたからではないか。たとえば赤いドレスを着た女性がいた、とか。

「なんで私が……」

「あの絵のモデルは君だったからだ。そして女の子を出産した」

汐里が妊娠したのは十九歳の頃で、相手は親子ほどの年齢差で既婚の画家だった。懐妊後、赤いドレス姿で絵のモデルにもなった。つかの間の幸福感に酔いしれていたのかもしれない。しかし画伯の妻は錯乱し、汐里の父親は激怒した。別れを告げられた汐里は絵と共に姿を消した。おそらく手切れ金を渡され、堕胎を約束させられたのではあるまいか。

「そんな昔のこと、なんで今さら」

「最近になって君は、画伯の再婚相手、美月さんがそのときの赤ちゃんだと知ったからだ」

汐里の肩が大きく揺らいだ。拓也から目をそらし、海原を見つめている。

堕胎できなくて一人で出産した。けれど育てる自信がなくて児童養護施設前に赤ん坊を置いた。美しい月の夜だったのだろうか。女の子は「美月」と名付けられた。その後、汐里は病を発症した父親の元に戻り、五条家とは接点を持たずに暮らしていた。地元で結婚し、離婚もした。絵は実家にも婚家にも置いておけない状況の頃、親身になって話を聞いてくれたスナックのママ、涼子に預けていたのではないか。

事件の発端は秀子の情報がきっかけだった。秀子は児童養護施設にいた頃の美月の写真を入手していた。それが汐里とそっくりだったようだ。キャバクラで稼いでは美容整形を繰り返し、十代の頃の美月とはまったく別の顔になっている。秀子が親子関係にまで気づいたのかどうかはわからない。ただ、美月が育った児童養護施設名と保護された年月日を聞かされた汐里は、自分の娘に間違いないと思った。つまり五条夢之助は我が子と知らずに再婚していたことになる。事実を明らかにしたら美月が大きなショックを受けるだろう。それよりも画伯に死んでもらったほうがいい。美月には出自の真実を明かすことなく、五条氏の遺産も彼女に残せるからだ。

汐里の中に殺意が芽生え、綿密な計画を立てた。

秀子をそそのかし、五条氏のサプリメントに薬物を仕込ませた。画伯は意識を失い、救急車で病院に運ばれるはずだ。そうなれば真っ先に妻が疑われる、と説明した。美月を追い出したい秀子はさほど深く考えず話に乗ってきたのではないか。汐里は大潮の夜間に満潮を迎える日を指示した。

だが画伯の死後、秀子はマスコミの取材攻勢で精神状態がおかしくなった。このままではいつ警察に白状するかわからない。汐里は秀子にすべての罪を背負ってもらうことにした。入眠剤を飲ませ、練炭自殺に見せかけた。仲のよかった汐里なら秀子の部屋の合鍵を持っていても不思議ではない。

「あほらし。寺脇君、ミステリー小説の読みすぎと違う？」

「オレも、これが届くまでは想像の域を越えなかったよ」

後部座席に置いてあった茶封筒から報告書を取り出した。汐里と美月の親子関係を示す鑑定結果だった。美月の飲み残したドリンクの缶と鼻をかんだティッシュペーパー、汐里の毛髪や使用済みの紙コップなどを専門機関に提出していた。五条氏と美月の親子鑑定はできなかったが、彼が父親だとすればすべてのつじつまが合う。

また、マスコミは今も水面下で美月に疑いの目を向けている。拓也が同様の意見を口にすると、汐里は秀子からの情報を元に、美月を擁護するような言葉ばかり並べたてた。母親はいつだって本能的に子供を庇う。褒めてやりたい。美月という女性は品行方正で本当にいい子なのだ、と誰かに伝えたかったのだろう。

それら諸々から導き出された推論だった。

しばらく沈黙が続いた。そして、ようやく汐里が口を開いた。

「まさか自分の娘やなんて思いもせんかったわ。全然、私と似てないし」

観念したような口調だった。

「美容整形でずいぶん目鼻立ちは変わったけど、耳の形はそっくりだよ」

美月がピアスを落とした時、ハッとした。肉厚で福耳すぎるからピアスが外れやすい、とぼやいていた。ふっくらした耳たぶだった。少し切れ込みがあって桜の花びらのような形をしていた。汐里とそっくりだった。美月の耳の形に汐里の面影を重ねた。もしや、と思ってDNA鑑定を依頼したのだ。

結果が届くまでにいろんな情報も調べた。ほくろの位置に遺伝性はほとんど認められていない。それに比べて耳の形には遺伝的要因が深く関わっているようで、昔は親子鑑定の一要素にも用いられていたらしい。

五条氏は、かつて捨てた女性に罪滅ぼしをしたかった。

妻の死後、美月と出会ってハッとした。別れた女性とそっくりな美月の耳の形を見て、その思いが強くなったことだろう。前妻との間には子供もいないし、美月に「自分の財産を受け継いでもらえないか」と頼んだ。養子縁組ということも考えたが手続きがややこしそうだった。再婚が一番簡単だったのだ。

画伯と美月のプラトニックな夫婦関係と、赤いドレスの女性に謝罪を繰り返していた話をすると、汐里は脱力した。

「私、どうすればよかったんやろ」

今さら母親だと名乗り出るつもりなどなかったはずだ。自分の都合で赤ん坊を捨てたのだから。けれど守ってあげたかった。たどり着いたのが、娘には財産を、かつて自分を捨てた男には罪の償いを。母親としての本能が凶行に走らせてしまったのだろう。どうすればよかったのか、涼子が認知症でなかったら、また違うアドバイスをしてくれたのかもしれない。

汐里の瞳には海が映り込んでいた。その目から涙があふれ、頬を伝った。子供の頃、祖母から聞いた話を思い出した。

——人間の目の中には海がある。

荒れ狂う大波の日もあれば、凪いだ穏やかな日もあるはずだ。目の前に広がる海原にはすべてを包み込んでくれる雄大さがあった。そして沖の向こうには、誰かと共に歩む人生が待っているような気がした。

彼女から顔をそむけた。愛情表現が下手くそなのは母親譲りだ。

「オレは、いつまででも、待っとるつもりやからな」

拓也の口から、ごく自然に地元訛りが出た。

十津川警部と私　「心の旅」に癒されて

井上凛

コロナ禍で世界中が変わった。

ステイホームの間はパソコンやテレビの前で過ごす時間が増えた。ニュースを見るたび、コロナ関連の話題に滅入り、鬱々とした気分になってしまう。だから、読書はもちろん、ユーチューブやネットフリックス、地上波もBSもCSも、とあらゆるチャンネルで現実逃避した。

読みかけだった何冊もの本を読了し、韓国ドラマで南北を超えるラブストーリーに萌え、好みのミュージカルは何度も再生した。東京オリンピックに北京オリンピック、映画、ドキュメンタリー、サスペンス、流行りのアニメまで観始めたら一日があっという間に過ぎる。中でも私のお気に入りは二時間ドラマ「十津川警部シリーズ」だった。

日本全国津々浦々、各地を舞台に十津川警部が冷静沈着に、時には熱く、事件を解決してゆく。ストーリー展開はもちろんだが、舞台となっている土地の風景や人々の暮らしぶり、郷土料理やお国訛りなども興味深い。自宅にいながら旅ができるというのがトラベルミステリーの醍醐味でもある。

ドラマを観たあと、本棚から懐かしい「十津川警部シリーズ」を引っ張り出し、再読するという楽しみもできた。私と同じように、ステイホームを強いられる中、「十津川警部シリーズ」で旅情にひたり、閉塞感を忘れさせてもらった人はたくさんいるに違いない。

そんなコロナ禍の中、西村京太郎先生の作品と共に、七つのトラベルミステリーが一冊に収められることとなった。ここに参加できたことは、私にとって大きな喜びであると同時に恐れ多いことでもある。

この物語の舞台は私のふるさと、三重県志摩市。鋸型の半島は複雑に入り組んだリアス式海岸で、太平洋に面した荒々しく雄大な海と、真珠筏の浮かぶ穏やかな英虞湾に挟まれている。美しい海と澄んだ空気、緑豊かな自然に恵まれた自慢の生まれ故郷だ。

西村京太郎先生の「十津川警部シリーズ」にも伊勢志摩を舞台にした作品が数冊ある。行ったことのない地方を舞台にした物語も楽しいが、自分のよく知っている場所で事件が起こり、そこに現れた十津川警部が見事に解決してゆくミステリーはなおのこと面白い。そして今でも帰省するたびに、ここは十津川警部も訪れた町なのだ、と私は誇らしい気持ちになる。

はたして本作で、みなさんにも心の旅をしていただけただろうか。海辺の町行き切符で、ミステリー列車に乗っていただけただろうか。物語の中で束の間の旅情に浸っていただけたら、作者冥利に尽きる。


【追記】脱稿後、私は出版記念のリモート打ち上げで、西村京太郎先生と直接お話できる機会をひたすら楽しみにしていた。先生の訃報が届いたのは、そんな矢先のことだった。先生と直にお話できなかったことが残念でたまらない。早晩、自由に旅ができる日常も戻ることだろうが、ステイホームの中、十津川シリーズで心の旅をさせていただいていたお礼を、先生に直接お伝えしたかった。

そんなわけで、ここに感謝の言葉を添えさせていただきたい。

西村京太郎先生、これまで数多くのトラベルミステリーで読者たちを魅了し続けてくださって、本当にありがとうございました。どうか先生ご自身も天国への旅路を思う存分楽しんでくださいますように。

温泉旅館の納戸神《なんどがみ》

川辺《かわべ》　純可《すみか》

【略歴】

広島県呉市生まれ。日本女子大学文学部卒。二〇一三年、第六回島田荘司選ばらのまち福山ミステリー文学新人賞優秀作『焼け跡のユディトへ』にてデビュー。他の著作に『時限人形』『ミズチと天狗とおぼろ月の夢』。共著に『恋のプリズム』『三毛猫ホームズと七匹の仲間たち』。

「ここの温泉、『この人が開きました説』多くて、かえって謎なんですけどお」

恐ろしく甘ったれたアニメ声。ピンク色の服は露出も多く、ラメで目がチカチカする。こんな外見でも柾友小夜《まさともさよ》は仁藤と同じ三十歳。柾友財閥のご令嬢で、桐谷書房の編集者である。

桐谷書房は、旅、釣りなどの趣味雑誌、剣豪小説メインの出版社だ。零細なのにつぶれないのは、社長が、柾友の当主と幼なじみで姻戚だから――と、もっぱらの噂。小夜が就職したなりゆきを見れば、一目瞭然である。

「歴史が長すぎるんだよ。万葉集に詠まれてるくらいだから」

適当に相づちを打つ仁藤侃《にとうあきら》は、K大学の民俗学講師で研究者――といえば、聞こえはいいが、実質、歴史・伝承系のライターだ。最近は、桐谷書房の旅行雑誌「たびっつファン」で『柳田国男でモテる東北』『にわとりでもわかる熊野古道』『島流し引き廻しツアー』など、ウケ狙いの露骨なコラムばかり書いていた。どんな仕事でも徹底した資料収集から始める要領の悪さがたたり、時給にするといつもスズメの涙である。

小さな川の向こうはもう、静岡県。

セレブな小夜は新幹線の熱海駅から、迷わずタクシーに乗った。

古くから栄えたY町は、豊かなみかんの山を背負い、眼下に美しい相模湾を見下ろす、歴史ある温泉町である。

今回のテーマは『文豪気分で温泉旅館（仮）』だ。

風情ある川沿いの道を昇ると、小夜のリサーチどおり、漱石が小説の舞台にしたという「天野屋」に着く。半地下に建つホテルは「趣きあり」とも言えぬ半端な門構えで、せっかくの景観が台なし。通された部屋も、床の間や天井がくすんで不気味に暗い。

「雨野屋って……あ、字が違うじゃないか」

確かめなかった仁藤も悪いが、目当ての宿はとっくに廃業し、今はもうないらしい。

舌を出す小夜を睨むも、次の瞬間――仁藤のしかめっつらは一転、だらしなく緩みきった。挨拶に訪れた女将《おかみ》が、超弩級の美人だったのだ。

温泉街の女性らしい細やかな肌、切れ長の寂しげな目元。地味な付下げを楚々と着こなす姿はどこかはかなげ。茶を淹れる姿も三つ指をつく仕草も、旅館のボロさを補って余りある眼福である。温泉場には、まだこういう女性が残っているんだよな……と知らず知らず、仁藤の目尻が下がったとき、

「若女将がまた、ビールの注文を間違えてさ。一万ケースだって」

いきなり、廊下で仲居の濁声が響き渡る。若女将は顔を赤らめ、気まずい空気が漂った。

ありえないほどベタなドジだが――いやいや、うっかり者の女将というのも、温泉ドラマみたいでいいじゃないか――すっかり、若女将びいきになった仁藤は首を振る。

すると、小夜がぬらぬらリップグロスを塗りたくった口を開き、

「ここ、ずいぶん古いですけど、大作家の先生が滞在なさったりとかするんですかあ？」

「あ、ええ。昔、島崎藤村先生が……」天然ボケらしい若女将は大まじめに、

「公園の近くの伊藤屋さんに」

どっと汗が出た。やはり古宿と老舗《しにせ》とは似て非なるものらしい。仁藤の方が恥ずかしくなって、不自然に話を変える。

「ああ……こちらは、厠《かわや》の神とか田の神とか……小さな神様を祀ってないですか」

フィールドワーク（現地調査）を兼ねて、古い建物を見ると必ず尋ねるのは仁藤の癖、研究者のサガでもある。

「神様……？」心なしか、女将の目が泳いだ。

「この人、一応、民俗学者なんですよお。論文も書いたりするんですう」

音がしそうなごてごて睫《まつげ》毛を揺らして小夜が言うと、若女将の表情がぱっと明るくなった。片方だけできるえくぼがまた、アンバランスで魅力的だ。

「まあ、学者さんですか。どういうことを研究なさるんです？」

グッジョブ、柾友小夜。仁藤は俄然、雄弁になった。

「三年前から、地方独特の神にテーマを絞っているんです。宮古島の木荘神《もくそうしん》、草荘神《そうそうしん》。最近は家に残る納戸の神や、東北に多い竈《かまど》の神を中心に調べているのですが……」

成果は上がらない。改築が進み、せいぜい床の間飾りとして残されている程度なのだ。

が、若女将は息を飲んで目を見張った。見ると、青ざめた唇が小さく震えている。

「な、納戸の神というのはオクノカミ様かしら。それならうちの実家にありますけど」

ビンゴ。小夜が鬼の首でも取ったように両手を上げた。棚から転げ落ちたぼたもちに、仁藤も、ライター仕事など吹っ飛んで、思いっきり食らいつく。

「神棚の写真を取らせてもらえませんか。竈神同様、家屋に残っているのは珍しいんです」

が、栓抜きに繋いだ寄木の根付けが小さく揺れ、女将は長い睫毛を伏せた。

「ごめんなさい……お話するべきじゃありませんでしたわ。うちのは……だめなんです」

だめ？　どういうことだ？

「……開かずの神で。一瞬でも人目に触れると祟《たた》りがある、恐ろしい神様ですの」

「たたりい？」小夜が、素っ頓狂な声を上げる。

「うわあ、やっぱそういうのあるじゃないですかあ。さすがトラベルミステリのお膝元」

いや、それはちょっと毛色が違う。同じミステリでも、獄門島や八つ墓村だ。

しかし――仁藤にはどうにも納得できなかった。出産を司ることで聖なる秘所にもなるが、本来、納戸神は、家の繁栄を守る神なのだ。祟りなんて聞いたことがない。

「いつ頃から、そう、言われているんですか」

「さあ……ずっと昔から。人の目に触れると、必ず末代まで祟ると言われていて」

そう言ってぶるっと身震いする。「本当はそう言うモノが家にあることすら、口にしてはいけなかったんです。忘れてください。つい、考えなしで……女将失格ですわ」

「でも、ご家族は見るでしょう？　像ですか、それとも木や石の類？」

「家族と言ってももう、私だけですし、年末にお米は備えますけど、納戸は決して開きません。外からお参りするだけです」若女将は堅い表情で首を振った。

まるで秘仏だ。しかし、そこまで恐れられる神の正体は何だろう。

「他のお宅にもあるのですか」

「ええ。実家は庄屋の分家ですけど、本家にも同じオクノカミがありました。そちらは二十五年前に火事で焼け、屋敷ごと灰になってしまったんです。唯一焼け残ったのが、その」

「ひいいいっ」いきなり後ろをさされて、小夜がうれしそうに飛び上がる。

振り返ると、茶棚の上に陶器製の器。蓋の部分が牛に乗った貴人になっている。小夜の反応が可笑しいのか、若女将はようやくクスンと笑い、

「この辺のものではないのですけど、天神様なので、学業のお守りにと……」

「触ってもいいですか」何かのネタになりそうだと、また、職業病が頭をもたげる。

若女将は上品に裾をさばきながら陶器を取り、仁藤の手に載せた。手触りも造りもがっちりとして重く、天神部分が離れる仕様になっている。牛の胎内は小さな小物入れだが、裏側の素焼き部分に、墨かマジックで大きくばってんが書き込まれていた。

「これは……ひどいな」

「子供が落書きしたのでしょう。絵付けもずれているし、さほど高価でもなさそうです」

「ご実家には、古いものがたくさんあるんですか」

納戸神について、何か聞き出せないかと話を戻すが、

「そうでも……ありませんわ」口の端を下げて、若女将は首を振った。


気づくとつい長湯し、渡り廊下で風に当たっていると、裏木戸から、ロングドレスの中年女に抱えられた背の高い男が現れた。まるで「これが千鳥足」という見本のような歩き方だ。

「おお……お客様。めずらしい。お客様はかみ、かみ、カミング、スーン」

まったく笑えない。四十前後か、仁藤より年上のようだが、細身で長髪、真夏というのに、仁藤には絶対着こなせないような黒っぽいシルクシャツを着ている。

「お客様、すみませんねえ。胃を壊してるくせに、しこたま飲むから……ほら、社長、しっかりしてちょ」どうやらロングドレスの女は、近所のバーのママらしい。

社長ということは、若女将の夫なのか。あんなに綺麗な妻をまめまめしく働かせて、自分は昼間からへべれけか。

ひがみが膨らみ、部屋に帰っても、不快な気持ちは増すばかりだった。

そこにまた、せっかく追い払った小夜が戻ってくる。髪を束ねた小夜は、風呂上がりというのにいつにも増して厚塗り化粧だった。小夜は仁藤が広げた仕事の資料を押しやって、

「ねえ、大ニュース。じゃじゃーん。なんと、ここのご主人が明日、例の『タタリ神』を開くん

ですって。あちこち声かけても、来るのは地元のタウン誌だけみたいですけど」

「タタリ神……って、納戸神を？」

「でもお。はっきり言って逆効果ですよね。座敷童《わらし》は幸せをもたらすから、人気があるんですよ。呪いの神に祟られるために、誰がわざわざこんなボロ旅館に来るんですか」

「開けるのか……見たいな」小夜の言葉など耳に入らず、仁藤は思わずため息を吐く。

「えー。見ただけで祟られるんですよ。女将さん、そのせいで具合悪くなってるっていうのに。巧《たくみ》くん『大昔のへそくりかなんかじゃね？　タタリなんて非科学的なもの、全然、興味そそらないよ』なんて、ほんと生意気なんだから」

「巧くん？」

「ここの息子ですよ。高校生。今、夏休みなんです」

高校生の息子……あのかわいらしさで？　仁藤は愕然とする。

やがて、夕餉《ゆうげ》の時間。次々に膳が運ばれ、山海の素材を生かした料理が並ぶ至福のとき。

「福浦の海で取れたタチウオを、フレンチ風にパイ包みにしたものです」

そう言いつつも依然、若女将の表情はすぐれない。反して、小夜が片っ端から膳を平らげるさまは豪快だった。

若女将は驚いたように空のお皿を眺め、お茶を淹れながらやっと重い口を開く。

「あのう……先ほどのオクノカミのお話なのですが」

「はい……」仁藤は、期待に胸を震わせた。

「実は明日、あれを開帳する予定になっておりましたの。今さら失礼とは存じますけど、お客様のお仕事を伺って、主人が、専門的な知識をお持ちの方に立ち会って頂きたい、と、申しまして」

まだ、開帳に納得していないふうで、目を逸らし口早につぶやく。

「そんなたいそうな知識じゃありませんけど……ええ。それはもちろん。喜んで」

おまえが言うな、仁藤は失礼な小夜を横目で見て、若女将に尋ねる。

「ご実家は、どちらですか」

「すぐ近くです。隣と言ってもいいくらい」そう言いながらも、若女将はぞっと震え、

「でも、取り返しのつかないことにでもなったら大変……遠慮なく、お断りくださいませ」

怖がりの仁藤だが、今回に限っては恐怖より期待が勝る。断るなんてとんでもなかった。

「迷信ですよ。土木工事ではたまに聞きますが、昔、事故も多かった時代に、敏感になっていただけだと思います」世間一般の田の神と違い、ここの納戸神には謎が多すぎるのだ。何としても自分の目で確認し、その正体を見極めたかった。

「では……お客様をお見送りして、午後二時頃からになりますけど」若女将は言う。

そこに、デザートを持って大女将が現れ、若女将は逃げるように姿を消した。小夜だけは、物怖じするふうもなく、水波模様の付下を粋に着こなす大女将をつらつらと眺める。

「大女将ってほら、伝統、伝統って呪いみたいに、若女将をいびり倒すんでしょう？　仲居さんも大女将、若女将派に分かれて、お膳を持ったまま足を引っかけあったり。銀行のコンサルタントとグルになって、若女将を仲居に引きずり下ろしたりするんですよねえ」

——ドラマの見すぎだ。

「おもしろいお嬢さまだこと」大様に笑う大女将も、その目はまったく笑っていない。

「大女将って、祟りなんて全然、怖そうじゃないですよね。若女将は『昔話で、言いつけ守らなかった人に、いいエンディングなんか絶対ない』って、ガタブルしてましたけど」

小夜がまた無神経なことを言うと、大女将は困ったように眉根を寄せた。

「そうですわね。この年になると、お化けだの、祟りだの、怖くも何ともございません。あの世の方が知り合いが多いくらいですから」

「そっかあ。そうですよねえ」小夜は大喜びで手を叩く。

そこは、否定するところだろ、仁藤は思わずこめかみを揉んだ。

翌日の午後、緊張したメンバーが、強い日差しの照りつける裏木戸に集まった。

雨野夫妻、大女将、巧、そして仁藤と小夜である。参加するはずだったタウン誌はキャンセルしたらしく、マスコミらしい姿はどこにもない。急遽、仁藤が駆り出された理由も推して知るべしだった。

若女将は髪の毛を緩く束ね、ラベンダー色のワンピースを着ていた。イギリス風の小花模様がよく似合い、とてもじゃないが、高校生の子どもがいるとは思えない。仁藤は露骨に見惚れないよう、懸命に自制した。

ショッキングピンク一色の小夜はますます元気で、いつにもましてメークも念入りだ。瞼まで薄い白できらきら塗り込められているのが、かえって暑苦しい。

「暑い……」息子の巧が掠《かす》れ声で言った。若女将に似てアイドルのような美少年だが、どこか陰があるのは、父親との間に流れるぎくしゃくした空気のせいだろうか。

重々しい表情の雨野を先頭に、皆、黙って裏木戸を出る。容赦なく照りつける太陽の中、強烈な草いきれが辺りを包んでいた。雨野は酔っぱらっているときとは別人で、気むずかしく陰気な男になっていた。

雑草だらけの屋敷は、すぐ近くだった。半地下の旅館や母屋よりまた数メートル低い位置にあり、温泉街の中で、まるで趣を異にする。が、珍しい茅葺きの屋根は、豊かな茅から昔の繁栄が偲ばれ、梁《はり》もしっかりしていて、壊してしまうには惜しい屋舎である。

見ると門の縁石に、初老の男が座って待っていた。

上品な銀髪の男は、雨野を見て立ち上がり、穏やかな笑みを浮かべて会釈した。

「申し訳ございません。お待たせして」若女将はほっとしたように声を掛け、頭を下げる。

「こちらは山中先生。温泉の歴史を研究しておられて……。こちらはお客様で仁藤様、柾友様」

「こんにちは。暑いですのう」

山中は一瞬、柾友の名に反応したが、何も尋ねず、西の訛《なま》りで言う。自分が歴史を専攻するきっかけになった恩師にどこか似ていて、仁藤はふと懐かしい気持ちになった。

若女将はぎこちない手付きで古い錠前と格闘する。小夜はすでに、垣根越しに屋敷の中を覗き込んでいた。幸い錠はすぐに外れ、錆びた音と共に引き戸が開くと、中からひんやり湿った微風が流れ出た。

古い木材と土壁の埃《ほこり》が混ざった独特の匂い。黄土色に光る茶箪笥、アンテナ付きのブラウン管テレビなどがそのまま残っている。色あせた古新聞が部屋の隅に束ねられ、茶の間にはついさっきまで誰かが座っていたかのように、古い孫の手がぽつんと置かれていた。

暗い廊下を突き当たり、じゃらじゃらと玉を連ねた暖簾《のれん》の奥に納戸がある。箒《ほうき》で突いて雨野が天窓を開けると、一筋の光が埃を舞い上がらせながら流れ込んだ。

見上げて納戸神を捜していた仁藤は、それが天井に近い神棚ではなく、仏壇のように扉を設《しつら》えた戸棚であることを知り、目を丸くした。煤で黒ずんだ十センチ幅の板がしっかりと打ち付けてある。

「僕、ライト持って来た」巧が達磨《だるま》型のライトを点けると、黄色い光で歪《いびつ》な影が延びた。

「や、やめましょうよ。やっぱりこのままにして置いた方が……」

入り口に立ったまま、若女将が言った。その手は納戸神と距離を保つように、引き戸を握って固まっている。

「今更、何を言うんだ。皆さんにも失礼だろう」雨野が苦々しく舌打ちする。

仁藤は小さなデジタルカメラをポケットの中で握りしめた。あわよくば、とこっそり忍ばせて来たのはいいが、写真を撮ってよいか、とても問える空気ではない。

「この釘は和釘か。鍛造《たんぞう》か……古くて脆《もろ》くなっとるじゃろうし、慎重にな」

山中が遠慮がちに声を掛けた。仁藤も口にこそ出さないが、雨野の大雑把な手付きに気が気ではない。大女将だけは、ただ黙ってどっしりと様子を見守っていた。

その時、ぴかっと一瞬、辺りが真昼のような明るさになった。驚いて振り返ると、小夜がスエットワンピースと同じ、ショッピングピンクのスマホを構えている。

「何？　何？　今の、何？」

巧がパニックを起こして、獅子舞のように頭を振った。

「だってえ、開ける前と開けた後、やっぱり写真に撮っておいたほうがいいでしょ？」

「勝手に写真は……」雨野は息を荒げて言いかけたが、諦めたようにまた、納戸に向き直った。

SNSに上げるなら宣伝になる、と思い直したらしい。

釘が引き抜かれる度、ミシミシ染み通るような音がする。皆、固唾《かたず》を飲んで、しゃがんだ雨野の頭越しにその手元を見やった。

「あのう……」と、また小夜。

「もしかして今、お坊さんとか神主さんとか霊能者とか、誰もいないんですよね？」

この期に及《ご》んで何を言い出すのかと思えば、大真面目に腕組みをする。

「これって、呪われてるんですよ。お祓いやお経がないなんて、ありえないですよ。来る途中に大きなお寺があったし、そこの住職さんに来てもらって……」

「あんたね……」雨野は大げさに息をついた。

「じいさんの代から一応、寺の檀家になったらしいけど、庄屋一族はずっと宗教的にフリーだったんです。僕もそういうものとは一線を画してやるつもりだから。怖い人は遠慮無く、席を外してもらって構いませんよ」

最後の言葉は、妻にも向けられたようだった。

「でもお、お屋敷の呪いにはやっぱ、お祓いでしょ？」小夜が大げさに肩をすくめる。

「お魚のフライにはやっぱ、お醤油でしょ？」とでも聞こえて、ますます忌まわしい。同類と思われないよう、仁藤は黙って小夜から距離を置いた。

「そういうものは……全て僕が引き受けますから、放っておいて下さい」

雨野はキレる直前で押し留まり、また納戸を振り返る。

何重にも打ち付けられた板が、埃や木くずを舞い上げながら一枚一枚外されていき、やがて、全て取り払われた。目の前にはもう、観音開きの戸があるだけだ。

「待ってえ……」

いきなり、若女将が扉の前に走り出た。両手を広げ、自分の体を盾にして夫を見上げる。

「やっぱりやめて。胸騒ぎがするの。悪いことが起こるわ。お願い……元に戻して」

雨野は驚いたように動きを止めたが、すぐに彼女を押しやった。

「黙って引っ込んでろ」

乱暴に退けられて若女将はよろけ、床に座り込んだ。巧が憤然としたが、興味津々の小夜のお尻にはじき飛ばされる。代わりに前に出た大女将が、若女将を抱え起こした。

「じゃあ、私が止《と》めたらやめるかい」

「おふくろ……」雨野は目を細めた。「おふくろまで今さら……」

「この子の家とは、親戚のように付き合って来たんだ。オクノカミさまをどれほど畏れ敬って来たかも知ってる……この子の気持ちも分かるんだ」

「お義母さん……」若女将の頬を涙が伝った。

巧は黙って唇を噛み、雨野を見上げて睨み付ける。

「何だ、坊主、言いたいことがあるんなら、はっきり言えよ、え？」

太古より繰り返される父子ゆえの確執――納戸の毒気が、心まで黒く塗り込めていくようだった。険悪な空気と、じっとりした蒸し暑さ。さらに雨野の眼光は凄みを帯びていく。

「あのお……ちょっといいですかあ」と、また、小夜のアニメ声。

嘘だろ。すました顔で片手を上げる小夜を振り返る勇気など、仁藤にはもうなかった。

「お取り込み中、すみませーん。でも、扉、さっきからもう、開いちゃってますけどお」

え？　息を飲んで振り返ると、たしかに扉が開いている。

女将が倒れた時、その勢いで指が掛かったらしかった。

「うそ……」究極のドジ。

図らずも自ら、開かずの扉を開いてしまった若女将は、呆然と両手で口を押さえた。長年畏敬の念に守られて来た納戸は全てを晒し、すっかり丸見えになっている。

「何だ……これ？　気持ち悪い」巧が喘いだ。仁藤も暗い中でじっと目を凝らす。

いつしか、毒気は異様な霊気に変わっていた。炭化した花が音を立てて崩れ、殺気だった表情でうずくまった神獣が、じっと、こちらを窺っている。

「動物……魚。いや、人魚とは違うし……」山中がつぶやく。

それは粉っぽく、干涸らびて土色をしていた。頭は猿のように丸いが、鼻だけは異様な長さで前に伸びている。胸から生えたひれは短くまるで手足のようだ。痩せたノラ猫ほどの大きさだが腹には鱗らしきものがぞろりと並び、魚か動物か見当もつかなかった。

人魚？　ミイラ？　いや、写真で見た人魚のミイラの方がまだましだ。その説明しがたい形態は、異様さにかけて何より群を抜いている。

「……なんと言ったかな。そう、ホウソウギョじゃ」山中が思い出したように手を打った。

「放送……ぎょ？」巧が眉間に皺を寄せ、鸚鵡《おうむ》返しに尋ねた。

「そう。鳳霜魚《ホウソウギョ》。江戸時代、相模湾で上がったと言われる幻の怪魚じゃ。明治の書物に載っとるが、昼は魚のように泳ぎ、夜は陸に上がってくると言われとる……」

「いわゆるMOMAっていうやつですね」小夜は重々しい口調で言った。

「いや、MOMAはニューヨーク近代美術館だから」仁藤は引きつりながら訂正した。

「それをいうならUMA、未確認動物だよ」

そういう巧も、怪魚から目を離すことができないのか、じっと腰を曲げて固まっている。

「うーん……シュールですねえ」

小夜は扉の中を覗き込み、指で棚の埃をすくい取った。やることが大胆かつ大ざっぱだ。

「いや、謙介君。調べてみないと断言はできないんですが、これは人魚や河童のミイラと同じく、動物の死体を継《つ》ぎ接《は》ぎにした偽造品ですよ。科学的な値打ちなどありゃしません」

山中は言う。仁藤もうなずいたが、もし明治以前に作られた物ならば、民俗学的には何らかの価値はあるかもしれないな、とは思う。

「いいんですよ。値打ちなんて、客が決めることなんだから。さっそくネット配信して、宿泊者限定で特別拝観させる。宣伝して、知れ渡った後は、徹底して出し惜しむ。宿泊料を倍にしてもいいし、最初の何日かは既に予約が一杯ってことで、客を取らないのもいい」

雨野は、ぎらりと目を輝かせた。

「……雨野屋、そちも相当のワルよのう」小夜がわざと潰れたような声で言った。

仁藤は周りに聞こえなかったかひやひやしながら、接ぎが全く分からないキメラを見る。

何百年以上も前に、こんな技術があったのか。どう見てもカエルになる前のおたまじゃくしか、ゲームの半漁人。グロテスクな姿も、見るうちだんだん目に馴染んでくる。

「やめておくれ」大女将が言った。

「お風呂とお料理と景観。それを喜んで下さるお客がいらっしゃれば、うちはもう、十分なんだ。見せ物小屋みたいな真似は許さないよ」

「案外いいと思うけど……」巧は、にやつきながら小声で言った。

「お寺に引き取ってもらって、ご供養して頂きましょう」青ざめて、今にも倒れそうになりながら若女将が言う。「怖いわ……目が……じっとこっちを見ているようで」

「いや、若女将。百歩譲ってこれが本当の鳳霜魚のミイラであったとしても……目だけは、石か玉を埋め込んだものですけん」山中が慰めにもならない言葉を掛ける。

雨野は興奮した口調で、「先生、鳳霜魚に関する覚え書きを、毛筆でさらさらっと書いてもらえませんか。あくまで伝説についてで、剥製の作り方などは結構ですから。ミステリアスかつおどろおどろしい内容でお願いします。印刷してパンフも作ろう。忙しくなるぞ」

「あなた……」女将は声を掛けるが、言いたいことは言えずじまいで目を伏せて、「これを……どこに飾るんですか」

「もちろん、うちだよ。……人の入りが定着したら、ここはレストランに改築してもいい。地味な物置にあるより、古い旅館の離れの方がずっと雰囲気に合う」

雨野は追い立てるように皆を納戸から閉め出して、錠を下ろした。大きな門までかける。

「調査には出さんのかね」山中が尋ねた。

「わざわざ神秘性を失わせるような真似はしませんよ。これは鳳霜魚のミイラ。人魚のミイラだって、真贋なんて二の次でしょう」

若女将はまだ震えが止まらない様子だった。小夜に支えられて、やっとその場に立っている。これでは期待した納戸神との関わりなど、ゼロに等しい。仁藤はオクノカミの正体に失望しながら、浮かれる雨野をぼんやり見やった。


薄暗いフロントには誰もいなかった。

仁藤の目には、まだ、鳳霜魚の奇異な姿が焼き付いている。

砂漠のような色。異人館の屋根にも似た鱗。退化した四肢。同じ継ぎ接ぎのキメラでも、カッパや人魚ならまだ、民話に通ずる温かさがある。

ぼんやりしている所へ、風呂上がりの小夜が通り掛かった。どきりとしたのは、化粧気のない素顔だったからだ。目の錯覚だろうが、一瞬、別人のように知的に見える。

「ああっ、もしかして……女将さん待ち伏せしてるんですかあ」

「なっ……」

「仁藤さんって、ああいう、古風なタイプが好み？　でも残念。人妻ですもんねえ」

仁藤をからかうのにもすぐ飽きて、小夜はまた壁に目を移す。

「……ここって、ほんと何でも古いですねえ。でも、古ければいいって訳じゃないですよ。こういう絵とか、絶対フロントには似合いませんもん」

話題が変わったことにほっとして顔を上げると、暗い壁に小さな掛け軸が掛かっている。確かに上手い絵とはいえず、古いというより煤けた感じだ。

小夜は袋を持った手を後ろで揺らしながら、まるで絵に話しかけるように体を曲げた。

「人妻はやめといた方がいいですよお。ああ見えて、あの人、めっちゃお母さんですし」

「だから、そんなんじゃ……」

「母親の愛って、私らには見当つかないくらい、複雑に入り組んだものなんですよ」

どこからそんな話になったんだ……視線を追うと、壁の掛け軸に素朴な筆致で描かれているのは、麦畑を背にしたお歯黒の女。腕に幼い子どもを抱いている。髷の結い方や庶民的なとんぼ柄を着崩したさまは、たぶん江戸時代中期の風俗だろう。

「鬼子母神《きしぼじん》ですね。またの呼び名は訶梨帝母《かりていも》。頭に吉祥果《きっしょうか》、載っけてますし」

女は地面に座って子どもに乳を含ませている。旅の途中なのか、すぐ傍らに杖とわらじが描かれていた。温和な顔立ちはとても子どもを取って食う魔物には見えず、どこにでもいるごく普通の母親という感じだ。親の心を悟り、神になった後の鬼子母神なのか。

「あ、女将さんだ」小夜がいきなり後方を指した。
からかわれたのかと一瞬身構えたが、そこには本当に、若女将が頼り無げな顔つきで立ってい
た。すでに薄緑色の付下げを着、若女将らしく髪も上げているが、どことなく心ここにあらずと
いう感じだ。
「失礼いたしました。フロントにご用でした？」
「いいえ、これからお風呂に行こうと思って」小夜は言って、仁藤の腕を掴んで引く。
「本当に……酷いものをお見せして申し訳ございません」女将は唇を震わせた。
「確かにあれ、相当やばかったですもんね」小夜は仁藤の後ろから、ぬっと顔を覗かせ、
「モンゴルの馬糞燃料、鱗付き、みたいな？　でもなんであんなもの、わざわざ大事に祀《まつ》ったん
でしょ。縁起悪いものなんて、普通、お金もらったっていりませんよお」
古来から、祟《たた》る神を祀ることは多々ある。その典型が平将門《たいらのまさかど》や、部屋にあった天神様だ。
天神が学問の神となったのは、菅原道真《みちざね》の博学多才ぶりから変化《へんげ》たもので、元は都を恋い慕い、
荒ぶる雷神となった彼を静める祭祀だったのだ。
「巧には知られたくないのですけれど……」女将は目を伏せた。
「庄屋もうちも昔、親切めかして旅の人を泊めては殺し、金品を奪っていたというのです。おか
げで地位と財力を保ったものの、恨みが募ってよくないことが続くので、オクノカミ様に悪いこ
と全て宿らせ祀ったのだと。だから人目にさらすと、よくないと言うのです」

「誰がそんなことを？」

確かに、客を泊めて殺す古家の民話は多い。夜中に包丁を研ぐやまんば、というストレートなものから、泊めた客が翌朝、布団で金塊に姿を変えていたという怪談まで。

「主人です。家が途絶えたのもそのせいだって……あれを見てしまうと否定できなくて」

女将が異常に怯え、震えていたのはそういうことだったのか。だが、しかし……。

「そんなあ。それ、ありえませんって」仁藤よりも先に、小夜がきっぱりと否定する。

「庄屋さんはともかく、分家は昔っからここだったんですよね。海も山も近くて、めっさ豊かじゃないですか。追いはぎみたいなことしなくても、十分暮らしていけますよ。それに、有名な温泉地なんですよ。そんな噂が立ったら、誰も来なくなってます、って」

「まあ、そうかもしれませんね」仁藤もうなずく。

と、そこに、いきなり大きな足音がして、雨野が汗を拭いながらやって来た。小夜や仁藤など、まるで目に入らない様子で叫ぶ。

「おい、ホウソウギョ。どこへやったんだ」

「ホウソウ……？」一瞬、首を傾げた若女将は、次の瞬間さっと青ざめた。

「知りません……いなくなったんですか」女将が嘘をついていないと分かったらしく、雨野は横を向いて舌打ちする。そのまま足早に、もと来た方向へと戻っていった。

「やっぱ、なんか始まってるう。久々に扉が開いたし、吉浜で海水浴してるのかも。いやいや、露天風呂でとっくり酒かな」

小夜が無責任に囃し立て、女将はさらに青ざめた。

「きっと、どこかに置き忘れたんですよ」仁藤が言うと、

「財布やメガネですかあ？」さらに馬鹿にしたように笑う。

「と……とにかく捜してみますわ。お騒がせして申し訳ありませんでした」

「何ですかあ、今の？　雨野屋さん、完全にどこかいっちゃってましたよ。やっぱり変なモノが、取り憑いたんじゃないですかあ」

慌ただしく去る女将を見送って、小夜は肩をすくめてみせた。


夕食時、これでもか、というほど化粧をした小夜は、先程の騒ぎなどどこ吹く風で、また旺盛な食欲を発揮した。鬱陶しいが、仁藤には素顔よりこっちの方がずっと扱いやすい。

小夜は優雅かつ貪欲に完食すると、エステの準備があるから、と部屋に帰っていく。聞けば、客があるときのみ、ポラード化粧品がマッサージのように出張してくるらしい。

鳳霜魚は、見つかったのだろうか。

仁藤はまた、女将のこと、オクノカミのことを考える。

本来、オクノカミは、家に根付いて豊穣をもたらす田の神だ。厠《かわや》の神。竈の神。昔はあらゆる所に親しみやすい神々が宿り、常に村人を見守り諫《いさ》めてきた。だが、庄屋一族が納戸神として長

年封印してきた例のキメラは、田の神でもその変移型でもなく、何とも説明のつかない不吉な存在だ。それは庄屋血族に口承で伝えられた、イエの要《かなめ》でもあったのだ。

「きゃあ……」

ふいに、女の叫び声が聞こえた気がした。仁藤は慌ててテレビを消す。冷蔵庫のモーター音。川のせせらぎ。虫の声。人の声は聞こえない。聞き違いかと思ったとたん、また何か……それも隣の部屋で物音がした。そして悲鳴。物が崩れる音、ガラスの割れる音。

大変だ……。廊下に出ようと立ち上がった仁藤は、叩き付けられる引き戸の音と、押し殺した怒声に驚いて足を止めた。

「あんたら、お客様がいらっしゃるんだよ。謙介、一体、何をしたんだい」

人女将だった。腹から出した声は迫力もあり、低く抑えながらも、全て明確に聞こえて来る。

「夫婦喧嘩なら奥でおやり」

夫婦喧嘩？　仁藤は驚いた。さっきのけたたましい騒音が、夫婦喧嘩だというのか。

「ち、違うんです……申し訳ありません」

若女将は謝り、泣くばかりだ。酔えばへべれけ、しらふなら暴力。仁藤の想像通り、最低最悪の亭主だ。そして、さらに、扉を叩きつけるような音が響き渡った。

「あ……どこ、行くんだい。待つんだよ。こら」大女将の声。

土間を踏みならして遠ざかる足音。そして沈黙。

しかしあろうことか大女将は、すぐにドスの利いた声で若女将を責め始めた。

「だから、あんな化け物屋敷、早いとこ更地にしてしまえと言ったんだ。あんたが後生大事に置いておくから、謙介が起こさなくてもいい損気を起こしたんだよ」

ばか息子の悪行を棚に上げて、何を言っているんだ。さすがの仁藤も腑《はらわた》が煮えくり返る。しかし継いで大女将の口から出てきたのは、さらに酷い言葉だった。

「不満があるなら、今すぐ、巧を置いて出てっておくれ。あんたみたいな疫病神、いない方がせいせいする。謙介にはいくらでも、若い後添いが来るんだから」

「くそっ……」我慢できなくなって、仁藤は部屋の戸を開けた。

しかし暗い廊下に出た途端、勢いはすぐに空回りした。布団部屋から出て来た大女将と、まともに顔を突き合わせてしまったのだ。彼女はまたすぐさま、鬼のような形相から、見事な愛想笑いへとチェンジした。が、どうやら、聞かれたことに気付いたらしく、さすがに笑いを引き攣らせ、会釈しただけで、勝手口へと消えていく。

若女将は……中にいるのか。声を掛ける勇気もなく、仁藤は引き戸から中の様子を窺った。天窓から差し込む青白い街灯のみで薄暗く、中の様子は分からない。

「どなたか、いらっしゃるの？」闇の中から囁くような甘い声が響いた。

「仁藤です。大丈夫ですか」

仁藤は怖々《こわごわ》、足を踏み入れた。袋に入った布団や新しいシーツ、座布団類が整然と重ねられている。ジュースが入ったプラスチック箱の横に、小さな背中が見える。目を凝らすと、街灯の明かりを集め、若女将の細い横顔が浮かび上がった。

「ごめんなさい。お騒がせして。申し訳ございません」

ふらふらと立ち上がる気配がする。床には白磁の花瓶の口が割れ、転がっていた。

いつもこんなふうに泣いているのか……ラベンダーの淡い香りがして、昼間見た少女のような姿を思い出す。細い肩を抱き寄せたい衝動に駆られ、思わず手を伸ばして、

「う、うわあ……」

心臓が止まりそうになった。予備のちゃぶ台の上に、なんと例の鳳霜魚がおり、女将のすぐ傍らで、ぎろぎろと目を光らせていたのだ。

「な、なんで……これが……こんなところに」

「ええ、さきほど見つかりましたの……ご心配をおかけしましたわ」

ご心配……って。仁藤は後ずさり、女将――と鳳霜魚から体を離す。

と、廊下の奥からまた憎々しい大女将の声が響き渡った。

「誰か、誰かいないかい……ちょっと」

はいっ、と若女将は号令に答えるように立ち上がる。勢い、握った拳が仁藤の顎をまともに直撃した。

「痛っ……」

今度は目から火花が出た。が、何とか気を取り直して若女将の後を追う。廊下の端に大女将が座り、濡れ縁の板が真っ二つ、無惨に割れて岩の上に落ちていた。

「どうしたんですか」仁藤が尋ねると、きまり悪そうに大女将は二人を見上げた。

「痛たた。板が、落ちてしまって」さすがに、今度は愛想笑いを浮かべる余裕もなさそうだ。

仁藤は内心、罰が当たったのだと思ったが、放っておく訳にもいかない。手を貸し、出来るだけゆっくりと抱え上げる。

「救急車を……」若女将が言うと、大女将は噛みつくように吠えた。

「冗談じゃありませんよ。お客様がいらっしゃるのに」

「でも、骨が折れているかも……」若女将は困り果て、

「じゃあ……山中先生の所へ」

「山中……先生？」昼間の初老紳士を思い出した。「歴史の？」

「お医者様なんです」

細い腕に勢いをつけると、若女将は自分の倍ほどの体積がある大女将を軽々と抱え上げる。さっきのアッパーといい、見掛けに寄らぬ腕っ節だった。

「僕も手伝います。ビールを飲んだので、運転は出来ないけど。運ぶくらいなら……」

「……恐れ入ります。申し訳ありません」

よほど苦しいのか、大女将が答えた。腰も打っていて、座席に座らせるのも一苦労だ。

怪我をしたのは気の毒だが、散々暴言を聞いた後では同情も半減する。大女将はシートベルトを締めるなり、きまり悪そうに顔を逸らした。

雨野屋に戻ると、すでに十時を過ぎていた。

乾いた庭の草を踏むと、ちりちり鳴いていた虫の音が止まる。仁藤と若女将は裏口にまわり、大女将が踏み砕いた濡れ縁から母屋に入った。

大女将は軽い打撲だったが、一晩、山中医院に泊まることになった。山中の妻に「うちならいくらでも薬《ヤク》を打ってあげられる」と、不適切な物言いで引き留められたのだ。

妻は踊りが上手な元芸子で、数年前、やもめ暮らしが長い山中の後添いとなった。大女将が間に入り、子どもたちを説得したのだ、と女将は言う。

温泉街では姉御肌で慕われているのに、嫁にはあれほどつらく当たるのか――仁藤は、どうにも納得がいかなかった。

酔いは覚めていた。今度こそ仕事をしようと、仁藤がノートパソコンを取り出したとき、小さな足音とともに、扉の前で緊張した声が響いた。

「仁藤さん……申し訳ありません……巧を見ませんでした？」

慌てて立ち上がると、青ざめた女将が駆け込んでくる。

「いえ……携帯は？」

「つながらない……こんな時間まで出歩く子じゃないの。晩ご飯も食べていないし、どうしましょう……体が弱い子だし、どこかで具合が悪くなって倒れでもしたら……」

「ご主人は？」

「まだ……帰らないんです」

とりあえず、巧が出入りするロビーへと向かう。ちょうどそこに浴衣姿の小夜が歩いてきたが、エステが終わったばかりなのか、またあの仁藤が苦手な素顔で二人を凝視した。

「巧くんを……見なかった？」仁藤は尋ねた。

「午後、会ったきりですけどお？」口調はそのままだが、仁藤と女将を見比べる目に、チラッとからかうような光が点る。「鳳雛魚とクッキーバイキングじゃないですかあ」

「ふざけてる場合じゃ……」思わず仁藤は言葉を荒げたが、マスカラもない切れ長の目で睨まれると、なぜか怖じけてうやむやになる。

と、その時、微かな風が吹き込んで、自動ドアが開いた。

三人同時にそちらを振り向くと、夏用パーカのフードをかぶり、顔を隠すように入ってきたのは、他でもない巧である。女将は全身の力が抜けたように、手で顔を覆った。

「連絡くれないと心配するでしょう」

「……ごめん」

ただならぬ空気に驚いて、巧が素直に謝ったとき、珍しく受付の固定電話が鳴った。

若女将はやっと女将の顔に戻り、小走りで無人のフロントへと急いだ。

「不良少年、ママに心配かけちゃだめですよう」

小夜が言うと、初めて相手が小夜だと気づいた巧は、

「うわあ、すっぴんだと別の人だあ」と叫んで大げさにのけぞってみせる。

が、小夜は「いや、そっちのが超絶……」と言いかけた巧の手をひねり上げ、切り傷のある指を灯りに晒してみせた。

「これって、ケガ?」

「あ、うん。ちょっと……」払いのけるように巧は手を隠す。

と、そのときガツン、と音がして、腰が抜けたようにフロントの女将がしゃがみこんだ。

仰天した仁藤を押しのけた小夜が、ちらと女将を一瞥しただけで、足下に転がった受話器を拾い上げる。

「お電話変わりました。え? 女将、ここにいますけど。雨野謙介? ええ。社長です。はあ?

それで病院は?」小夜は急に表情を硬くして、メモ用紙に何か書き込んだ。

「わかりました。すぐ行きます。お世話様になりました」

「何だって?」仁藤は恐る恐る尋ねた。巧も眉をひそめて、じっと小夜の答えを待つ。

「社長が刺されて……意識不明だって……何か、事件の可能性が高いって」

刺された? その不穏な響きに仁藤は思わず身を引いた。

「呪い……オクノカミのタタリだわ」

女将が体を震わせ、呻くように言う。

タタリ？　見たばかりの鳳霜魚の姿が鮮明に甦った。


巧は山中医院に連絡を入れ、女将とともにタクシーで病院に向かった。

なりゆきを気にしつつもただの客である。いつの間にか眠ってしまった仁藤が目を覚ますと、朝食を運んできた仲居も表情を硬くして、すぐ、奥へと消えた。

驚いたのは、半月分の宿賃を前払いして、小夜が消えたことである。気まぐれか急用か――金銭感覚もバブル期並み。と――いきなり、部屋の電話が鳴る。

「病院です。昨日はすみません、連絡して、謝っとくよう、母に言われたんで」疲れた巧の声が響いた。「オヤジ、刺されちゃいました。死にそうです」

巧は小さく咳をし、思ったより冷静な口調で状況を説明した。

雨野が見つかったのは、電話が掛かる少し前。繁華街の裏手にある暗く狭い洞《ほら》であった。戦前、石造りの不動明王が祀られていたが、今は存在さえ忘れられた草むらである。

裏手とはいえ、すぐそこは繁華街、レストランの駐車場もある。仕事を終わって帰ろうとしたマネージャーが雨野を見つけ、顔見知りだったこともあってすぐ身元も判明した。

湧き水で濡れた小さな石舞台に、雨野は腹から血を流して仰向けに倒れていたらしい。

死角とも言える場所で、マネージャーはなぜ、雨野を発見することができたのか。

それは流れ出た血が、セメントで固めた駐車場まで赤い筋《すじ》を作っていたからである。

「筋？」仁藤は聞き咎めた。

「はい。出血そのものは少なかったらしいんです。だけど洞から何かを引きずったような跡がついてて。太いヘビがはったような感じだった、って言ってましたけど」

ヘビ。一瞬、鳳霜魚のミイラが脳裏に浮かぶ。昼は魚のように泳ぎ、夜は陸に上がってくる、えらで地面をたぐりながら、その腹はずいずいと土を蹴る。

「でもどうして、雨野さんはそんなところにいたんだろう」

「それは……」巧は少し言いあぐねてから、

「実はオヤジ、岩に彫刻してたみたいなんです。鳳霜魚っぽいものを」

彫刻？　オカルト効果を盛り上げるためか。徹底した商売根性に舌を巻く。

「かあさん、オヤジの腹に刺さってたアーミーナイフ見せられて……ショックで倒れちゃって。あんなのテレビでしか見たことない、って言ってました。工具を入れてた段ボールに、オヤジのノミや彫刻刀なんかもあったけど、そのナイフだけ、指紋も全然なかったんだそうです。あと、オヤジの財布、洞の奥で見つかって……空っぽだったから、金目当ての強盗かもしれないって」

ただ、まったく争った形跡がないことから、顔見知りの犯行である可能性も否定できないという。

顔見知り？　返り血を浴びないため、あえてナイフを抜かずに指紋だけ拭き取ったのか？

仁藤は、予想もつかない冷酷な犯人像に、ぞっと背筋を凍らせる。

「で……女将さんは？」

「別の病室で寝てます。山中先生の奥さんが付き添ってくれてるんですけど……そうだった。婆さんが……オヤジが家を出たのは八時ちょっと前くらいだ、って……仁藤さんに確認取ってほしい、って、言ってました」

「ああ、たぶん……」会話の内容が内容だけに言い淀んだが……夕食が終わったのが午後七時前。正確に時計を見たわけではないが、だいたいそのくらいだったろう。

「君は大丈夫そうだね」ここまで整然と説明できるんだから、と言うと、巧は少し笑って、

「朝、小夜さんが来て、根掘り葉掘り確かめてったから。でも正直ちょっと、やばいかも」

やばい？　小夜の意外な行動に気を取られて、一瞬聞き返すのが遅れた隙に、

「いえ、なんでも。これから帰ります」巧は慌てたように言い、電話を切った。

やはり何かすっきりしない。ロビーに出て新聞に目を通すが、さすがにまだ事件のことは載っていなかった。フロントでは鬼子母神が、旅館の行く末になど興味もない様子で、ただ幼子に乳を飲ませている。

――巧は、何を言いたかったのだろうか。

聞き返さなかったことを悔やんだ仁藤だったが、やがてすぐ理由が明らかになった。

巧は、重要参考人として警察に拘束されてしまったのだ。指を切り、パーカで隠したTシャツの裾に、拭き取ったような血がべったりと付着していたのである。実父との仲は険悪、アリバイもない。巧はただ、黙秘を続け、その夜の行動を語ろうとしない。

大女将は打撲傷。家長の雨野は生死の境をさまよい、女将も倒れて入院したまま。

一夜で離散した雨野屋は、まるでその古い建物ごと火が消えたようだ。

——人の目に触れると、必ず末代まで祟ると言われていたらしいんです。

女将の言葉を思い出し、仁藤の背にまた冷たい汗が流れた。

「仁藤さあん、原稿できました?」

翌日、三原色のタイトなモンドリアンワンピースを着た小夜が、サンダルをジャラジャラいわせながら雨野屋に戻ってきた。それどころじゃないだろ、強盗がまだ、その辺をうろうろしてるかもしれないんだぞ、と言いかけて、いかにも臆病者らしい、と思いとどまる。

「まだだけど……急にいなくなって、何やってたんだよ」

「えーっ、ちゃんと、お勤めを済ませておりましたよっ」小夜は明るく言い放つ。

「お勤め……打ち合わせか?」

インコのような黄緑の爪を見ながら、仁藤は顔をしかめた。

「ノンノン。警察から、絶体絶命の巧くんを救って来たのです」

なんだって？　仁藤は耳を疑った。巧を救う？

「まさか金の力で……」

「違いますってば」

ダマになったマスカラが目に染みたのか、小夜は片方だけ何度か瞬きを繰り返す。

「巧くんは無実ですよお……女将も大女将も警察に怒鳴り込もうとするし、引き留めるの、朝から大変だったんですう」

仁藤は顔をしかめた。そういえば小夜に根掘り葉掘り尋ねられた、と巧が話していたが。

「あ、そうか、仁藤さん。利用されたこと、まだ、気づいてないんでしたっけ」

小夜は意味深な発言をし、鼻白む仁藤を表へと誘い出す。

あれよという間にタクシーに乗せられ、着いたのは足湯公園。仁藤にタオルを手渡し、自分はさっさと「思考の湯」に足を浸した。

「どうぞ。お湯で足のツボを刺激して、毛羽立つ心を落ち着かせてくださいませ」

「ふざけるのもいい加減に……」

我慢も限界に達した仁藤が歯噛みすると、小夜のめいっぱい化粧をした顔に、あの、知的に見える表情がちらと浮かんだ。

「じゃ、まずは状況確認からしましょうか……。大女将を病院に連れていくにしても、従業員がいるんですよ。普通に考えてお客さん、付き添わせたりします？」

付き添わせる？　まさか、こいつは若女将を疑っているのか。仁藤は呆れかえる。

「雨野さんが家を出て見つかるまで、女将はほとんど僕と一緒だったんだぞ」

そうだ、何を馬鹿なこと言ってるんだよ。これだけはどうやっても動かせない事実だ。

「それに……ぼ、僕から行くと言ったんだ。色々あって、大女将も若女将も気が動転してた。そのおかげで無実が証明されるなら、それはそれでいいじゃないか」

「無実じゃない。アリバイですってば」木漏れ日を手で遮り、小夜はきっぱり言いきった。

「犯行可能な時間帯、仁藤さんとずっと一緒にいた。それがあの人のアリバイです」

「アリバイ、アリバイって、ドラマの見過ぎじゃないか。彼女が何をしたって……」

仁藤は言葉を飲む。飲んだくれで陰険な暴力夫、布団部屋に倒れ、涙を拭っていた女将。細腕ながら意外と強い腕力も――おぞましい考えが浮かび、慌てて中空を掻き回す。

が、小夜はさらに歯に衣着せぬ勢いで、

「アリバイ証言者の仁藤さあん。発見が遅れていたら一晩、一緒に過ごせたかもしれないのに……残念でしたねえ。だけど、実はそのアリバイ、ちょっと問題あり、なんですよ。もしも犯行が夫婦喧嘩より前だったら？　全然、役に立たないじゃないですか」

「喧嘩より前……ってなんだ？　あの時もう、雨野さんが襲われてたってことか」

言うに事欠いて……。仁藤は舌打ちした。

「雨野さんが宿を出て行った時、僕は隣の部屋にいて、全部聞いてたんだぞ」

「それが、利用されたって言ってるの」

小夜は静かに言い、足を軽く振り下ろした。跳ねたしぶきが一粒、仁藤の頬に散る。

「あの時、あそこに雨野屋さんはいなかった。すでに、洞で血だらけだったんですから」

馬鹿な……何を言っているんだ。仁藤は息を詰まらせた。

「仁藤さん、雨野さんの声を聞いたんですか？」

「いや。彼の声は小さいから。だけど、暴れてビール箱をひっくり返したり、女将さんを突き飛ばしたり。まさか……それが彼女の一人芝居だって言うんじゃ……」

「……いいえ。お芝居じゃないです」

「だろ。そんなこと、できる人じゃ」

小夜の目にからかうような色が浮かんだのを見て、仁藤は口ごもる。

「じゃ、聞きますけど、仁藤さんはなぜ、家庭内暴力の主が雨野さんだと思ったんです？」

「それは、大女将が……」

そうだった……。

仁藤はほっと胸をなで下ろす。

あの場には大女将もいたんだ。大女将は雨野さんと会って、ちゃんと話もしてたぞ。

「それこそ、お芝居ですよ、大女将の。言ったでしょ、共犯者がいるって……。あそこで暴れたのは、雨野屋さんじゃないの。ほかの人なの」

「だ、誰……」ぞわぞわと背筋が寒くなる。確かにあの時、仁藤は声を聞いていないが。

「巧くんですよ」小夜は静かな声で、「鳳霜魚を持ち出して、あそこでうっとり眺めていたんです。そこに偶然女将さんが来て……反抗期ですもん、暴れて、ガラスで手も切ったの。そのまま、血をシャツで拭いながら、家を飛び出した。だからやさぐれて、しばらく帰らなかったんですよ」

確かに鳳霜魚はあそこにあった。血が付いたシャツの説明もつく。しかし。

「それ、た、確かめたのか。本人に?」

「いいえ、これから警察がするでしょ」

「なんだ、想像かよ……」どう考えても、小夜の話は理屈に合わない勝手読みだ。

「だいたい、大女将がそんな芝居をする理由、ないだろ」

とんちんかんにも程がある。が、小夜は大まじめに、

「巧くんが暴れてるのを見たとたん、ふいに『隣にいるお客さん』を利用しようと思いついたから……それが理由です。『夫婦喧嘩』だの『謙介』だの口にしながら、巧くんには勘違いして駆けつけたように思わせ、仁藤さんには雨野さんが暴れたように見せかけた。それで、女将さんのアリバイはカンペキになったんですよ」

「ばかな」仁藤は顔をしかめた。

「他の人間ならともかく大女将が? 息子が襲われたんだぞ。普段、あれほどいびっておいて、

嫁のアリバイ作りに荷担するなんてありえない」

が、ちょっとまて。百歩譲ってそう考えるとして……大女将はあの時点で、事件の全てを知っていたことになる。事件を発覚前に知っているのは犯人か……共犯者。

「そう。あの時まだ、雨野さんが家にいた証拠さえ作れば、女将も大女将も二人してアリバイが完璧になるでしょ。それも、傍目に仲が悪ければ悪いほど鋼鉄の……だって、隣にいるのは女将さんが悲劇のヒロインだって思い込んじゃってる仁藤さんですよ。大女将は仁藤さんをオーディエンスにして、普段より、何倍も嫌な姑を演じて見せたはずです。ドラマばりの露骨な嫌がらせと、これでもかっていうほど腹黒な憎まれ口……」

確かに陰湿ではあった。傷口に塩を塗り込むようないびり方。巧を置いて出て行け、と言った時は、パッシブな仁藤でさえ怒りを抑えることができなかった……が。

嫌な男だが、なぜ妻と母親がグルになってまで、殺そうとするんだ。

が、その、答えは意外なものだった。

「大女将が協力した相手は、雨野さん本人だったんです。そして……大女将がやったのは殺しじゃない。自殺の幇助です」

呆然とする仁藤を残し、小夜は「喜びの湯」に移動した。慌てて仁藤も後を追う。足を刺激する泡が柔らかく変化した。

「せっかくお湯もお料理もよいのに、建物が残念すぎる雨野屋。何とか改装してやり直したい。そう思ってた雨野さんは、考えたんです。世の中で一番大事なのはお金だ、って。お金こそ愛の証し。お金さえあれば、世の中の悩みのほとんどは解決するんです」

実際に、金を持っている小夜が言うと妙に凄みがある。

「オクノカミ……のことか」

「いいえ、生命保険です」

「なんだって？　生命保険？」仁藤は目を丸くした。

「そう、死亡保険を無事、遺すために、オクノカミの呪いを利用し、再建に必死で『前向きな自分』を演出したんですよ。だけど、殺人と認定されれば、多額の保険金を受け取る妻が怪しまれる……。それで、大女将に頼んだんです。その夜はなるべく誰かと一緒にいて、二人ともちゃんとアリバイを作っていてほしいって」

ま、待て、と頭を整理する。それは「雨野が死亡保険金を遺すため、タタリを装って自殺をはかり、妻に容疑がかからぬよう、母親にアリバイ作りを依頼した」ということか。

「まあ、ざっと要約するとそうなりますね」

「お、大女将は……金を手に入れるため、息子が死ぬことを手伝った……のか」

「まさか、そんなはずないでしょ」小夜は呆れ声で言い、思い切り顔をしかめた。

「大女将には『呪いプロジェクト』だと、信じ込ませてあったんです。あくまで宣伝効果を上げるため、殺されかけた『ふりをする』って。もちろん保険金のことなんて、おくびにも出さなかった。そんなこと知ったら大女将、打撲どころか『自分が代わりに死ぬ』って言い出しかねませんよ。大女将がご開帳を止めようとしたのは、呪いが怖かったわけじゃなく、息子の身を案じていたんです……無茶はしないと説得し、雨野さんは納戸神を開帳した。そして巧くんが客室の隣、布団部屋で暴れたとき、アリバイなんて、再放送の二時間ドラマでしか知らない大女将に、完璧な時間差トリックがばーん、と降りてきたんですよ」

仁藤は仰天した。打撲もわざとだったのか。鬼母神の絵を見て小夜が言った「複雑な母親の愛」とは、若女将ではなく、むしろ大女将に関してだったのだ。

「だけど、雨野屋さんは、本当に死ぬつもりだった。どうせ自分は癌で長くはない。だったら一刻も早く死亡保険金をもらう方が、旅館にも女将さんのためにもなる、と思って」

癌だって？　胃を壊しているくせにと、バーのママが言ったのは——癌だったのか。

小夜は、湯の中でゆっくりと白い足を上げ下げしながら、

「物盗りに見せかけるため、あらかじめ、中味を抜いた財布を洞の奥にセッティングし……激痛に堪えながら、ナイフの指紋をぬぐって……雨野屋さんは、残りの命をすべて投げ出しても守りたいってくらい、幼なじみの女将さんをずっとずっと好きだったんです。気が弱くて恐がりだけど、シャイで深すぎて……歪んでしまった愛……仁藤さん。どうあがいたって、太刀打ちできませんねえ」

思いやりのない言葉だが、口調はどこかしんみりしていた。

「大女将と若女将も……仲、悪くなかったと思いますよ。計算外だったのは、暴れてケガをした巧くんが、飛び出してひとりで徘徊しちゃったこと。普段、あんまり出歩かないから、って、油断してたんですよ」

「そうか。しかし……」もうひとつ、気になっていたことがある。

「駐車場まで、引きずったような血の跡が付いていたのは。あれは……」

「鳳霜魚が這った跡？　ああ、あいつ、しばらくお出かけしてたんですね」

え？　と仁藤が目を剥くと、小夜は広げた手を口に当て、無遠慮に笑った。

「冗談ですよ。あれはね、死体を見つけてもらうため、あらかじめ雨野さんがやったんですよ。雨野さん自身の血で……行方不明のまま見つからないと、保険金入りませんし」

「じゃあ……」

「そう。呪いっていうのは、悪魔がかけるもの。長年、大切に納戸の中で守られて来た神様が、間違ったって、そんな酷いことするはずないじゃないですか」

「神様？　鳳霜魚のミイラが？」

「あんなもの、神様じゃないですよ。フェイクです。雨野さんがどこかから手に入れて来た、全くの偽物なんですよ。納戸に埃を擦ったような跡があったでしょ。それも最近の」

そう言えば小夜は、平気で納戸の中を触っていたが。

「納戸に祀られていたのは、あんなものじゃありませんでした。鳳霜魚っていうのは寸胴で、短い手足に見えるひれと猿のように丸い頭、突き出した口。でも実際、正体はまるっきり違うんですよ。江戸末期、相模湾に上がって大騒ぎになった鳳霜魚は……魚に似たほ乳類、アザラシなんですから」

「アザラシ……」普段は海に住むが、時々短い四肢で陸に上がってくる。光る腹。目。

「じゃあ、本物の神様は?」

「死を覚悟した雨野さんに怖いものなんてないですよ。あの人とっくに、中身を見てたんです。それが地味でインパクトなかったから。どこかであんな怪しい物を手に入れてきた。本物はどうでもいいや、って、フロントに飾ったんです」

「フロント?」仁藤は首を傾げる。

「そう、あったでしょ? あんまり上手でない鬼子母神。古い掛け軸が……」

確か、木の傍に座って子どもに乳を含ませている母親の絵。

「なんで、あれが納戸神……」

「ん、もう。仁藤さん、仮にも大学の先生でしょ。あの絵がまさに人目に触れてはいけないもの、って言っても、まだ分かんないんですか?」

小夜は足をバシャバシャさせて立ち上がると、今度は心穏やかになる「平静の湯」を選んで腰掛ける。仁藤は人参を追う馬のように、またすぐ、小夜の隣に座り込んで尋ねた。

「……鬼子母神が？」

「鬼子母神ではないんですよ」小夜はため息をついて、アーチ型に整えた眉を下げた。

「杖とわらじは、彼女が旅の途中だってことを表しているんです。幼い子どもを連れ、急いで旅する女性が道中、束の間の休息を取る……ブーシェ、ルドン、エルスハイマー、コロー、色々な画家が全く同じテーマで描いている画題、さて、何でしょうか」

「……エジプトへの逃避？」仁藤は目を丸くした。

小夜は黙ってうなずく。

「隠れてるとはいえ、十字架模様の着物や、坊やの神々しさは危険ですよ。江戸時代、こんな物が人の目に触れてごらんなさい。それこそ末代まで大変でしょ」

「そうか。潜伏キリシタン、か……」

仁籐は、自分の首を絞めたくなった。なぜ気付かなかったのだろう。年末に米を供えるのはイエスの生誕日、クリスマスだ……厳重に封じ込められた開かずの箱。誰の目にも触れてはならないという戒律。そして天神の胎内に描き込まれた×印は、着物のとんぼ柄と同じく、巧妙に隠されたクロス、十字架だったのだ。

「ヘロデ王の幼児殺害を避け、幼子イエスを連れてエジプトへと逃れる聖母マリア。頭には、十字架が描かれていたんです。迫害が厳しくなった頃、十字架を隠すために、上から吉祥果を描き加えたんでしょうね」

お歯黒と丸髷に誤魔化されていたが、考えて見れば奇妙な絵だった。麦は一瞬のうちに伸びて母と子を隠す……バックの麦にも大きな意味があったのだ。

「キリシタン灯篭には、この辺りの本小松石が使われていますよね……雨野さん、言ってたでしょ。庄屋一族はずっと宗教的にフリーだったって。昔の人なのに不自然ですよ。一族は地方の風習になぞらえ、オクノカミ様を祀っていたんです。その後、子孫に教えを伝えきれないまま、『開けてはいけない』という戒律だけ、禍々《まがまが》しく残ったんですねえ」

「じゃあ、旅人を殺してたっていうのも？」

「ありえないでしょ。不利益を受けても旅人を助けるのが、善きサマリア人ですもん。もてなしのプロ、温泉地の人たちが追い剥ぎになってどうするんですか」

うーん、と仁藤は頭を抱えた。

一足先に東京に戻った小夜から、再度、〆切の催促があり、仁藤は名湯に浸かる暇もなく、ひたすら仕事を片付けた。それを補ってあまりあるのは、花のような女将の笑顔である。

「小夜さんの会社の社長さんが、歴史的遺物に明るい方をご紹介くださって……掛け軸と天神様を引き取って頂くんです。ありがたいことに、それで本館の改装費用もまかなえます。夫の胃潰瘍の方も、すっかりよくなりましたの」

「胃潰瘍？」

「ええ、亡くなった義父と同じ症状だって……病院にも行かず、思いこんでたみたい」

命を取り留めた雨野は自殺をはかったことを認め、巧もブタ箱武勇伝を携えて、無事、雨野屋に戻った。どうやら会っていたのは同級生の女の子で、彼女の親が厳しいこともあって、頑《かたく》なに口をつぐんでいたらしい。

意外だったのは、警察に出向いた小夜が、雨野の自殺動機を『病気を苦にした』とし、保険金の話などこれっぽっちも口にしていなかったことである。

巧の反抗期と大女将の勘違い事件の真相は藪の中。夫と姑が何を企んだか、結局、真実を知らされないままの姫女将――警察もまさに「終わりよければ全てよし」であった。

「小夜さん。実家を買い上げて下さるんです。古民家風に改装してお仕事場になさるそうです」

うへえ、と思わず変な声が出る。やはり金銭感覚がどこかおかしい。

ふと、小夜はどこぞから納戸神の開帳を聞きつけていたのではないか、という疑念が浮かび、超音速で否定した。小夜に、民俗学への忖度などあろうはずもない。時々妙に勘が働くだけで、あのショッキングピンクの塊に、人心など宿ってはいないのだ。

「また、ぜひ、雨野屋にお出かけくださいませね。春の梅の時期にでも……」

若女将はほっこりと笑みを浮かべる。そして、女将らしく、丁寧に三つ指をついた。

十津川警部と私　十津川警部と旅に出る幸せ

川辺純可

タンカー、ブルートレイン、はては巨人軍まで消し去る、驚きの「消失もの」。古今東西の名探偵が勢揃いし、さもありなん的セリフであの歴史的大事件まで解決してしまう「名探偵シリーズ」。

西村ミステリーとの出会いは、私にとって、心豊かな、無限に広がる希望の真中にありました。やせっぽちの体に、高野豆腐よろしく何でも吸収する頭をのっけ、書店に行けば、クリスティー、クイーン、横溝と、いくらでもすばらしい邂逅があったバラ色の時代です。おせっかいとがんこ親父はまさに全盛期、無料ロッカーには、二回に一度、取り忘れた十円玉が残っておりました。

学生鞄には西村ミステリー。マイ・オールタイム・ベストは『殺しの双曲線』です。吹雪の山荘といえば、すぐに思いうかぶ大傑作でした。最初に堂々と双生児トリックであると宣言されて度肝を抜き、睡眠第一の私が寝ないで読んだ、まさに驚きと感動のクローズド・サークルです。

が、そんな私も、十津川警部の魅力に気づくには、少しだけ時間がかかりました。時刻表、トラベルミステリの謎解きに心酔したものの、警部自身は何だかぱっとしない普通のおじさんだよなあ……と（深謝！）地味なイメージに囚われていたのです。アメリカでライセンスを取ったスマート探偵、左文字進が断然好みのタイプであったことも、ここで正直に白状いたします。

十津川省三。捜査一課の揺るがぬ柱、頼れるチームリーダー。

熱い思いを胸に秘め、やさしさと冷静さ、情と知性をあわせ持つ海の男。

今思えば、一見普通で小太りの警部が、あれほどの「きれもの」だなんて、なんともかっこいいことなのです。これも警部の年を追い越し、人生を折り返し、つらい挫折や失った恋、紆余曲折を経て、ようやく気付く境地だったのかもしれません。

ネットの普及に伴い、あの、分厚い時刻表もとんと見かけなくなりました。がたん、ごとん、夜のしじまに響く、列車の音もいつから聞こえなくなったのか。

時代はまさに秒刻み。電子音と警報が鳴り響き、思いも寄らぬことが起こる、物騒な世の中です。

そんな今こそ、スマホをオフにし、バックパックに十津川警部を潜ませて、風の吹くまま、気の向くまま、ローカル線と船を乗り継ぐ旅に出る――。

あのころの自分に出会い、これからの自分を探し、広い海を見ながら人や自然、歴史とふれあい、赤道を越えて南半球まで行けたなら、どんなにすてきなことでしょう。

西村ミステリーと同じ時代に生まれてよかった……。

西村京太郎先生。

長きにわたり、幸せな時間を賜り、本当にありがとうございました。

どうか、よい旅をお続けくださいませ。

満州麗人列車

獅《し》子《し》宮《ぐう》　敏《とし》彦《ひこ》

【略歴】

奈良県出身。別名義の『小田原の織社』で第二十九回オール讀物推理小説新人賞受賞。現筆名の『神国崩壊』で第十回創元推理短編賞受賞。主な単著に『神国崩壊　探偵府と四つの綺譚』、『上海殺人人形』（原書房）、『君の館で惨劇を』、『アジアン・ミステリー』（南雲堂）、『卑弥呼の密室』（祥伝社）、『豊臣探偵奇譚』（早川書房）。アンソロジー参加に『ヤオと七つの時空の謎』（南雲堂）『棟居刑事と七つの事件簿』（論創社）。

以下の文章は戦前から戦後にかけて活躍した探偵小説家寒川英輔《さむかわえいすけ》氏の没後に、遺品の中から発見されたものである。氏は戦前、仲間と共に満州を訪れていて、その時のことを回顧したものではないかと思われる。

1

あれは、昭和十四年の八月のことであった。

私は、『病横《びょうおう》文化促進会』の一員として、満州へやって来た。満州では康徳六年であった。

一行は、私と真壁菱太郎《まかべひしたろう》、緑井幻児《りょくいげんじ》、貝原重治《かいはらしげはる》の四人。いずれも同業者で、『病横文化促進会』という名称は、ポオの『モルグ街の殺人』を森鴎外が訳した時の邦題『病院横町の殺人犯』に由来している。

といっても、私たちが名付けたわけではない。この時は満州側の招待を受けての訪問で、名付け親もそちらにいた。

私たちは海外へ出ることさえ初めてで、大連港に降り立った時は、東洋一といわれた威容とさまざまな人種の行き交う光景に息を呑み、御上《おのぼ》りさんの如くまごついていたことを覚えている。

「『病横文化促進会』の方々ですね」

と、声を掛けられたのは、その時であった。

スーツを颯爽と着こなした金髪の白人美女が立っていた。歳は二十代の半ばくらいで、背は私たちをしのぎ、スタイルも抜群。しかも、流暢極まりない日本語を駆使して、

「私は天壇愛羅《てんだんあいら》嬢の秘書をしておりますタチアナ・スロベーシカと申します。皆様をお迎えにまいりました」

と言ってくる。短い髪が切れ者の秘書という印象をかもし出していた。

私たちは彼女に先導されて、人々が居並ぶ検疫、税関をほぼ素通りし、大連駅へ連れて行かれた。ここから列車で、首都の新京へ向かうという。プラットホームに案内されると、端麗な流線形の機関車がとまっていて、

「これは『あじあ』号ですか」

と、貝原が興奮した。

『あじあ』号は、流線形のパシナ形蒸気機関車が牽引し、最高速度が百三十キロという満鉄自慢の超特急である。

貝原は理学生の出身で、科学空想小説という分野を開拓していた。一行の中では一番若く、眼鏡を掛けた白皙の顔は、とても知的に見えたものである。

しかし、タチアナは、

「『あじあ』号ではありません」

と否定した。

機関車の傍らでは、機関士らしき格好の人物が三人いて、中国語で挨拶をしてきた。私たちの中に中国語のわかる者はいなかったので、タチアナが通訳をしてくれた。名前は覚えていないが、二人いた機関助士の一人は、小柄で華奢な子供であった。制帽から覗く顔がとても可愛らしく思われ、

「こんな子も給炭をしているのか」

と、私は驚き、貝原からたしなめられた。

「パシナ形は自動給炭式なので助士の出番は余りありません」

それなのに、なぜ二人いるのかといえば、

「この子は見張り要員です」

とのこと。

機関車には、四両の客車がつながれていた。軍用車、食堂車、一等車、展望車という編成で、軍用車の前では満州国軍兵士十名が整列し、私たちが通ると捧げ銃《つつ》をしてきた。食堂車の前では、コック姿の料理長と助手に、四名のウェイトレスが並び、男性料理長は李《り》、女性助手は衛《えい》と名乗っていたように思う。共に三十半ばくらいであった。

一方、ウェイトレスは十代のロシア人少女で、『あじあ』号に乗るための研修をここで行っているという。目が醒めんばかりの美少女たちで、

「お客様にご挨拶を――」

と、タチアナに促され、

「イラッ、シャイ、マセ」

と、たどたどしい日本語で言うところが、可愛らしさをより一層高めていた。

展望車は、最後尾が開放式の展望デッキになっていて、柵には鉄道マークが取り付けられていた。満州国旗と同じく黄色地を背景として、図案化された文字が描かれている。植物らしき図の中の文字を見て、

「これは愛か」

と、私は思った。

「はい。満州国は高粱《こうりゃん》を国花としていまして、その中に愛の字を描いております」

タチアナは、誇らしげに言うと、熱演する女優のような仕草で列車を指し、声にも一段と力を込めた。

「この列車は『愛羅』号と呼ばれています。天壇愛羅嬢が移動する時に使われる特別列車です。愛羅嬢が皇帝陛下に『あじあ』号と同じ専用列車を望まれたところ、陛下はすぐさま関東軍司令官及び満鉄総裁に話をなされて、実現したものでございます」

その女性こそ私たちの招待主であり、『病横文化促進会』の名付け親に他ならない。

天壇愛羅。

早くから皇帝の側にいて、満州事変に際しては天津脱出を図った皇帝夫妻を助けて大いに活躍

したという。夫妻を監視していた国民党のスパイを誑《たぶら》かし、追いすがる連中は拳銃で撃退したとの話が伝わっているのだ。満州建国後も、公的な役職には一切就いていないにも拘わらず、皇帝の厚い信頼を受け、関東軍でさえ一目置くほどの力を持つといわれている。

しかし、その出自は不明で、人前に現われることも余りないという謎の人物であった。従って、その力の源泉についてもさまざまな噂が流れている。満州族のとても高貴な血を引いているとか、非常なる美人であるため、皇帝や関東軍司令官など満州の要人を全て虜にしているとか。

そもそも、私たちのような作家がこの時期に満州へ来たことさえ、尋常ではなかった。この頃、探偵小説は大きな制約を受け、時勢に迎合した作品しか発表することができなかったのだが、私たちはそれを拒んでいた。そのため、事実上の絶筆状態に追い込まれ、監視の目を感じることさえあった。

それが国外へ出られたばかりか、面倒な手続きもなく特別列車に乗せてもらえるほどの厚遇を受けている。力を持っているとの噂は本当らしいと認めざるを得ない。

私は、一年前のことを思い出していた。満州国が欧州へ使節団を派遣し、その一員に天壇愛羅が選ばれ、日本の新聞や雑誌にも写真が掲載されていたのである。

白黒であるため、色がはっきりとはわからないものの、黒っぽいタキシードを着て黒っぽいマントを羽織り、同じようなシルクハットをかぶっていた。黒髪が肩の辺りにまで伸びていて、スタイルも身長もタチアナに劣らなかった。しかし、顔がよくわからない。シルクハットのせいだけではなく、目の下をやはり黒っぽい覆面で覆っていたからである。

記事では、顔を見たという団員の証言を紹介していた。噂通りの非常なる美人にして、歳も噂通りの十代であると――。

本当かどうかはわからない。ただこの写真で、もうひとつの噂が本当であることは確かめられた。

それは――。

天壇愛羅は男装の麗人である。

2

「すると僕たちはこの展望車に乗せてもらえるのですね」

貝原の興奮は、ますます高まっていたのだが、それにはたちどころにして冷水を浴びせられることとなった。

「生憎だが、そこは俺たちのものだ。貴様らのような本国のお荷物作家どもが乗る場所じゃあない」

と言われたのである。

背広姿でボルサリーノを斜《しゃ》にかぶり、不穏な雰囲気を漂わせた一団がやって来た。

声の主《ぬし》である男は、頬の傷跡を歪ませ、

「真壁大尉じゃねえか。三文作家に成り下がった挙げ句、満州まで落ちてくることになったか。俺とは大違いだな」

と、嘲笑してくる。

「須藤大尉。いや、今は韃靼次郎《だったんじろう》か」

真壁も、負けじと睨み返した。

真壁は、元軍人であった。しかし、軍の体質が合わずに退役して作家へと転身。亜細亜や南洋を舞台に、軍とは関わりを持たない孤高の英雄を主人公にした冒険活劇物を書いていた。一行の最年長者で、作品の主人公と同様に、私たちの中では抜きん出て頑健な体格をしている。

一方の韃靼次郎も元軍人で、退役するや満州馬賊となった。韃靼次郎という名は、この時からの通称で、彼は軍の走狗として働き、数々の謀略に関与したといわれている。満州事変でも暗躍し、

「俺は、今、満州の闇の帝王と呼ばれている。この地で無事にいたいなら俺を怒らせないことだ」

と、大いに自慢した。

これは後で知ったことだが、真壁と韃靼次郎は軍人時代の同期であったらしい。その後の生き方からみても、当時から反りが合わなかったようである。

しかし、真壁は、挑発に乗らず、その代わり別のところから、チッという舌打ちが聞こえた。

韃靼次郎は、たちまち顔色を変え、誰だと威嚇してきたが、私たちは無反応を貫き、向こうは苛立った。

「俺の言葉を嘘だと思うなよ」

彼には手下と思しき悪相の男が三人付いていて、その声を合図に懐へ手を入れた。拳銃かと思わず唾を飲み込んだが、

「愛羅嬢のお客様に無粋なる振る舞いは無用に願います。聞けぬと言われるのであれば、韃靼様であろうとも『愛羅』号への乗車は認められません」

タチアナが、毅然と言い放ち、

「わかった、わかった。変なことはしねえよ」

韃靼次郎は、一転して矛をおさめた。

「で、その愛羅はどうした？」

「ご心配なく、列車の中でご挨拶に伺うと申しております」

「ほう、また何か変わった趣向でも考えてるのか。いつもの男の格好もそうだが、そうやって人を驚かすのが好きだよな。この前、皇宮であったパーティーには朱鳳蘭《しゅほうらん》と一緒に悩ましいチャイナドレスで出てきて歌を歌いやがった。それも鳳蘭に負けねえくらいうまかったから、陛下も客たちもみんな度肝を抜かれたよ」

それを聞いて、私は思わず、

「覆面をして歌ったんですか」

と尋ねていた。

韃靼次郎は、ニヤリと笑った。

「あん時は目のところに仮面を付けてやがったのさ。俺も顔は二度くらいしか見たことがない。凄い美人だぜ。これも朱鳳蘭に負けねえくらいだ。ま、そういうことなら楽しみにしていようじゃないか。お前らも命拾いをしたな。けど気を付けるこった。愛羅は美人だが俺よりおっかねえぞ。機嫌を損ねたら、俺みたいに勿体を付けることなく即座にズドンだ」

韃靼次郎は、指でこっちを撃ち、大笑いをしながら配下と共に展望車へ乗り込んでいった。

タチアナは、私たちの方へ向き直った。

「先生方もあの御仁を余り挑発なされませんようにお願いします。昔はそれなりに志があったようですが、帝王などと呼ばれている今は単なるギャングのボスです。反日分子ばかりか気に入らない人間を女子供でも容赦なく殺しています」

タチアナは、一人を見ていた。舌打ちの主が誰か、気付いていたようである。私たちにもわかっていた。緑井に他ならない。

緑井幻児は、猟奇的な犯罪物を書いていて、目白で起きたバラバラ殺人事件では容疑者にされてしまい、手荒な取り調べを受けたこともある。監視の目も一番厳しく、軍の走狗など大嫌いなのだ。病気かと思われるほどに顔色の悪い陰気な男であった。

私たちは一等車に案内され、そこで立派な個室を宛がわれた。一等車には天壇愛羅とタチアナの個室も用意されていて、愛羅の部屋を見せてもらったが、誰もいなかった。

大連から新京までの距離は、七百キロ超。『あじあ』号は炭水補給の必要もあって、途中、奉天を含む三駅に停車し、八時間半で走破するという。『愛羅』号も同じ駅に停車して補給を受け、在来列車との時間調整も行うため、それより四、五十分ほど掛かるらしい。

「愛羅嬢は自分の列車のために他を遅らせることを好まれない、とても優しいお方なのです。ご辛抱下さい」

タチアナは、大いに讃美していた。

『愛羅』号は午前十時頃に発車して、正午が近付くと食堂車に誘われた。韃靼一味は展望室で食事をとるため、食堂車まで来ることはないと言われたので、それならばと、私たちは個室を出た。

食堂車では、ロシア人ウェイトレスが給仕をしてくれ、前方の軍用車へも料理を運んでいた。後方の韃靼一味には女性助手の衛が運ぼうとしていて、

「ウェイトレスの子にギャングの相手はさせられません」

ということであるらしい。

これに対し、李と衛は、以前、軍閥のもとで働いていて、馬賊にも慣れているそうだ。衛は印象に残っていないほどの平凡な容姿で、やや太っていたと記憶している。

食事の後は珈琲を淹れてもらった。『愛羅』号は最初の停車駅である大石橋《だいせききょう》にとまり、二十分ほどで発車する。

満州は街を出ると、ひたすらに大地が広がり、高粱畑もあちこちで見られた。今は高粱が最もよく伸びる時期とのことで、それは十四、五尺にも達するそうである。

車内には日本語の雑誌や新聞も用意されていて、新聞を手にとった真壁が、

「朱鳳蘭に脅迫状か――」

と驚いている。

朱鳳蘭は、満映の女優である。楊貴妃をしのぐといわれる美貌と、東洋のローレライと評された歌声で、日本でも人気が出ていた。

その朱鳳蘭は、明朝皇族の末裔であるらしい。しかし、彼女の一族は清の庇護下で生きのび、彼女自身も満映の女優になっているのは漢民族への裏切りに他ならないと、太平団が誅殺を宣告してきたという。

「太平団は滅満興漢を唱え、満州族の撲滅と満州国の打倒を目指しています」

タチアナにそう教えられ、真壁が、

「それは太平天国を気取っているわけですか」

と応じた。

亜細亜が舞台の物語を書いている真壁は、歴史にも詳しい。太平天国は滅満興漢を唱えて、満

州族王朝の清を打倒すべく叛乱を起こした集団である。

「はい、彼らはそれを引き継ぎ、太平団の幹部も太平天国と同じく東王《とうおう》、西王《せいおう》、南王《なんおう》、北王《ほくおう》、翼《よく》王《おう》、天王《てんおう》を名乗っていて、その正体は不明です。頭目は東王です」

「天王ではないのですね」

「天王はお飾り的な印象がありますから――」

太平天国の首領は天王であったが、快進撃の時は東王が実質的な指揮をとっていた。しかし、内乱により東王が討たれた後は衰える一方で、天王の死後に二代目天王となった息子も僅か十四歳に過ぎず、力は持っていなかったそうである。

但し、数十万の軍を擁した叛乱集団と違い、太平団は百人程度の匪賊に過ぎないという。

「しかし、朱鳳蘭を狙うなんて――。彼女もまだ十代でしょう」

と、貝原は憤っていた。彼も朱鳳蘭のファンだったのである。

「十八です。でも珍しくありませんわ。二ヵ月前、愛羅嬢と懇意にしていた満州族のご一家が奉天で殺され、その中には十二の女の子と九つの男の子もいました。襲ったのは東王、西王、南王、北王です。彼らは容赦などしません」

暗澹とならざるを得ない。

「愛羅嬢も十八ですか」

と、私は尋ねた。

「それくらいです。本当の歳は私も知りません。そればかりか愛羅嬢は私たちの前でも覆面をしているため、『愛羅』号の乗員で顔を知っている者もいません」

「秘書であるあなたもですか」

「はい」

俄かには信じ難かったうえに、タチアナは、こんなことも言ってきた。

「実は愛羅嬢が皆様に挑戦したいと申しております。愛羅嬢は皆様のもとへも後ほどご挨拶に伺います。しかし、せっかく日本を代表する探偵小説の先生方がいらっしゃるのですから、その前に愛羅嬢がどのように現われるかを当ててみて下さいと――」

「――」

「今回、愛羅嬢が皆様をご招待したのは彼女が探偵小説の愛読者であるからに他なりません。愛羅嬢は英語にも日本語にも堪能で、西洋のものは勿論、皆様のご本も読んでおられます。日本では探偵小説が書き難くなっていることも知っていて、それで皆様を満州へお招きした次第です。如何でしょう。是非推理をなさってみて下さい。当てていただければ愛羅嬢から素敵なご褒美があると思いますよ」

「そうはいっても馬賊上がりのギャングや兵隊まで乗っているこの列車を隅々まで調べることなどできないでしょう。それともどこかの駅でこっそり乗ってくるのかも――」

と、貝原が質した。

タチアナは、嫣然と笑った。

「先生方へ挑戦しながら隠れているとかこっそり乗ってくるのでは面白くないではありませんか。ですから前もってはっきりとした事実を申し上げておきましょう」

「――――」

「この列車に隠れている者はいません。途中の駅から乗ってくる者もいません。愛羅嬢はもう乗っています」

3

この後、タチアナは、

「韃靼様を放っておいてヘソを曲げられても困りますから、ちょっとご機嫌取りに行ってまいります」

と、食堂車から出ていった。

残された私たちは、自然と先程のことを話題にした。

「挑戦とは大きく出てくれたね」

と、真壁は苦笑する。

「まあ、あれだけ大見得を切ったんだ。事実だと言った三つだけは間違いないだろう」

「でもそれ以外は嘘があるってことですよね。天壇愛羅は誰かに変装して紛れ込んでいるんでしょう。僕たちの中で一番現実的なトリックを書いているのは寒川さんです。僕のはおかしな博士が異常な発明をする話が多いですから――。何か意見はありませんか」

貝原は、私に振ってきた。そう言ってくれるが、私のトリックも荒唐無稽である。私たちの書くものには、そういうのが多い、それでも、

「天壇愛羅の話を聞いて何か引っ掛かるものはあるのだが、まだはっきりとは見えない」

と答えた。すると、

「何言ってるんだ。俺たちが満州にいるってことを忘れてはいけない」

と、緑井が口を挟んできた。

もともと付き合いの悪い男で、大連港に降り立って以降、彼が私たちと話すのはこの時が初めてであったと記憶している。その声も陰鬱に響いた。

「満州がどういうところか、もうわかっただろう。日本じゃ五族協和の楽土などと宣伝しているが、来てみたらどうだ。韃靼のようなヤツや匪賊がのさばっているじゃないか。日本で聞いた噂通り、ここは関東軍とそれに迎合する官僚どもがでっち上げた幻の国だ。中身はただの傀儡国家で、それを覆い隠そうとしていろんな幻影を作り出している。天壇愛羅もそれだよ」

「彼女も幻だと――」

そう私は返す。

「ああ。そもそも天壇愛羅という名前からして作り物だろう」

確かに天壇とは中国の皇帝が天を祀ってきた場所のことで、愛羅の名は満州皇帝の姓である愛《あい》親覚羅《しんかくら》からとっていることが容易にわかる。明らかに作られた名前だ。

「すると緑井君は天壇愛羅を実在しない人物だと思っているのかね。だとすれば使節団の写真や記事はどうなる」

そう質したのは、真壁であった。

「影武者ですよ。パーティーに現われた女もそう。満映なら美人で歌える女優が他にもいるでしょう。そいつを使って、韃靼もあのロシア人秘書も、そして、満映、満鉄から関東軍や皇帝に至るまでみんながグルになり、天壇愛羅という幻影を作って宣伝に使っているんですよ」

「そうなるとさっきの挑戦も——」

「嘘っぱちです。この国は何もかも嘘で塗り固められている。俺たちは遊ばれているだけです。だからそんなのに付き合う必要はない」

言うだけ言って、緑井は一等車へ引き上げていった。私たちもしばらくしてから、それぞれの自室へ入って休憩したのだが、奉天を出発した時、扉をノックされた。鍵を掛けていたわけでもないため、どうぞと返すと、貝原が入ってきた。

「奉天に着いた時、ホームへ降りてみたんですよ。奉天は首都の新京より大きな街ですからね。何かやるとすれば、ここが最も怪しい。けど誰も乗ってこなかった」

「それはそうだろう。そんなことをしたら挑戦する意味がない」

「だとすれば天壇愛羅はどこにいるんです。やはり幻なんですかね」

「緑井君の説には一理あると私も思う。天壇愛羅が作られた存在であることは確かだ。しかし、全くの幻ではない」

自室でいろいろと考え、引っ掛かるものが次第に形を成してきたのである。

「天壇愛羅がただの幻なら、私たちのような作家を日本から呼んだのは誰で、その理由はなんだ。こんな列車に乗せたのも、からかうだけが目的とは思えないし、いもしない存在のためにここまでの列車を用意しないだろう。それに欧州ではいろんな要人に会っているんだよ。満州国は全くの偽者を会わせたというのかい。天壇愛羅と呼ばれ、満州で力を持っている女性は実在している」

「もしかしてわかったんですか」

「貝原君。君は満州事変がいつ起こったか知っているかい？」

そう言われて、貝原は、えっという顔をしていた。

「急に何を言い出すんです。勿論、知っていますよ」

「そこから何か見えてこないか。私たちが幻影を刷り込まれていることは間違いないんだ」

その後、また珈琲でも飲もうかと、食堂車へ行った。すると、真壁が来ていて、前方車両側の扉に近い席で座っていた。

私たちもそこへ行き、貝原が先程の話をする。

「なるほど満州事変か。そこに幻影の源があるわけだね。だからそれを取り除くと本体が現われてくる」

真壁も、面白がっていた。

「それで天壇愛羅が誰に変装しているか、わかったのかね」

「絞れてはいます。問題は確証ですね。ただそれよりも気になっていることがあるんです」

「なんだね」

「そもそも天壇愛羅はどうして男装の麗人の格好をしているのでしょう」

その時であった。

列車が明らかに制動を掛け、会話は途切れた。

「どうしたんでしょう」

貝原が聞いてきたものの、わかるわけはない。やがて、列車は止まってしまい、前の車両からタチアナが姿を見せた。展望室から戻ってきて、国軍のところへ行っていたという。

「どうしたのですか」

真壁が聞くと、

「前方の線路に障害物があったようです。機関助士の子が知らせに来ました」

そうタチアナは答えた。その言葉通り二人の助士のうち子供の方が付いてきていた。

「それって——」

真壁が窓外へ目をやり、私も、つられるようにして、同じ行動をとった。

時間は五時に近かったと思う。窓の外には高粱畑が広がっていた。特におかしな様子はなかったが、

「きゃああ！」

と、反対側の窓を覗いていたロシア人ウェイトレスから悲鳴が上がった。

そちらへ行って、私たちも驚く。

「匪賊だ！」

と、貝原は叫んだ。

そちら側には荒野が広がっていて、そこを馬の一団が疾駆していたのである。

「匪賊といえば何年か前に内地の新聞で大きく載りましたね」

私の指摘に、

「日本人ここにありだな」

そう真壁が応じた。

満鉄の新京行き列車が匪賊に襲われる事件があったのだ。線路上に妨害工作がなされていて、それで列車が止まり、百人ほどが襲い掛かってきたという。

日本人とアメリカ人が捕まり、身代金を得ようとしたのであろう、連れ去られた。ただこの時

の日本人は中国人だとかメキシコやフィリピンの者だと称し、身元をごまかしていたそうである。そして拉致された場所へ救援隊が駆け付け、日本人はいるかと呼ばれた時に一人が、

「日本人はここにいるぞ！」

と、日本語で返した。

それで賊に撃たれたものの、全員が救出されたという。これが日本やアメリカでも報道され、日本人ここにありとの叫びは日米双方で大いに称賛されたのである。

私も、ようやく合点がいった。機関助士の子供の方は見張り要員であると言っていた。それはこういう事態に備えてのことであったに違いない。先の事件の時は線路の枕木が外され、車両の一部が脱線転覆して死傷者が出ていた筈である。それで線路上や周囲に目を配らせていたのであろう。

匪賊の一団は明らかにこちらへ近付き、先頭の人間が空へ拳銃を向けて、一発ぶっ放した。そして、それが合図になったのか、後続の者たちから旗が掲げられる。数は四本。『滅』『満』『興』『漢』の文字がそれぞれに記されていて、

「あれは太平団です」

と、タチアナが言ったのである。

4

「数は四十ほどだな」

と、軍隊経験のある真壁が見て取り、やがて、銃声が聞こえるようになった。匪賊が撃っているだけではなく、軍用車の満州国軍も応戦していたようだ。

しかし、この時、反対側からも銃声と吶喊《とっかん》の声がして、私たちはそちらへ戻った。すると、さっきは誰もいないように見えていた高粱畑に、賊が現われているではないか。

「あの中に隠れていたのか」

と、私は呻いた。
十四、五尺もあれば、充分に隠れることができる。日本人ここにありの時も同じような時期で、匪賊は高粱畑に潜んでいたと聞いている。
「こっちは六十ぐらいいるぞ」

と、真壁が言う。

「どういうことだ」

緑井も、とうとう個室から出てきて、食堂車へ駆け込んできた。

匪賊の一団は、前方の軍用車と後方の展望車側に分かれて取り付き、難なく乗り込んできた。

数に差があるばかりか、両側から攻められては国軍も対処のしようがなかったのであろう。銃声もやんだ。

そして、コツコツと靴音がして、前方側の扉が荒々しく開けられ、匪賊が姿を現わした。

この時の私に、匪賊の知識があったわけではない。やはり後で知ったが、連中は小掛児《シャオコオル》という肌着に肩窄児《チエンチアル》というチョッキのようなものを着て、袴子《クーツ》というズボンを履いていた。そして、モーゼル拳銃を手にしていたのである。

入ってきたのは五人で、目の下に布のようなものを巻き付けていたため、顔がわからなかった。そこへ後方からも三人の匪賊が現われ、私たちは食堂車の真ん中辺りで固まることになった。

前方の先頭にいた男が偉そうに指示をして食堂車内を調べさせた。調べ終わった頃には前後の車両から、また匪賊が現われ、その男に報告している。どうやらそいつが頭目のようであった。馬上でも先頭にいた男に見えた。

報告を受けたそいつは、こちらへ声高に言ってきた。中国語であったため、タチアナが通訳をしてくれる。

男は、太平団の東王だと名乗ったらしい。それで肩窄児の胸のところに『東』の文字が縫い付けられていることに気付いた。東王に報告していた者には、『西』と『北』の文字が縫い付けられていた。西王と北王なのであろう。全員、同じような格好をして顔を隠しているため、幹部はそういう目印を付けているようだ。

東王は、満州国軍が降伏したことを告げた。双方とも軽い怪我人は出たものの、死者はいなかったようである。兵士は全て漢人であったため、これからは滅満行動をとると誓わせ、同じように誓った機関士共々、命は助けたそうだ。今は翼王の一団が彼らを見張っているらしい。満州族に協力さえしなければ漢民族には手を出さないというのが、連中の方針だという。

食堂車にいる面々についても、東王は同様のことを要求し、料理長の李や助手の衛、それに助士の子も応じたようである。そして、私たちやロシア人についてはおとなしくしていれば命を助け、身代金交渉に使うと言ってきたらしい。

「奴らはそれが目当てで襲ってきたのかね」

真壁の問いに、タチアナは首を振った。

「彼らの目的は愛羅嬢と韃靼様のようです」

満州国で暗躍している謎の麗人と闇の帝王は、朱鳳蘭よりも重要な抹殺対象であるらしい。それで韃靼次郎も乗り込んでいる愛羅の専用列車を襲ってきた。

しかし、後方からやって来た西王の報告によれば、展望室を取り囲んだものの、中から鍵を掛けて籠られてしまったため入ることができず、睨み合っているそうである。そちらは、南王と天王が指揮をとっているらしい。

「展望車はアメリカの大統領専用車と同じくらいの防弾仕様をほどこしていますから、簡単には撃ち破ることができません」

従って、今は天壇愛羅を捜しているという。しかし、前の車両は北王が、後ろの車両は西王が、手下を伴って隈なく調べたようだが、見つからなかった。食堂車も同じであった。展望室についても、韃靼一味がいることは窓から確認できていて、誰かが隠れている様子もないらしい。

そのため、東王は、天壇愛羅の居場所を問い詰めてきた。兵士や機関士たちは知らないとしか言わなかったようだ。

私たちも同じであった。顔さえ知らないのである。匪賊たちも天壇愛羅の顔を知らなかった。

この後も私たちは、タチアナの通訳と説明により、賊たちと会話を続けたのであるが、話の展開に妙な間が生じるため、普通に会話をしたかの如く描写していく。

匪賊たちは苛付き、東王が、

「天壇愛羅はまだ十代の女だというじゃないか。この中でそれらしいのは――」

と、助士の子に目を付けた。

それで西王が帽子を取り上げると、長い髪がはらりと落ちて、女であることがわかった。

しかも、

「貴様、女のくせして男のふりをしていたのか、怪しい」

いきり立つ西王の声を聞き、そっちも女であるとわかる。

「西王って女だったのか」

と、真壁も驚き、

「太平天国でも、もともとの西王は男ですが、早くに戦死したので、以後は未亡人が実質的な西王として振る舞っていたといいます。太平団もそれに合わせて、女性の幹部に西王を名乗らせているようです」

そうタチアナが教えてくれた。

日本語であったため、匪賊たちにはわからず、彼らは助士の子を責めていた。歳はどう見ても十四、五ぐらいで背も低く、さすがに天壇愛羅の変装とは思わなかったようだが、露になった顔を見て、

「お前、満人じゃないのか」

と、疑われていたのだ。

私たちには、そういう区別はわからない。しかし、彼らは自信ありげで、

「満人なら天壇愛羅を知っているだろう。言わねば子供であろうと殺すぞ」

西王は、容赦なく銃を突き付ける。

その時であった。

後方車両から銃声が聞こえ、五発轟いた後は静かになった。

東王は、喜んだ。

「どうやら展望室へ突入して韃靼たちを始末できたようだな。あとは天壇愛羅だ。さあ言え、あいつはどこにいる。でないとまず腕から撃ち抜くぞ」

と、助士の子を脅す。

それを受けて、西王もその子の腕にモーゼルを当てた。助士の子は必死に首を振るが、情けを掛ける様子はなく、私たちも焦っていると、またチッという舌打ちの音がして、

「天壇愛羅なんているわけがないだろう」

緑井がブツブツと呟いた。

当然、匪賊にも聞こえて、怒らせてしまった。

「お前、今なんて言った。何か知っているのか。言わねばお前から撃つぞ。俺たちは日本人も嫌いなんだ」

北王が、緑井に拳銃を向けてきた。

すると、その間にタチアナが割り込み、

「誰も知りませんと言った筈です」

そう落ち着いた口調で返す。それで相手が納得するわけなどなかったのだが、その代わりとでもいう感じで、

「ただここにいらっしゃる愛羅嬢のお客様は日本でも指折りといっていい謎解きの名手であられます。この方々なら愛羅嬢の謎を解いて下さると思っていましたが、その通りになったようです」

と続ける。

「問題は確証だけで絞れてきたのでしょう、寒川先生」

と、笑みさえ浮かべて、私を見てきた。

私は、えっと戸惑った。この話をしている時、彼女は兵士のところへ行っていて、食堂車にいなかった。ということは、食堂車にいた乗務員から聞いたことになる。

日本語のわかる者がいたのだ。ロシア人ウェイトレスは明らかに片言しかわからない感じであったし、外の匪賊を見て脅え、タチアナに報告する余裕などなかったであろう。

そうなると——。

タチアナが私のことを匪賊に告げたので、

「お前、わかったのなら言え。さもないと先に撃つのはお前だ」

北王は、私に拳銃を向けた。それを、

「そいつを撃ったら話が聞けなくなる。仲間を撃て」

と、東王がたしなめ、北王の拳銃は緑井から真壁、貝原へと順に動く。

貝原が、小さく悲鳴を上げ、軍隊経験のある真壁も、これではどうしようもなく歯軋りをしている。

「こっちも忘れるなよ。さあ言いなさい」

西王は、助士の子へ今にも引き金を引きそうであった。

私も、背筋に戦慄が走った。それでタチアナを見る。タチアナは、笑みを浮かべたままで、どうぞと促すような仕草までしてくる。

本当に言っていいのかという顔で見返したが、彼女は、しっかりと頷いた。それに他の者たちを撃たせるわけにはいかない。確証も、今、掴んだ。

ええい、ままよ。

私は、話し始めた。

「天壇愛羅については歳が十代だと思われている。しかし、これをおかしいと思わないか」

「どこがだ。そう誰もが言ってるじゃないか」

東王は睨み付けてくる。

「それは満州が作り上げた幻影に過ぎない。よく考えてみろ。天壇愛羅は満州事変で活躍したとされている。しかし、事変が起こったのはいつだ」

この年、昭和十四年は満州の元号だと康徳六年である。しかも、康徳は満州が執政制から帝制に移行した時、改元されたもので、それまでは大同を使っていた。つまり満州事変はさらにその前——昭和六年のことであった。八年も前なのである。

「そもそも今が十七、八だとしても、そんな女性が皇帝や関東軍でさえ動かすほどの力を持っているなんてほとんどおとぎ話だ。それが八年前だといったいいくつになる。本当にスパイを誑かし、拳銃でやっつけたと思うか」

「あり得ないよな。それこそ俺たちが書くような荒唐無稽な話だ」

真壁の言葉に、

「そうですね」

と、貝原も頷いている。

「それでも天壇愛羅は実在していて、満州事変で本当に活躍したのだとすれば――」

「もっと年上だということになるわけだな。ここでそういう女といえば――」

真壁は、自然と一人を見ていた。

「年上の女だと！」

東王も同じ方を見て、誰もがそれに倣っている。

料理助手の衛であった。三十の半ばくらいであるから、満州事変の時も大人だ。私たちの会話を報告したのも、ウェイトレスでないのであれば、李か衛のどちらかとしか考えられず、女性ということで一人に絞られる。

中国語しか話さず、日本語がわからないように見えたのは、そう装っていたのだ。容姿の違いは問題にならない。欧州使節団の写真やパーティーなどでは替え玉を使い、正体を知る連中は口裏を合わせて、十代の男装の麗人という幻影を広めていたのである。

その衛は、驚いたような顔で李と手を合わせ、懇願するように何かを言っていた。やはり中国語である。どうやら否定している感じだ。しかも――。

「この女が天壇愛羅だと――。こりゃおかしい」

東王が、盛大に笑い出した。西王と北王も同じ反応を示す。

「この女とそこの男は前は軍閥のところで料理人をしていたそうだが、今は大連駅の近くで店を出している夫婦じゃないか。うまい店だ。俺たちも行ったことがある。しかも、天壇愛羅は、去年、欧州へ行ったというのにこの夫婦はずっと店をやっていたぞ。だとすれば欧州へ行ったのは誰だ。それも偽者だというのか！」

「残念ながら彼の言う通りです。この夫婦の料理を愛羅嬢も気に入り、今回『愛羅』号の料理を頼まれました。日本語も話すことはできません」

そうタチアナも言ってきて、

「そういえば寒川さんが日本語で話している時、彼女は何の反応も示していませんでしたよ。やはり日本語がわからないんです」

と、貝原も加勢する。

「だから幻だと言ったのだ」

緑井は、また舌打ちだ。

「俺たちを騙そうとしたな。それならお前から殺す」

東王は、いきり立ち、自分で私の方へ銃口を向けてきた。

万事休すか！

しかし、自分の推理は本当に間違っていたのか。どこかに見落としがあるのではないか。

私は必死に考え、別の人物が浮かんだ。

日本語を理解できる者が、ここには確実に一人だけいる。そうか。自分も天壇愛羅という幻影に欺かれていたのだ。天壇愛羅という名前が漢字であることから、漢字を使う国の人間だと思い込んでいた。そのうえ満州族の高貴な血を引いているという噂もある。それも幻影だとすれば――。

私は、いま一人の女性を見た。年齢は二十代の半ばであるから、八年前でもなんとか大丈夫だろう。兵士のところへ行ったというのは嘘で、食堂車の扉の向こうで私たちの会話を聞いていたに違いない。そういえば、私たちの席はそちら側に近かった。真壁をわざとそこへ案内したのではないのか。

容姿の違いは、やはり替え玉を使えばいいだけのこと。韃靼次郎も知ったうえで口裏を合わせていたのだ。

私の視線に気付いた相手の方も、こう言ってきた。

「確かに私は食堂車の扉の向こうにいて、皆様の話を聞いていました」

と認めたではないか。

しかし、日本語のわからない東王は、

「コソコソと話をしやがって――。もう我慢ならねえ！」

と、撃ってきそうになり、その女は懐へ手をやった。

すると、これに気付いた北王と西王が女の方へ拳銃を向け――。その隙をついて助士の子が後部車両側へと走り出し、西王の拳銃はそれを追い掛け――。

銃声が轟く！

5

私は、思わず目を閉じた。自分の身体に激痛が走ることも覚悟した。銃声は一発では終わらず、二発、三発と続いた。人の叫び声や倒れる音も聞こえた。

しかし、私には何の異変もない。恐る恐る目を開けると、真壁たちにも異常はなかった。倒れていたのは、東王、西王、北王の三人で、三人とも顔が真っ赤になっていた。頭を撃ち抜かれ、一発で仕留められていたのである。

私は、自分が天壇愛羅だと推理したあの女が懐から拳銃を出して撃ったのであろうと思い、その女――タチアナを見た。しかし、タチアナは、中国の扇子を出して、自分の顔を扇いでいるだけ――。

困惑していると、真壁が、あっちあっちと後部車両側を指差していた。

まさかあの子が――。

私は、そちらへ目をやった。そして、驚愕の余り目を飛び出さんばかりに見開く。

扉の近くに、拳銃を構えた人間が立っていた。

それが――。

黒いタキシードを着て、黒いマントを羽織り、黒いシルクハットをかぶって、その顔は目の下が黒い覆面で覆われていたのである。黒髪が肩にまで流れ、胸のところが明らかに膨らんでいる。背丈はタチアナと同じくらいで、スタイルもタチアナに劣らない。

そういう人物だったのである。助士の子は、その傍らにいた。

男装の麗人！

私たちは呆気にとられるばかりであったが、麗人は、頭目たちの死に茫然としている太平団の手下へ中国語で何かを言った。すると、彼らはそそくさと前方車両へ退散していき、麗人は、機関助士の女の子に何かを命じて、今度はその子が手下のあとを追っていく。しばらくして戻ってくると、麗人に報告をして、彼女は、私たちの方へ向き直った。

「太平団は去っていきました」

と、やはりタチアナに劣らない鮮やかな日本語で言ってきた。

「ここにはもうすぐ国軍の一個中隊が駆け付けてくると言ってあげたのです。しかし、兵士と機関士たちを解放して退散するならあとを追わないと告げたら、そのことを前方にいる仲間に伝え、全員が逃げていきました。彼らは、所詮、金につられて配下となった連中で、幹部ほどの信念は持っていません。匪賊とはそういうものです。それに前方を任されている翼王は物分りのいい人ですから――」

　あとを追った助士の子は、匪賊がいなくなり、兵士と機関士ともう一人の機関助士も無事であることを確かめてきたらしい。

「後ろはどうなんです。さっき銃声が聞こえましたよね」

　真壁の問いに、

「では、こちらへどうぞ――」

　麗人は、私たちを展望車へ連れて行った。付いてきたのはタチアナだけである。展望室へ入ると、韃靼次郎と三人の部下が倒れていた。やはり頭を撃ち抜かれ、一発で仕留められている。この惨状を除けば、展望室自体に何の変わりもない。

　展望デッキへ出てみれば、そこでは『南』の縫い付けのある匪賊が、これも同じ状態で倒れていた。

「南王です」

　と、麗人は言う。

「彼らは相撃ちになり、やはり手下は逃げていきました」

　確かに南王以外の匪賊は一人もいない。

　すると、その時、機関車の方で汽笛が鳴った。

「次の停車駅である四《し》平街《へいがい》でこのことを報告し、死体の受け渡しと車内の掃除をしてもらいます」

麗人の言葉に、貝原が疑問を呈した。

「一個中隊が駆け付けてくるのでは――」

「あれは嘘も方便というもので誰も来ません」

「でも国軍の兵士は滅満を誓った筈――」

「それも方便です。下手に逆らってやられてしまってはたいへんですから――。気になさらなくて構いません」

「だけど線路には障害物があるんだろう。進めるのか」

と、これは緑井であったが、

「ご心配なく。満映で使われている大岩の小道具を置いているだけです。その大岩もすでに動かしています」

麗人は、こともなげに言ってのけた。

襲撃による列車の損傷も軽微で、走行に支障はないらしい。そういうことも、助士の子がさっき報告したようだ。

私たちは唖然となり、

「もしかして、あなたが天壇愛羅嬢、ですか」

真壁も、恐る恐るといった感じで尋ねた。

相手は笑っているようであった。そして、

「私がそうだったとして、どこから現われたとお思いになりますか」

と、挑むように言ってきた。

私たちは互いの顔を見交わし、

「彼女が持っている拳銃、あれもモーゼルだ」

と、真壁が囁いてくる。

そして、真壁は、麗人に向かって言った。

「あなたは匪賊と一緒にやって来たのですね」

「どうしてそう思われるのです」

麗人は、いささかも動じず平静に返してくる。こちらを試しているかのようだ。

「ここに倒れていたのが南王だけだったからです。展望室は南王と天王で囲んでいたと聞きました。その中の天王がいないのは逃げていったからとも考えられますが、実際はあなたが天王だった」

「――――」

「天王がいながら東王が頭目というのはやはりおかしい。東王が実力者だったとしても太平天国の首領は天王です。東王は途中で討たれています。ですから太平団においても天王がいればそちらが頭目になる筈。それがそうでなかったのは天王がまだ若かったからでしょう。二代目の天王は十四だった。太平団では女性の幹部を西王にして太平天国に合わせていました。それなら若い幹部がいた場合、二代目天王に合わせたとしてもおかしくはないでしょう」

そのあとを私が引き取った。

「あなたは正体を隠して太平団に入り込んでいたのです。そして、この列車の襲撃にも加わり、ここへやって来て、南王と共に展望車を取り囲んだ。それで南王と韃靼一味が相撃ちになった後は手下を退散させた。当然、この時は匪賊の格好をしていたでしょう。ですから一等車にあるあなたの個室へ行って着替えた。勿論、衣装は前もって用意をしておき、それから食堂車に現われた」

匪賊たちは人間を捜していたのであるから、衣装の隠し場所まで漁《あさ》らなかったであろう。タチアナが太平団のことに詳しかったのも、彼女から聞いていたのではないか。

そのタチアナが一等車の方へ去り、しばらくして戻ってきた。手に匪賊の衣装を持っていて、そこに『天』の文字が縫い付けられている。今度の推理は当たっていたようだ。

貝原が口を挟んできた。

「あなたが太平団の幹部になりすましていたのなら、機関助士の子はあなたの手下ではないですか」

麗人の口元が、また綻んだように見えた。

そうであろうと、私も思う。匪賊の手下を追わせたことといい、あの子は彼女の指示を受ける立場にある。だから見張りと称してこの列車に乗せ、偽物の大岩で止めさせたのであろう。

「匪賊に紛れ込んで列車に乗り込んできたのなら、この列車の中に隠れている者はいない、途中の駅で乗り込んでくる者もいないというタチアナさんの言葉に嘘はなかったことになりますね」

私は感心してみせたが、貝原は、納得できないようであった。

「確かにそのことで嘘はなかったでしょう。でも天壇愛羅嬢がもう乗っていると言った言葉はどうなるんですか。あの時点でまだ乗っていなかったではないですか」

これに対し、

「いや、乗っていたんだよ」

と、緑井が言った。

「あの時、秘書はもう乗っていると言っただけだ。何に乗っているかは言わなかった。それを俺たちが前の言葉の続き具合で勝手にこの列車のことだと思い込んだ。いや、思い込まされた」

「えっ、それじゃあ違うものに乗っていたという意味だったんですか。でも、いったい何に乗っていたと――。あっ、馬か！」

そうだ。彼女は高粱畑ではなく馬上の一団にいたのであろう。馬に乗っていたのだ。

「俺たちはよくそういう書き方をして読者をケムに巻く。それと同じだよ」

「それはそうですけどタチアナさんから聞いたのは匪賊を見るずっと前でしたよ。その時、本当に乗っていたんですか」

「タチアナ。先生方にお話ししたのは何時でしたか」

麗人の問いに、

「大石橋を出た後で午後の一時四十七分のことです」

と、秘書は淀みなく答える。

「それならばもう馬に乗っていました。アジトを馬で出たのは一時十五分のことです。この後、そのアジトも摘発されるでしょうから、嘘ではないとわかっていただける筈です」

麗人も、そう応じた。

襲撃時間が決まっているのであるから、アジトを出る時間も決まっている。それを彼女と事前に打ち合わせたうえで、タチアナは、あの時間に話をしたのであろう。抜かりはなかったに違いない。

「如何でしたか。探偵小説の挑戦としてうまくできていたでしょうか」

麗人は、私たちを見渡した。

「ええ、よくできていましたよ」

そう真壁が答える。

「それはよかったです。先生方も見事に解き明かして下さいましたね」

「いや、それもあなたが現われた後のことです。探偵小説でいえば犯人がわかってからトリックを当てたに過ぎない」

「私はすっかり間違っていました。あなたの勝ちです」

と、私も認めた。

相手は嬉しそうにして、

「では改めてご挨拶をさせていただきます。私が天壇愛羅と申します。この度は私の招きに応じ満州へよく来て下さいました」

と、麗人は覆面を取った。

美しかった。朱鳳蘭にも劣らないと言った韃靼次郎の言葉に嘘はなかった。しかも、十七、八ぐらいにしか見えない。

幻影ではなかったのである。

6

「本当にいたのか」

緑井も、愕然としていた。

私もますます唖然となるばかりであったが、貝原が、室内を見渡し、

「ここは韃靼一味が中から鍵を掛けていたのですよね。匪賊はどうやって彼らをやったのでしょう。突入したにしては撃ち破られたような痕がないし、そんな音も聞こえなかった」

と、疑念を口にして、

「よせ！」

と、緑井に止められた。

陰気な顔がさらに陰鬱になっている。貝原は、ぽかんとしていたが、私と真壁を見て、こちらも首を振っていたため気付いたようである。

韃靼一味と南王の死に様は、東王たちと同じであった。つまり彼らは相撃ちではなく、天壇愛羅に殺されたのである。

韃靼次郎は、彼女の顔を二度ほど見ているというから、顔は知っている。だから匪賊側の一員として展望室を囲む一団にいた天壇愛羅は、窓の外から正体を教え、味方を装った。そうすれば韃靼たちは鍵を開け、彼女を中へ入れた筈である。その前に南王を撃ち、手下を追い払っていれば、余計に信用したであろう。これが後ほど挨拶にくるという趣向かと面白がったのではないか。その隙をついて、天壇愛羅は、韃靼次郎と手下たちを射殺したのだ。

なぜ匪賊の中に潜り込み、この列車を襲わせたのか。懇意にしていた知人一家の復讐をするためであったとしても、東王たちを殺すだけなら他にやりようがあった筈だ。彼らだけでなく韃靼次郎も殺して、匪賊の仕業に見せ掛けるつもりであったに違いない。

昔のことはわからないが、満州の闇の帝王といわれるようになった韃靼次郎と天壇愛羅の間には何かしらの確執があったのかもしれない。しかし、彼は関東軍の手先であった。それを殺したとわかれば、関東軍との間に軋轢が生じる。それで匪賊の仕業に見せ掛けようとしているのではないか。

だとすれば、その真相を暴露してしまうと、どういうことになるかがわからなかった。匪賊の一味にいたことも口外しない方がよさそうだ。天壇愛羅なら勿体を付けずに即座にズドンだと言った韃靼の言葉を思い出す。実際、東王たちも韃靼一味も躊躇なく撃ち殺されているのである。

「今の話はなかったことに――」

と、貝原も引き下がった。

天壇愛羅は、ニコリと微笑んだ。歳相応のあどけない笑みに見えた。

「これからはもうこのようなことを起こさせませんので、満州の旅を存分にご堪能下さい。勿論、どうであったにせよ、私の登場の仕方を解き明かして下さったことに間違いはありません。そのお礼もきちんとさせていただきます。もし探偵小説が書き難くなった日本にいづらいとおっしゃるのであれば、満州で探偵雑誌を出すようにしてもかまいません。ここは嘘で塗り固められた傀儡国家ですが、それくらいは私にもできますので――」

彼女が匪賊の中へどのように入り込み、幹部にまでなったかはわからない。しかし、現に太平団の天王として現われた。偽の大岩で止めさせる策も、彼女が提案して採用させたのではないか。つまり、そこまでの力があった。銃の腕前も相当なもので、食堂車では敵味方が混在していながら一発も外すことなく、食堂車でも展望室でも相手には一発も撃たせずに狙った相手を全て始末している。

応戦した国軍兵士にたいした被害がなく投降したのも、前もって対処の仕方を指示していたからではないのか。兵士や料理人が全員漢人であったことにも何かしらの作為を感じるが、結果として、彼女が始末した連中以外に死者はおらず、列車の損傷も軽微であった。それでも、一つ間違えば私たちもどうなっていたことか。それを見事にやり遂げている。彼女なら満州事変で活躍したという噂も本当かもしれない。

それにしても、わざわざこのような修羅場で私たちに挑戦してくるとは、探偵小説が好きだという話も本当のような気がする。それで、

「もしかしてあなたがそのような格好をしているのは――」

と、聞いてみた。

「これですか」

天壇愛羅は、シルクハットに手をやり、マントを翻して妖しく微笑んだ。

「勿論、探偵小説に出てくる怪人や怪盗になってみたかったのです」

その時、列車が動き出した。

十津川警部と私　奇手妙手の作品群

獅子宮敏彦

かなり昔になるので頼りない記憶力ではあるが、初めて読んだ先生の作品は『名探偵なんか怖くない』だったと思われる。正史・乱歩からミステリーを読み始め、黄金期の欧米物へと手を広げていった私としては妥当な選択であった。この作品は、ポアロ、クイーン、メグレ、明智という名探偵に三億円事件を推理してもらうという破天荒な話だったからである。

そして、初めて読んだ十津川警部物は『七人の証人』。これも冒頭で警部がいきなり襲われ、連れ去られてしまう。いろんな名探偵と出会ってきたが、これほど衝撃的な出会いはなかった。

このことが示すように、先生の作品には意想外の設定や予測不能な展開で驚かされることが多い。なにしろ先生の作品で最も王道的な本格物だと思っている『殺しの双曲線』でも冒頭に出てくるのは、双生児がトリックになっていることを堂々と宣言する一文なのだ。

他にも巨人軍やタンカー、原子力船が消えたり、日本国民全員を誘拐したり、戦争中に沈んだ潜水艦から救難信号が来たりと、そのスケールも大きく、内容も多彩だ。

トラベル・ミステリーにしても、私は時刻表を駆使したアリバイ物は苦手な方なのだが、初めて読んだ『寝台特急《ブルートレイン》殺人事件』は、車内からの女性消失と謎の列車移動から始まり、終盤は大臣爆殺予告をめぐってサスペンスと不可能興味にあふれた怒濤の展開となり、刑事がコツコツとアリバイ調べをするのとは全く違っていてワクワクさせられた。

『ミステリー列車が消えた』も、行先不明のイベント列車が消え、四百人にのぼる乗客の身代金を要求してくるという途方もなくスケールのデッカイ作品だ。

こうしたトラベル・ミステリーの中でも『夜行列車殺人事件《ミッドナイト・トレイン》』は好きな作品で、これも国鉄総裁に列車の爆破予告が来るというド派手な場面から始まる。しかも、この作品が好きなのには個人的な理由があり、私にとって思い入れ深い場所が出てくるのである。他の作家さんも含め、この場所が出てきたのに出くわしたのは今のところこの作品だけ。先生、ありがとうございます。

短編にも意想外な展開はしっかり組み込まれていて、『夜行列車「日本海」の謎』では警部の直子夫人がたいへんなことに。『幻の特急を見た』もシンプルな話ながら、真相に感服させられた逸品。

正に奇手妙手の作品群であり、私はそうした先生の作品にこういう印象を持った。『恐怖の金曜日』を読んだ時だ。そのラストで難事件を解決したばかりだというのに、亀井刑事は事件発生の電話を受け、十津川警部に報告する。そこには、亀井刑事のことがこう書かれていた。

『その声は、相変わらず、いきいきしている』

そう、先生は次から次へと事件の話を書き上げながら、その作品群は実にいきいきとしている。ちょうどこの亀井刑事のように書いておられるのだろうと思うのである。

――とこのように書いた時、驚愕の一報が入ってきた。先生の訃報である。

根本的に書き直すべきかとも思ったが、この時の衝撃を忘れないためにも追記をするだけに留めます。

先生のご冥福をお祈りします。

菓匠探偵〈いとぐちや〉

山木《やまき》　美里《みさと》

【略歴】

京都府南部、五里五里の里（城陽市）在住。愛犬はパンダ柄白黒シーズー。第6回北区内田康夫ミステリー文学賞大賞受賞。第4回「幽」怪談文学賞短編部門大賞受賞（神狛しず名義）。山木美里の著書に『ホタル探偵の京都はみだし事件簿』（実業之日本社）、神狛しずの著書に『京都怪談おじゃみ』、『京は成仏びより』（ＫＡＤＯＫＡＷＡ）、論創社刊アンソロジーはほかに『浅見光彦と七人の探偵たち』と『三毛猫ホームズと七匹の仲間たち』に参加している。

工匠《こうしょう》ダイダロスがクレタ島の王ミノスの命でつくったその迷宮は、窓のない壁に囲われた網の目のごとき回廊と、人をあざむく無数の曲がり角を隠していた。

一度入れば二度と出られぬ迷宮の奥に幽閉されているのは、ミノス王の妻パシパエが牡牛との情交で産んだ、人肉を食らう牛頭の怪物ミノタウロス。ミノス王はミノタウロスの餌食として、戦敗国のアテナイから毎年七人の若者と七人の娘を捧げさせていた。

アテナイの王子テセウスはミノタウロス退治を決意し、餌食のひとりとして船に乗り込みクレタに上陸する。

迷宮に入るためクレタ島民の前を行進するテセウスに一目ぼれしたミノス王の娘アリアドネは、無事に戻った折には自分を島から連れ出し結婚するよう約束を交わし、彼に迷宮から出るための秘策を与えた。

その秘策とは、糸玉ひとつ。糸の先を迷宮の入口に結びつけ、糸を繰り出しながら進めば、どんなに複雑な道に迷い込もうとも、糸をたぐって入口まで戻ることができる。

この叡智《えいち》が後世〈アリアドネの糸〉という問題解決ツールの代名詞となったのである。

1

「洛桜《らくおう》ロック魂！　スペシャルゲスト森真治」

「いろどり衣装で構内を歩こう。万聖節仮装パレード参加者募集」

「目指せミス洛桜！　エントリー受付中」

「ラフォーレ葉子の英国庭園が図書館前芝生広場に出現！　アリスのお茶会にご招待」

「恋も色づく秋の京都で第二十回学生合コン」

掲示されているポスターを横目に見ながら行事告知板の前を通り過ぎる。

秋はイベントの多い季節。ハロウィンや学祭を間近に控えた洛桜大学構内はにぎやかだ。

「なー、とりあえず話だけでも聞いてぇな。そこらでお茶しようや」

「聞きません、しません、急いでいますのでさようなら」

金曜日の講義は二限目までしかとっていないので、早く家に帰れる。足を止めずに歩き続けたが、男はしつこくついてきた。

「キミまだ一回生やろ？　ドコ学部の誰さん？　おれは社会学部メディア学科四回生の加東行矢《かとういくや》でーす。おしえたんやから、キミもおしえてぇや」

「聞いていませんし、おしえません」

「冷たいなー。うちのサークルに入ったら、芸能人に会えるし中にはスカウトされてタレントになった子もおるで。絶対に損はさせへんって」

「興味ないので他の人をあたってください」

一昨年に他界した母は、自らが成し得なかった夢をわたしに託した。

ひとつは、自分が中卒だったので娘には四年制大学で自由気ままなキャンパスライフを満喫してほしいというもの。そして平穏無事な毎日を平々凡々と堅実に送り、健全安泰な一生を楽々楽しく太平楽に過ごしなさいよと、口を酸っぱくして言っていた。

よって、うさんくさいイベントサークルの勧誘に煩わされている暇はない。

「ほな、エントリー料の五千円はおれが出すさかい、洛桜祭のミスコンにだけでも出てぇな。キミやったら絶対イケるし、賞金の十万円は山分けってことで。おいしい話やろ？」

「あいにくですが、わたしには無理です」

「またぁ、そんな謙遜《けんそん》いらんって」

「謙遜ではなく、既婚者なのでミスコンの出場資格がありません」

「まいまたぁ、冗談でかわそうとしても、おれはあきらめへんで。なーなーなー、一緒に十万円の夢を摑みにいこうや」

なーなーなーうるさい男だ。おまえは猫か。

ついてくるなと蹴りとばしてやりたい衝動に駆られたが、へたに刺激をして逆ギレされても面倒なので、心の中で悪態を吐きつつ足を速めた。

「あっ、刀禰《とね》さーん」

正門の横手にある駐輪場から大学助手の樋口《ひぐち》講師に手を振られ、足を止める。

「こんにちは、樋口先生」

「先日はカタログを送ってくれてありがとう。近いうちに注文に行くよ」

「ありがとうございます」

「付け届けには鹿王饅頭《ろくおうまんじゅう》、教授会で出す茶菓子には季節の練りきりと、おたくの和菓子は円滑な人付き合いに欠かせないからねえ」

「今後もごひいきに……では」

辞去の礼をして踵《きびす》を返したら、勧誘男の加東はまだそこにいた。

「へー、和菓子屋のトネちゃんか。なーなー、下の名前はなんていうの？」

相手にせずキャンパスを出て駅に向かう。

小走りで改札を抜け、四条大宮《しじょうおおみや》駅から出発間際の京福《けいふく》電鉄（通称・嵐電《らんでん》）に乗車した。

ここで振り切れるかと思ったのだが、加東も続いて乗り込んできた。

「平日の昼間に始発駅から乗っても座れへんとは。世の中には暇なやつが多いなー」

暇人はおまえだ。

「いったいどこまでついてくる気ですか？」

このストーカー野郎め。次の西院《さい》駅で降りて西大路《にしおおじ》四条交番に突き出してやろうか。

「和菓子を食いにトネちゃんの店まで」

「うちは受注販売のみで店舗はありません」

「ほな、何かのイベントで大量注文したるわ。たとえば……着物で京町さんぽの街コンをやる時、告白タイムで花束の代わりにきれいな干菓子《ひがし》の詰まった箱を差し出すのも風流やん」

「……なるほど」

「なーなーなー、こんなアイデアすぐに思いつくおれって、天才ちゃう?」

わたしは改めて勧誘ストーカー猫男の顔を見た。

見るからに軽薄で信用ならない風貌をしているが、大口の顧客になる可能性もゼロではない。

ならば、落雁《らくがん》と茶の一杯ぐらい出してやってもいいか。

追い払うのを思い直して車窓に視線を転じた。

一両編成の嵐電嵐山本線《あらしやまほんせん》は、京都で唯一の路面区間を抜け、地下鉄東西線《とうざいせん》と結ぶ嵐電天神川駅《てんじんがわ》──三本柱鳥居が神秘的な木嶋《このしま》神社のある蚕ノ社《かいこのやしろ》駅──映画村や聖徳太子が建立した山城最古の寺がある太秦広隆寺《うずまさこうりゅうじ》駅──北野《きたの》線《せん》と連絡し、嵯峨《さが》天皇の后であった檀林《だんりん》皇后葬送の際、棺を覆った帷子《かたびら》(着物)がこの地に舞い落ちたと伝わる帷子ノ辻駅──神ノ木《かみのき》弁財天のある有栖川《ありすがわ》駅と、数々の名所旧跡を過ぎ、芸能神社が有名な車折《くるまざき》神社駅にさしかかった。

「うーわ……」

すぐ後ろで加東の感嘆の声とスマホのシャッター音がした。

「なーなートネちゃん、おもろい写真が撮れたで。見てみぃや」

車折神社駅のホームは神社の裏参道に直結しており、朱塗りの柵や柱があでやかだ。

「車内からより、降りて神社側から鳥居とホームと嵐電を入れて撮るともっと……」

てっきり風景写真だと思い、より映《ば》えると思うアングルを伝えながら加東のスマホを覗き込んだわたしは、ピンチアウトして拡大された人物に首をかしげた。

襟《えり》の大きな黒のブラウスに赤いビスチェ、黒のパニエで大きく広がった赤いスカート、緑色のタイツに黒の編み上げブーツ。いわゆるゴシックロリータファッションの女性だ。ポニーテールの天辺《てっぺん》に巨大な造花の赤薔薇を飾っている。

「お知り合いですか」

京都はゴスロリ文化の発展した土地なので、出立《いでた》ち自体は別段奇異というわけでもないのだが、写真の女性は顔を緑色に塗っていた。

「いやいや、こんなイタくてキモいゴスロリゾンビは知らんけど、ネットに晒《さら》したったらバズると思わへん?」

「肖像権の侵害ですよ」

「コスプレーヤーに肖像権もくそもあるかいな。目立とうと思うてやっとるんやから、大勢に見てもらえりゃ本望やろ」

「それはどうでしょう。仮装と変装とでは、目的が異なりますからね……あ、ここで降ります」

次の鹿王院《ろくおういん》駅で下車して歩くこと四分。

「ワーオ、すげー豪邸」

足利義満が創建した禅刹《ぜんさつ》・鹿王院のほど近くに、わたしが愛する家族とともに営む菓匠〈いとぐちや〉はある。

2

「ただいま」

「おかえり、待ってたんえ。新規のお客さんがきてはるさかい、ちょっとお話を聞いたげてぇや」

工房と事務所のある離れに帰ったら、衝立《ついたて》の向こうから豆佳《まめか》ねえさんが顔を出した。

「加東先輩はこちらでお待ちください」

とりあえず加東に和菓子のカタログを渡して壁際の木椅子を勧め、土間を仕切る衝立の向こうを覗くと、応接セットのソファから立ち上がった着物姿の女性が上品な会釈をくれた。

「お邪魔してます。華道家の滝淵《たきぶち》さくらと申します」

華道家元滝淵といえば、京都では有名ないけばなの流派だ。テレビや新聞でよく見る八十代の女性代表と面差しの重なる彼女は、とある事情からメディアには一切顔を出さない孫娘だろう。

「いらっしゃいませ。どういった場面でお使いになる菓子をご所望でしょう」

「あ、お菓子はもう、カタログの吹き寄せを百箱注文しました。それとは別に、些少《さしょう》ですけど相談料です」

「……え？」

封筒を差し出されて面食らう。

「ここは、ギリシャ神話に出てくるアリアドネの異名を持つご店主が店名どおり問題解決の糸口を示してくれるという、探偵業と二刀流のお店ですよね」

ああ……またか。

今までも名前を理由に失せもの探しや迷い猫の追跡などを手伝わされてきた。そして、それなりの成果をあげるうちに、ここが探偵社だと口コミで広まってしまったようだ。

「いえ、うちは和菓子屋の一刀流ですし、店名の糸口《いとぐち》はわたしの旧姓です。結婚した夫の姓がたまたま刀禰なのでトネアリアという名になっただけで、ギリシャ神話のアリアドネとは何も関係ありません。ですので、こちらは受け取れません」

さくらさんに頭を下げて封筒を押し戻したら、豆佳ねえさんが口をはさんできた。

「ええやないの。あんたはその名に負けず問題解決の糸口を見つける天才やねんから、ケチケチせんと相談にのってあげよし」

「だれがケチよ」

わたしは母親代わりの元芸妓《げいぎ》を睨みつけた。

そもそも、うちが探偵社と間違われるようになった諸悪の根源は、よそ様の困りごとに首を突っ込んでは「うちのアリアはアリアドネだから」と問題解決を安請け合いしてきた豆佳ねえさんなのだ。

だがまあ、仕方がない。大口の注文もいただいたことだし、これもお客様サービスだ。

「もちろん、お話は伺いますし、できることがあれば尽力させていただきます」

さくらさんに向き直り、ソファのはす向かいに座ったところで、奥から漆盆を捧げ持った有明《ありあけ》
北斗《ほくと》が茶を出しにきた。

「とりあえずお茶のお代わりをどうぞ。ご注文いただいた吹き寄せの見本もお持ちしましたので、お味見ください」

吹き寄せとは、秋風に吹かれて寄せ集められた色とりどりの落ち葉や松葉などを模した干菓子の詰め合わせだ。店によって趣向は様々であり〈いとぐちや〉では竹ひごで編んだ籠《かご》の底に丹波栗の饅頭を盛り込んだ贅沢な一品に仕上げている。

「わあ……うつくしいこと」

さくらさんは紅葉の干菓子をつまみ、うれしそうにためつすがめつした。

「お待たせしてすみませんね、よろしければどうぞ」

北斗は壁際のミニテーブルにも吹き寄せと茶のセットを運んだ。

「あざーっす」

加東は置かれた茶菓子セットを持って席を立ち、呼んでもいないのにこちらへ来ると、勧めてもいないのに角《かど》のひとり掛けソファに腰をおろした。

厚かましいやつだ。

「いやー、一目ぼれしたトネちゃんがマジでミセスやったとは、大ショックやわー。結婚は人生の墓場やというのに、なんでまた、そんな早まったことをしてしもたん?」

「もちろん、愛あればこそです」

ふん、おまえみたいな男を寄せ付けないために施された愛のバリアだよ。

豆佳ねえさんによれば、十五歳で祇園甲部《ぎおんこうぶ》の置屋《おきや》に入った母の糸口綾乃《いとぐちあやの》は、ゆくゆくは伝説の芸妓になるだろうと将来を嘱望される逸材《いつざい》だったが、半玉《はんぎょく》(舞妓《まいこ》)のうちにわたしを身ごもり、仲の良かった先輩芸妓の豆佳ねえさんを誘って花柳界《かりゅうかい》を去った。

父が誰なのかは豆佳ねえさんも知らないらしいが、日頃から「静かな場所で和菓子屋でもやりたいわぁ」が口癖だった母の夢を叶え、ねえさんと一緒に置屋を出た日にはすでにこの家屋敷と店、職人の手配まですべて整っていたというから、金持ちであることは間違いなかろう。

わたしは純和風美人だった母には似ていない。女の子は父親に似るというから、鏡に映るちょっとバタくさい自分の顔から父の姿を想像し、外国の王族かも知れないなどと妄想に耽ったものだ。趣味は人間観察と人相診断と親子鑑定。少しでも自分と似たパーツを持つ男性を見かけると、髪の毛を毟《むし》り取ってビニールパウチにラベリングし、DNAコレクションBOXに保管していた。

父の正体は知りたかったが、いなくても何不自由なく幸せに暮らしていた。けれども、母の身体に癌《がん》が見つかり、余命宣告が下されてしまった。

ひとりのこされるわたしは土地持ち家持ち店持ちの十六歳。このままでは、小娘さえ懐柔すればー生遊んで暮らせると目論む悪い大人たちの格好の餌食になると案じた母は、信頼できる若者を選んで白い婚姻を結ばせ、娘に夫というボディーガードを付けようと思いついたのだった。

「なーなー、あんたがダンナ？」

問われた北斗はかぶりを振った。

「僕は店の実質的経営を任されている顧問弁護士の有明北斗と申します。アリアのダンナは奥の工房で大将と一緒にこれをつくっている菓子職人ですよ」

「へー、ヨメが店主でダンナは下っ端作業員かー。こういう細かい手仕事するやつって、やっぱ神経質でナヨっちい感じ？　なーなー、面《つら》見せてぇや」

「やめたほうがいいですよ」

暖簾《のれん》の向こう側を覗きにいこうとする加東の前に立ちふさがり、北斗は笑顔で警告する。

「この繊細な菓子からは想像できないと思いますが、刀禰平衙《たいが》はシベリア虎ほど獰猛《どうもう》な強面《こわもて》の大男です。妻に言い寄っているあなたがうかつに近づけば……殺されますよ」

「いや、殺すってアンタ、そないに怒ることないやん。彼氏になるのはあきらめたんやし、別に男の親友がいてもええやろ？　おれ、トネちゃんの親友兼探偵助手になるって決めたんや、ヨロシクな！」

「は？」

何をのたまっているのか？　この男は。

栗饅頭を口に含んだわたしが何も言えないでいる間に、加東はさくらさんに向き直り、問題発言を放った。

「手始めに、さっきの依頼を受けてシンデレラの相談にのったるで。華道の滝淵といえば依頼内容はママハハ絡みやろ？　鬼の棲む家から逃げる手伝いとか、逆に痛い目に遭わせる戦略とかそういう……イテッ！　アチッ！」

まだテーブルにあった封筒に伸ばそうとした加東の手を豆佳ねえさんがぶっ叩いたら、湯呑が倒れて加東の膝に茶がこぼれた。

「あらまあ、かんにんえ。蚊やと思うたんやけど、見間違いやったわ」

「ねえさん、それって老化による飛蚊症《ひぶんしょう》じゃない？　老眼だし、物忘れもひどくて、昨日も暗証番号がわからないって騒いでたし……あーあ、確実に衰えが進んでいるわね」

「それは数字記号に弱いだけで、老化による物忘れとはちゃうえ。大体、ロックナンバーだのログインIDだのPINコードだの、なんぼほど覚えなアカンのよ。ムリ無理」

「そういう時代なんだから、なじんでよ。忘れる度にわたしに番号を推理させて、それで名探偵呼ばわりされても困るのよ」

「ふん、もう忘れへんから安心しよし。四桁の数字は全部誕生日に変更しといたわ」

「それ、だめだからね。安全性が保てないじゃない」

「安全性より心の安らぎや。忘れる度にあんたに老化やとか憎たらしいこと言われるよりましやし、ほっといてんか」

北斗が湯呑と茶托《ちゃたく》を盆に回収し、ふきんで加東の膝とテーブルを拭いている間、わたしと豆佳ねえさんは言い争いを続けたのだった。

3

華道家元滝淵には、公然の秘密がある。

先代の家元だった滝淵薔太郎《そうたろう》は、大阪の百貨店でエスカレーターから転落して亡くなったのだ。その時、生後三か月ぐらいの赤ん坊を胸に抱いていた。

無傷だった赤ん坊の産着《うぶぎ》の端には、その子の名と当日の日付が油性マジックで走り書きされていたという。

薔太郎と嫁の間には長らく子が授からず、嫁は跡継ぎを産めない役立たずとして滝淵家から離縁される寸前だったらしい。

赤ん坊の目鼻立ちが薔太郎に似ていたのでDNA鑑定を行った結果、父と娘だと判定された。

母親は名乗り出て来ず、薔太郎の母は離縁するはずだった嫁を滝淵家に留めて亡き息子の子を育てさせた。

滝淵家に突然降ってわいた赤ん坊……それがさくらさんというわけだ。

わたしが生まれるずっと前の話だが、名門家元の事故死と不貞の子と謎の母親という三本立てのスキャンダルは大いに世間を騒がせ、今も京都では知らぬ者のない語り草となっている。

さくらさんは表舞台に出ず家元の座も空席のままなので、滝淵家で冷遇されているとか、壮絶な継子いじめに耐えながら育ったなどと、勝手な臆測をまことしやかにささやく声も多い。しかし、本人に面と向かって言う阿呆がいるとは驚きだ。

「そうそう、ほんでさっきの話やけど」

テーブルが元どおり整えられると、空気の読めない加東はせっかく切った話題を蒸し返した。

「いえ、違いますのんよ」

さくらさんは苦笑し、顔の前で手を振る。

「祖母にには溺愛されてますし、おかあさまとも仲良う暮らしてます。ご相談したかったんは、家のことではあらしまへん」

「ほな、探偵アリアドネに解決してほしい悩みって何なん？」

「赤い服を着たゾンビに絡まれて困ってますのや」

思いがけない相談内容に、わたしと加東は顔を見合わせた。

「加東先輩、さっきの画像を」

「ほいほい。それってコイツちゃう?」

加東はスマホの画面をさくらさんに向け、ゴスロリゾンビの写真を示した。

「そう! そのお人です。明星町《みょうじょうちょう》の教室に向かうわたしを待ち伏せていて、今までに三回も絡まれましたんえ。気色悪いさかい今日は別の師範とお稽古の日を変えてもろてここへきたんやけど……やっぱりおったんやねえ」

「絡まれるとは、具体的にはどういう内容なんですか?」

「最初に声を掛けられたんは十日前の火曜日です。電車を降りたらそのお人が立ってはりました。ハロウィンまで日があるのにずいぶんきばった仮装してはるなあと思うてたら、急に『別れなさいよ!』と怒鳴らはったんです。まさか自分に言われたとは思わへんさかいそのまま通り過ぎようとしたら、花袋《はなぶくろ》を摑んで引き戻されて、正面から『あんた、金曜日にあたしのまーくんと電話してたでしょ、見たんだからね』と言われました。ほんで『今度彼に近づいたら許さない、呪ってやる』と脅されましたんや。口の中まで緑色で、ほんまもんのゾンビかと思いましたわ」

「まーくんとは?」

わたしが問うと、さくらさんは自分のスマホを出し、三つ子ユーチューバー〈タツタマタイ紀〉の動画を示した。

「真ん中がお付き合いさしてもろてる珠紀《たまき》くんです。たしかにまーくんと呼んでます」

「実際、先々週の金曜日にまーくんと電話をなさったんですか?」

「ええ。わたしは火曜日と金曜日に明星町の教室で先生をしてまして、その日のお稽古終わりに車折神社を抜けて駅へ向かう途中、彼から掛かってきました。清《きよ》めの社《やしろ》の前あたりで立ち止まって電話に出たんやけど、電車が来る時刻が迫ってたもんで、あとでかけ直すと言うてすぐ切りました。せやけど嵐山駅に着いたら彼が迎えにきてくれてたし、食事に行って家に帰ってからはLINEでやりとりしましたよってに、電話はその一本だけです」

「ゾンビは『見たんだからね』と言ったんですね？　『聞いた』じゃなくて」

「はい。たしかに『見た』と言いました。まーくんの近くにおって、スマホを盗み見たんかもしれませんねぇ」

「ちゅーことは、ゾンビはまーくんの浮気相手やな。いや、どっちか言うたらあんたのほうが浮気相手の可能性が高いで」

「まーくんはそんな人やあらしまへん」

「いやいや、男っちゅーのは大抵そんな人なんよ。ま、おれはちゃうけどな」

「うーん……うーん？」

さくらさんに絡んでいる加東を諌《いさ》める余裕もなく、わたしは加東から奪い取ったスマホのゾンビ画像に集中していた。

「加東先輩、じっくり調べたいので、この画像をわたしのスマホにもらっていいですか？」

「ヨッシャ、お安い御用や」

「じゃあ、とりあえずこれを使って。アリアのスマホには、あとで僕から転送するから」

鞄を取りに行こうとするわたしを制し、北斗が自分のスマホを貸してくれた。

ありがたく借りて加東のスマホから画像データをもらい、北斗のスマホを操作しながらさくらさんへの質問を再開する。

「金曜日にまーくんとの電話を見られて、十日前の火曜日にゾンビが現われた。三回絡まれたということは、先週の金曜日が二回目で、今週の火曜日が三回目ですね？」

「そうです。関わり合いとうないさかい、先週は『あーはいはい、別れましたえ』と適当にあしらいました。せやのに今週も現われて『別れてないじゃない、日曜日に円山《まるやま》公園で会ってたくせに』と詰め寄られ、あげくには『後生《ごしょう》だから別れてちょうだい』と土下座までされましたんや」

「五日前の円山公園……さくらさんは実際にまーくんと会っていたんですか？」

「はい。わたしは長楽館《ちょうらくかん》で開催されてたいけばな展示会の手伝いに行ってましたし、まーくんは兄弟と配信用の動画撮影に来てはったから、終わったあとに合流しました」

「長楽館のいけばな展示会と〈タツタマタイ紀〉のユーチューブ動画と……」

わたしは検索で確認した情報にうなずき、北斗にスマホを返した。

「ちなみに、まーくんには何て呼ばれていますか？」

「彼はわたしを『さくらさん』と呼びます。わたしのほうが八つも年上やから、なかなか敬語が抜けへんみたいです」

「うーん、もしかすると……」

「え？　何かわかりはったんですか？」

「当て推量ですが、なんとなくは。それで、もしゾンビの正体がわかったとして、さくらさんはその人物をどうしたいですか？」

「どう……と言われましても……」

「そんなん、おれがとっ捕まえたるし、ボカッと一発殴ったったらええねん。ちょっとはスカッとするんちゃう？　ほんで、迷惑ゾンビとして名前とこの画像をネットに晒して……あれ？」

自分のスマホを見た加東は首をかしげた。

「ごめんなさーい、北斗のスマホに転送したあと、うっかり削除しちゃったかも」

もちろんわざとだ。ぬかりはない。

「えー、ほな、転送し直してぇや」

「そういうことをするつもりなら、画像はお返しできませんね」

北斗は「僕、一応弁護士なので」と胸元のバッジを指した。

「あのぅ……大げさにしとうないさかい、殴るのはもちろんやけど、晒すなんてこともせんといてください。二度とわたしの前に現われへんと約束してくれはったらそれでええんです。相手のお名前なんか知りとうもおへん」

さくらさんの答えを受け、わたしは頷いた。

「では、心当たりを訪ねて話を聞いてみます。わたしの推察が正しければ、来週の火曜日からはもう、ゾンビは現われないでしょう」

4

「なーなーなー、これから事件解決に向かうんやろ？　相手も女とはいえ、ひとりで犯人と対決するのは危ないし、親友兼助手兼ボディーガードのおれもついてったるわ」

さくらさんが帰ったあと、仕事用の鞄に持ち替え再び鹿王院駅へ向かうわたしに、加東はしつこく付きまとう。

「お得意先に菓子を見せに行くと言ったじゃないですか。ついてこないでください」

「ほな、いつゾンビの正体を暴《あば》きに行くん？　おれも名探偵アリアドネの活躍を見たいし、その時はぜったい教えてや」

何でもネットに晒そうとするやつに教えるわけがないが、これ以上ついてこられては困るので「はいはい」と受け流しておいた。

「なーなー、ええこと思いついたんやけど、おれと組んで本格的に探偵業をせえへん？」

「しません」

「なー、やろうや。困ってる人を助けて金も儲かるええ商売やんか。せっかくのアリアドネの叡智をみすみす眠らせとくのは罪やで」

誰もかれもがアリアドネアリアドネとうるさい。わたしはトネアリアだ。

足を止め、肩を怒らせて加東を睨んだ。

「加東先輩、わたしはアリアドネと呼ばれるのが好きではありません。やめてください」

「なんで？　神話に出てくる賢いお姫さんなんやから、ホメ言葉やん」

「アリアドネは賢くありません。迷宮から出るための叡智は正確には〈ダイダロスの糸〉で、父王お抱えの工匠に泣きついて教えてもらっただけです。しかも結局は結婚の約束を反故《ほご》にされて寝ている間にナクソス島の港に置き去りにされました。男を見る目もない愚か者と一緒にしないでください」

「えー、事務所名は〈アリアドネ探偵社〉がキャッチーやと思うてたのにな。ほな、違う名前を考えとくわ。ところで……とりあえず何万円かおれに預けといてくれる？」

「は？」

かえすがえすもわからない。この男は一体どういう思考回路をしているのか？

「日曜日に絶対儲かるレースがあるんや。ほら、事務所を構えるにもいろいろ必要やん？　預かった元手はおれが責任もって何倍にも増やしといたるさかい、大船に乗ったつもりでどーんと投資してや」

「探偵はやらず事務所はいらずお金を預ける理由もないので、そんな船には乗りません」

にべもなく断り、再び歩き出す。

「わかってないなぁ。金というものは世の中を自由に渡るための翼なんやで。仰山集めて大きい翼を手に入れたら、遥か高みまで飛んで勝ち組になれるねん。おれは日曜日のレースが終わったらリッチマンや。トネちゃん、このチャンスを逃したら、絶対に後悔するで、知らんで」

「では、ぜひリッチマンになってわたしを後悔させてください。ところで先輩、イカロスの話を知っていますか？」

「ああ、あれやろ？　弁慶の泣き所的な話」

「それはアキレス。イカロスはダイダロスの息子です。アリアドネに余計なことを教えたせいでミノス王の怒りをかったダイダロスは、逃げるために二対の翼をつくって自分と息子の背に蠟《ろう》で付けます。低く飛ぶと溺れるし、高く飛び過ぎると太陽熱で蠟が溶けるから気をつけろと息子に注意しますが、翼を得たイカロスはその力に高揚《こうよう》して雲を突き抜け高みへ昇り過ぎたために、蠟が溶けて翼を失い、海に落ちて死んだという話です」

「ヒャハハ、蠟なんかでくっつくかーい！　上等な工業用強力瞬間接着剤を買えっちゅー話や。せやからな、いざという時に金は大事なんやで。当日券も買えるさかい、なんぼ投資するかは日曜日までよう考えや」

　違う、調子こいてんじゃねぇぞという話だ。

「さーて、電車が来ちゃうので急ぎますよ」

わたしは加東との意思の疎通《そつう》をあきらめて走り出した。

遮断機が下りる前に線路を渡り、階段を四段上って四条大宮方面のホームに着く。

嵐電は一律料金の運賃あと払いで、始発駅、他線との連絡駅、終点駅には改札があるが、それ以外の駅では基本、バスのように後部扉から乗って、降りる際に電車内の運転士側運賃箱で支払い、前部扉から出るシステムだ。

電車が鹿王院駅に停車する直前、灰色のパーカーのフードを目深に被った人物がホームに上がってきて、前方の扉前あたりに側面がメッシュになったバッグを置いて走り去った。

電車が停まって扉が開くと、数人の男性がものすごい勢いで走り出して行き、女性が『さくら！』と叫びながらバッグのファスナーを開けた。

中から取り出されたのは赤い首輪と紙片だった。

「そんな……さくら、さくらぁぁぁ！」

女性はホームに蹲《うずくま》って号泣した。

わたしたちは後部扉から乗車したものの、電車は扉を開いて停車したまま動かず、運転士のアナウンスが流れた。

「緊急事態発生により、この電車はただいま当駅からの発車を見合わせております。お急ぎの皆様にはまことに申し訳ございませんが、しばらくおまちください」

乗り合わせた乗客たちがざわざわと話し始める。

「なになに？」

「窓から紙面が見えたけど『サツを呼んだ罰だ』って書いてありましたよ」

「あ、あれちゃう？　犬の誘拐事件」

「ああ、ネットニュースで見たわ。犬一匹に身代金三百万円も取られてるみたいね。嵐電の路面走行区間で身代金を落とさせて、回収したら改札のない駅に犬の入ったバッグを置いて返すらしい。飼い主はその間ずっと嵐山本線を行きつ戻りつさせられるって」

「ほな、あの人は警察に連絡したのがバレたよってに身代金だけ奪われて犬は返してもらえへんかったってこと？」

「電車が停まる前にちらっと見えたネズミ男が犯人ってことだよね。捕まえられたかな」

「たとえ捕まっても人間の誘拐とは違って、窃盗罪ぐらいにしかならないんだろ？　死刑でいいのにな」

「わかるー、うちも犬いるし、バリ腹立つわ」

同じ電車に乗り合わせた見知らぬ人々が情報を交換し合い、友人同士のような一体感が生まれる中、女性の私服刑事が被害者女性を支えて車体から離れたところに移動させると、運転士はようやく出発のアナウンスを流した。

「お待たせいたしました。まもなく出発します。閉まる扉にご注意ください。当電車は十分遅れで運行しております」

電車が走り出すと、加東が大きくため息を吐いた。

「大丈夫やろか……」

「犯人が捕まってさくらちゃんが無事に戻るといいですね」

「えっ？　ああ、まあ、せやな」

「……では、わたしは次で降りてお得意先を訪ねますのでさようなら、加東先輩」

「ああ、うん。ほな、また店に行くわなー」

いや、もう来るな……と、全力で拒絶したいところだが、電車はすぐに車折神社駅に到着したので一礼して降りた。

5

コンビニに寄り道をして駄菓子を購入してから、朝日町《あさひちょう》に建つ古い町屋《まちや》を訪ねる。

「あら〈いとぐちや〉さん」

森《もり》家の玄関扉から、造園家のラフォーレ葉子《ようこ》さんが顔を出した。フランス語で森という意味のラフォーレは、彼女の仕事名である。

「あっ、お帰りでしたね。連絡もなく突然お伺いしてすみません。今日は、どうしても森さんに見ていただきたい菓子がありまして」

「まあ、ちょうど来年初めに開催する〈和洋折衷《せっちゅう》庭園〉用のお菓子について相談したいと思っていたの。どうぞお上がりになって」

「お邪魔します」

温室に改築された通《とお》り庭《にわ》と呼ばれる京町家特有の土間通路を進み、ＬＤＫが一続きの明るい部屋に通された。

「アフタヌーンティーで出すハイティースタンドに冬の植物を模した和菓子を並べたいと考えていたところよ。それで、今日はどんなお菓子を見せてくださるの？」

わたしはコンビニで購入した駄菓子をテーブルに置いた。

「かんでビックリ〈妖怪ガム〉の緑です」

「………………え？」

「このゾンビ、森さんですよね？」

スマホを出し、北斗に転送してもらった画像を示した。

「今日は滝淵さくらさんが現われないので早々にお帰りになったのでしょうが、森さんが待ち伏せをしているせいで、彼女は仕事に支障をきたすほどお困りです。やめていただけませんか」

「……いきなり何の話かしら。何を根拠にその人物がわたしだとおっしゃるの？」

「たとえばそちらに貼ってあるアリスのお茶会のポスターと同じものを構内の告知板で見ました。英国庭園でゴスロリモデルが二人くつろいでいますね。赤い衣装の子と黒い衣装の子の組み合わせを換えるとゾンビと全く同じになります。森さんなら簡単に変身用のゴスロリ衣装を手に入れられます」

「そりゃあ、撮影用の衣装はいくつかうちにもあるけど、オートクチュールのドレスじゃないから、わたしだという根拠にはならないわ。この人物はきっと、似た衣装を着たあなたぐらいの年頃の子でしょうね」

「わたしぐらいの年頃で『後生だから』と頼みごとをする人は、なかなかいないと思います。まあ、これは勝手な思い込みですが」

「たとえこの人物が年寄りであろうと、わたしではないわね。コスプレをする目立ちたがり趣味など持っていないもの」

「この人物は目立ちたいのではなく隠れたいのです。人は奇抜な外観に惑わされ、本質を見落としがちです。緑色の皮膚や頭の天辺の大きな花に目を奪われ、開いた口の中の緑色にも目が釘付けになり、印象に残るのはゴスロリゾンビという上塗りだけ。でも、よく見れば、デコレーションされていない骨格は森さんと同じです」

わたしはポスターの端で微笑んでいるラフォーレ葉子のプロフィール写真を指した。

「骨格？　似たような人は山ほどいるわよ。それこそあなたの思い込みでしょう。大体、どうしてわたしが華道家の滝淵さくらさんを待ち伏せしなくちゃならないの？」

「わたしは園芸界にも芸能界にも知識が暗くて存じ上げなかったのですが、ラフォーレ葉子さんをウィキペディアで調べてみたところ、息子さんは東京で活躍中のロックミュージシャンの森真《ま》治《はる》さんであることがわかりました。今はツアーで京都に来ておられ、洛桜祭のロックフェスにゲスト出演されます。女性ファンからはまーくんと呼ばれているそうですね」

「別に隠していないけれど、息子がなにか？」

「ゾンビはある理由から、さくらさんとまーくんを別れさせたいのです」

「まあ、息子は滝淵さくらさんとお付き合いをしているの？　寝耳に水だわ。でも、それならこの人物はますます若い女の子だわね。こういう狂信的なファンに恨まれたら怖いわよ。それに、芸能人なんて先の見えない不安定な仕事だわ。ほんとうに滝淵さんのためを思うなら、交際を考え直すよう、あなたから説得してあげてはどうかしら」

　森さんはなかなかぼろを出さない。話が進まないので、少々強引に出ることにした。

「ゾンビは自分だと認めていただけないなら、わたしは示《じ》談《だん》交渉をあきらめて帰るしかありません。その場合、滝淵さくらさんには警察に相談をするようお勧めしようと思います。待ち伏せはストーカー行為ですし、大声で恫《どう》喝《かつ》もされています。ゾンビが彼女を引き留めようとした際、おそらく顔の塗料で指先が汚れていたのでしょう、花袋に緑色の指紋が残っていますので、照合すればいいだけの話です……では」

　ハッタリをかけて鞄を手にソファから立ち上がろうとしたら、森さんの顔色が変わった。

「それは……待っていただけないかしら」

「お認めになりますか？」

「ええ……認めるわ。ごめんなさい、二度としません。身勝手なお願いだけれど、なんとか穏便に済ませてくださらないかしら」

「なぜゾンビになってまで、さくらさんと真治さんを別れさせたかったのですか？」

「それは、あちらとうちとでは家格《かかく》が釣り合わないし、ああいう難しいお家と後々もめ事になるのは嫌なの。やり方は大間違いで反省もしているけど、交際に反対なのは変わりないのよ。とにかく、嫌なものは嫌なの」

「そこまで反対なさる理由は、森さんがさくらさんの実母で、さくらさんと真治さんが父親違いの姉弟だからではないですか？」

「いやだわ……どこからそんな発想が？」

「趣味が親子鑑定なもので……間違っていたらすみません。お顔立ちは似ておられないのですが、森さんとさくらさんは耳の形がそっくりなので、もしかしたらと思いました」

「まったく、あなたの勝手な思い込みで鑑定したら誰でも親子にできるわね。大体、滝淵さくらさんっておいくつなの？　息子よりも一回りは年上じゃないのかしら。わたしの子だなんて仮説には無理があると思うわ」

「いえ、お着物姿で落ち着いた印象ではありましたが、たぶんそんなには……」

スマホで過去の新聞記事を検索してみた。

「調べたところ、さくらさんの父親である滝淵蕾太郎さんが事故死されたのは、一九八八年十二月十八日。よって、さくらさんは三十四歳かと思われます」

「あら、思ったよりお若いのね。じゃあ、当時わたしは十九歳だけれど、その頃はもうパリに留学していたから、やっぱりあなたの仮説は成立しないわ……あ、そうだ！　ちょっと待っていてくださる？」

森さんはわたしをリビングに残して二階へ駆け上がり、五分ほどのちに写真を一枚持って戻ってきた。

「おまたせしてごめんなさいね。これを見ていただければ、妙な誤解はとけると思うの」

差し出されたのは、どこかの駅のホームで撮られたプリント写真だった。

「留学中にパリ東駅のホームで撮ったオリエント急行よ」

深緑の車体にゴールドの線が入った列車の前で、若かりし頃の森さんが金髪男性と並んで微笑んでいる。男性は襟にゴールドの線が入った制服を着ており、この列車の乗務員と思われる。

写真の右下には88 12 18とオレンジ色の日付が記されていた。

「はあ……時の流れって哀しいですね」

写真に目を落としたまま、わたしは深くため息を吐いた。

「あらいやだ、今は老いて見る影もないと仰りたいの？　そりゃあね、人間は誰でも年をとるものよ。若い子って残酷ねえ」

「いえ、森さんは今も写真と変わらずお美しいです。ただ……老眼になるのは如何《いかん》ともしがたいと、うちの家族も常々嘆いています。取ってくる写真を間違えましたね」

テーブルに置いた写真を森さんの前まで押し滑らせ、オリエント急行の窓にぼんやりと写り込んでいる青い縦棒を指し示した。

「これはホームの柱に付いている駅名標です。とても小さいですが、青の中に白文字でおおさかと読み取れます」

「…………」

「西暦とオリエント急行で検索してみますと、この年、フジテレビの開局三十周年記念イベントでオリエント急行が日本を走行しています。つまり、一九八八年十二月十八日、森さんはパリ東駅ではなく大阪駅にいらしたんですね」

森さんは頭を抱えてテーブルに突っ伏し、わたしに懇願した。

「あぁ……こうなったら、聡明な〈いとぐちや〉さんを見込んでお願いするわ。後生だから助けてちょうだい」

そして、自らの過去を振り返った。

6

「ちょうどあなたぐらいの年頃だったわねえ……瀬戸内海の小さな島から出て憧れの京都で大学生活をスタートさせた時は、夢と希望に満ちていたわ。お金もないのになんにでも挑戦したくて、本入会する気もないのにいけばな教室の無料体験コースを受講したの。切られて死んだ花を剣山に刺す作業は性に合わなかったけれど、先生はわたしの作品をダイナミックだとほめてくれてね、いけばなよりも根のある植物を扱う造園のほうが向いていると道を示してくれたから、今のわたしがあるのよ」

森さんは十代の少女に戻ったかのようなあどけない笑みを浮かべた。

「時は昭和末期のバブル最盛期よ。地方から出てきたばかりの小娘にとって大人でお金持ちの先生はとても魅力的だったし、ご家庭がうまくいっていなくて鬱屈としていた先生にとっては無邪気な女子大生と過ごす時間が癒しだったのね。二人はあっという間に恋愛関係になって、わたしは妊娠してしまったの」

「その子がさくらさんですか」

「そうよ。跡継ぎを欲していた先生は、妻と別れてわたしを後妻に迎えると喜んだけれど、わたしは堕胎の同意書へのサインを求めたわ。だって、まだ十代よ？　お金持ちの家元夫人にしてやると言われても、そんなの、死んだ花に囲まれて一生を過ごす牢獄に囚われるも同然で、夢も希望も断たれると思ったの。だから折衷案を話し合って、わたしは大学を休学して下宿を離れ、先生の用意した大阪のマンションに移り住んで人知れず子どもを産み、二人で決めた引き渡し日まで三か月間育てることになったのよ」

「その引き渡し日が一九八八年の十二月十八日だったわけですか」

「ええ。先生が滝淵家の跡継ぎを得るのと引き換えに、わたしがパリへ行く留学資金を得た日。そして、母から娘へ、たったひとつの贈り物をした日よ。未来に美しい花を咲かせるようにと願いを込めて〈さくら〉と名付けたの。桜はバラ科の樹木で名前が薔薇《そうび》の薔太郎とも合うし、桜餅の葉っぱはいい香りがするでしょう？　両親にちなんだ会心の命名だと悦に入って産着に記したわ」

「でも、どうしてさくらさんのお誕生日ではなく当日の日付を入れたんですか？」

「その日が母も娘も新しい世界へ旅立つ第二の誕生日だと思ったからよ。待ち合わせの大阪駅構内でさくらを託して今生の別れを済ませたあと、先生はベビー用品を揃えにデパートへ向かい、わたしはオリエント急行が来ていることを知ったから売店でインスタントカメラを買って……その日が先生の命日になっているなんて夢にも思わずに、乗務員たちとのんきにこんな写真を撮っていたというわけ」

「事故死の件をご存じなかったんですね」

「当時は携帯電話もネットニュースもないものねえ。パリの大学で造園を学んで、日本に戻ってからは千葉で造園の会社に勤めて、平凡なサラリーマンの森と結婚して真治が生まれて……夫の転勤で京都の嵯峨朝日町に移り住んだのが二年前よ。滝淵家の事情を知って驚いたけれど、今さらどうにもならないわ。それでも気になって調べたら、さくらが朝日町とは目と鼻の先の明星町にいけばなを教えに来ていると知って、週に二回、車折神社を通る娘を見るのがひそかな楽しみになっていたの。ひとり立ちして東京でミュージシャンをしている真治が京都に来るまではね」

「息子さんには交際相手について問い質《ただ》しましたか?」

「いいえ、以前、真治がアイドルとお付き合いをしていた時に、わたしがうっかり発した一言で相手の事務所に交際がバレて別れさせられたことがあるの。以来、わたしは息子のその手の話に口出し厳禁なのよ」

「じゃあ、息子さんの交際相手が娘さんだと確信なさった根拠は?」

「先々週の金曜日、さりげなく近くを歩いていたら、清めの社の前で電話に出たさくらが、通話相手にとびきりの笑顔で〈まーくん〉と呼びかけ、あとで掛け直すと言って切ったわ。でも、まーくんなんてよくある呼び名だし、気にしていなかった。ところがその十分ほど後に真治を見たの。芸能神社に奉納《ほうのう》した自分の玉垣《たまがき》をSNSにアップしに来ていたみたいね。ちょうどスマホを耳にあてて〈さくらさん〉と会話していたのよ。こんなに近くに立っていたとは知らなかった、これぞ運命の赤い糸だとか……とにかくデレデレした様子だった。さくらが掛け直した電話なんだと、その符合《ふごう》にゾッとしたわ。それで考えあぐねた末にゾンビの扮装までして恋敵を演じ、別れろと脅したわけ」

森さんは苦しい胸の内を滔々《とうとう》と語った。

「はあ。ところで、どうしてゾンビに？」

「ハロウィンが近いから目立たないと思って」

「いやいや、大いなる勘違いです。目立ちまくって写真に撮られてＳＮＳに晒されるところでしたよ」

「要は、わたしだとバレなければいいと思ったのよ。それに、息子の交際相手の恋敵に扮しようと思ったら、顔を緑色に塗りたくるぐらいしなきゃ無理でしょ。だけど、そこまでやっても二人は別れてくれなくて、五日前の日曜日にも円山公園で会っていたようだし……万策尽きて途方に暮れているのよ。ねえ〈いとぐちや〉さん、どうすれば娘と息子に絡まった糸を断ち切れるかしら」

「それ、赤い糸じゃなくて板の聞き間違いだと思いますよ」

スマホを検索し、先々週の金曜日に森真治がアップしたインスタグラムの画像を示す。

諸願成就の車折神社の敷地内にある芸能神社には、各地から訪れた有名人が芸能・芸術・技芸・人気運の向上を祈願して奉納した朱塗りの玉垣が立ち並ぶ。

わたしは森真治の玉垣から数枚離れたところに建っている玉垣の名前を指した。

「この画像と森さんの耳に入った情報から推察するに、息子さんと電話していたのはたぶん、近くに建っている運命の赤い板の相手……美魔女シンガーの佐倉花《さくらはな》さんだと思われます。彼女のインスタを見ると、五日前の日曜日に円山公園で行われた野外ライブに森真治さんが飛び入り参加したことがわかります」

「えっ？　じゃあ、さくらの電話相手のまーくんは？」

「三つ子ユーチューバー〈タツタマタイ紀〉の次男です。愛称は、長男が辰紀《たつき》でたっくん、次男が珠紀《たまき》でまーくん、三男が太紀《たいき》でいっくんだそうです。五日前は円山公園で動画を撮影し、長楽館のいけばな展示会のあと、二人は合流しています」

「えーっと、つまり……」

「つまり、真治さんの交際相手はあなたの娘さんではありませんし、さくらさんの交際相手はあなたの息子さんではありません。勘違いって怖いですね」

「はあぁぁぁ……神様、ありがとう」

森さんは安堵のため息を吐いた。

真実だからといって何でもつまびらかにするのは、決して正義ではない。わたしは森さんの秘密を誰にも明かさないと約束した。

ゾンビはまーくんに恋する一ファンだったとし、示談金としてさくらさんが〈いとぐちや〉に注文した吹き寄せの支払いを負担してもらった。二度と迷惑行為をしないという念書《ねんしょ》の署名捺印の代わりに赤薔薇の造花を受け取り、わたしは森家をあとにした。

大金を支払ってでも愛犬を取り戻そうとする飼い主もいれば、留学資金と引き換えに我が子を手放す母親もいる。

理解と納得ができるできないは別として、よそ様にもそれぞれ家庭の事情があるものだ。わたしも父親を探しあてたら、母との物語を聞いてみたいと思った。

7

古代から、餅は霊が宿る神の食べ物と考えられ、折々の儀式に和菓子は欠かせなかった。

十一月最初の日曜日。

今日〈いとぐちや〉の事務所では、亥《い》の子《こ》餅を特別に小売販売している。

御《お》亥猪《げんちょ》という平安時代の宮中行事に倣い、亥の月（旧暦十月）はじめの亥の日（今日）亥の刻（二十一時〜二十三時）に、茹《ゆ》で小豆を餅に搗《つき》入れ餡《あん》を包んだ菓子を食べて無病息災を祈る。

京の人々は信心深い……というより、暮らしのルーティーンに伝統行事がしっかり組み込まれているため、やめると何やら後ろめたくなり調子を崩すのだ。これを「験《げん》のもん」という。

ご近所様が「今日は亥の子餅を食べとかなアカン日やな」、「せやせや、験のもんやしねえ」と話す井戸端会議での同調圧力も相まって店が繁盛するのはありがたいが、工房はてんてこ舞いの忙しさで、わたしはますます夫にかまってもらえない。

天涯孤独になるわたしを大学卒業の二十二歳まで保護する目的で母が結ばせた白い婚姻は、夫にとっては契約だが、わたしにとっては初恋を実らせるチャンスともなった。十六歳で籍を入れてから二年間、妻は夫に未だ片想い中であり、契約期間の終了とともに二十二歳の港に置き去りにされてなるものかと、白い婚姻を事実婚に発展させるべく猛アタックの日々なのである。

なのに、ここ十日余りは加東に煩わされている時間のほうが長いとはどういうことか。

夕刻、特別販売所の後片付けをしているところに、今日も加東はやってきた。

「またリッチマン自慢に来たんですか？」

先週の日曜日は賭博《とばく》に勝って儲けたらしい。

「…………」

土間の掃除でも手伝わせてやろうと思ったのだが、いつもとは様子が違い、加東は無言のまま青白い顔でかぶりを振ったかと思うと、膝からくずおれて土下座した。

「頼む！　三百万円貸してくれ」

「女子大生がそんな大金持ってるわけないじゃないですか」

「こんな立派な家やねんから、そこの金庫にそれぐらいの金は入ってるんやろ？　ダンナに頼んで出してくれ。絶対、絶対返すから！」

「うちの金庫はただの収納棚ですよ。何度言われても、賭博にお金は出しません」

「金がないと殺されてまうんや！」

「はあ？　何の話です？」

「あれや……犬の誘拐や。うちのポチが誘拐されて、身代金が三百万円必要やねん。助けて……助けてくれ」

　にわかには信じがたい話だが、土間に額をこすりつけて懇願する加東の身体はこわばり、声も震えている。ただの芝居とも思えない。

「それは警察に……」

「アカン！　殺される！　お願いやから金庫の金を出してくれよぅ」

　とうとう泣き出した。

　どうしたものかと足元に蹲る加東を見下ろしていたら、ミニテーブルでレジしめ作業をしていた豆佳ねえさんが突然、壁のカレンダーを叩いて大声をあげた。

「平衙くん、このゴミ出し頼んますわ！」

　指を向けられゴミ扱いされた加東は、呆然とした表情で豆佳ねえさんに視線を向けた。

「だけどねえさん、様子から見てあながち嘘ってわけでもなさそうよ？」

　加東のことはどうでもいいが、もしもポチが実在していたら可哀想ではないか。

「嘘に決まっとるやないの。こいつはどうせ今日の博打《ばくち》に大負けして借金こさえたんやろ。何がポチや、ええ加減にせぇ」

豆佳ねえさんが壁を叩きながらプリプリ怒っていると、工房から夫が出てきてわたしの横に並んだ。

「まあ……嘘だろうがほんまだろうが、ここで転がっとっても解決はせんな」

夫は加東の首根っこを摑んで事務所の外へ引きずり出し、助言を与えた。

「たとえ金庫に金があろうと、下っ端作業員が勝手には出せん。おまえのスマホに有明北斗の連絡先が入っとるやろう。困り事ならあいつに相談してみろ。あるいは……」

屈み込んだ夫に何ごとかささやかれた加東は「あわうぅぅっ」と呻きながら走り去った。

「なんて言ったの?」

「北斗が帰ってくるまで母屋で待つか？　と聞いたんやが、よほど慌てとるようやな」

「大丈夫かしら……」

首をかしげつつ後片付けの続きをしようとしたら、豆佳ねえさんに箒《ほうき》を奪われた。

「工房とここは大将とうちとで片付けとくし、あんたらは先に帰って居間に炬燵《こたつ》の用意をしといてんか」

古くからの風習によれば、亥の月亥の日に炬燵の火入れをすると火難を免れると云われている。

離れの事務所から庭の小径を歩いて母屋に戻り、夫と二人で居間の和室に炬燵布団とコードを運んだ。炬燵本体は普段から食卓として使っている長方形の座卓なので、天板との間に布団を掛けてヒーター部分とコードを繋げば設置は完了だ。

戻ってきた豆佳ねえさんと一緒にスーパーの総菜を食器に盛り付けて炬燵に並べ、四人で夕飯をとった。

伝統行事は丁寧にこなすが、忙しい日の食事は店屋物やスーパーの総菜を活用してうまく手を抜き、時間に余裕を生み出す。これが京の人々の合理的な暮らし方である。

北斗は二十二時過ぎに帰ってきた。

「加東くんから連絡？　いや、ないなあ」

と、いうことは豆佳ねえさんの言う通り、ポチの件は嘘だったわけか。

茶の支度をし、五人で炬燵を囲んで、うり坊を模した亥の子餅を食べた。

祖父代わりの大将の源《げん》さん、母親代わりの豆佳ねえさん、兄貴代わりの北斗、そして夫（仮）の平衛くん。全員血縁関係はないが、わたしの愛する家族である。

夫と並んで炬燵で足を伸ばし、雪見障子《ゆきみしょうじ》の下から覗く庭の小菊を眺めていたら、さらに奥の暗がりを何かが走った気がした。

「……庭に何かいない？」

「猫やろ」

夫がわたしの湯飲みに新しい茶を注ぎ、北斗が「あ、そうだ」と箱を出してきた。

「茶漬《ちゃづけ》最中《もなか》をもらったんだけど、鯛《たい》茶漬が二つと昆布茶漬が三つなんだよね。どうする？」

「わしは昆布でええよ」

籐椅子で読書をしていた源さんが言った。

庭の影が泥棒なら、明日の朝の茶漬どころではない。確認に行こうとしたら、豆佳ねえさんが畳に新聞紙を二枚広げて手を叩いた。

「ほな、大将が審判な。うちと北斗くん組と刀禰夫婦組に分かれて陣取《じんと》りで決めまひょ。はいはい、並んでそこへ立ちよし」

陣取りとは、男女二人組になって新聞紙の上に立ち、じゃんけんに負ける度に新聞紙を半分に折っていき、はみ出た組が負けというルールのお座敷遊びだ。

泥棒なんて考え過ぎか。

思い直したわたしは夫と密着できる絶好の機会に飛びついて陣取りに没頭し、見事に鯛茶漬を獲得したのだった。


その日を境に、加東は〈いとぐちや〉に現われず、大学で姿を見ることもなくなった。わたしに付きまとったところでガードが強固で金ヅルにはできないと悟ったのだろう。

「なあ聞いたー？　うちの学生からぎょうさん逮捕者が出たんやって」

講義が終わり文具を片付けていたら、周囲の会話が耳に入ってきた。

「えーっ！　逮捕って、だれが何したん？」

「イベントサークルの連中が詐欺とか恐喝とかいろいろやっとって、全員逮捕されたらしいよ。

犬の誘拐事件もそいつらの仕業やってんて。後ろに半グレがついとって、お金が流れてたんや」

「怖いなー。せやけど、よう摘発《てきはつ》できたね」

「それがな、会計係の加東とかいう四回生が銀行で振り込んだ金が贋札《にせさつ》やったんやて。振込先から半グレ集団のねじろがわかって一斉検挙したそうや。今朝からニュースでえらい騒ぎなんやで。テレビ見てみぃや」

「かなんな、洛桜大のイメージ悪うなるやん」

わたしは階段を降りて講義室を出た。

学内から逮捕者が出た影響か、午後からの講義はすべて休講になってしまった。

帰宅途中、スマホで犬の誘拐事件について調べたら、学生会館を捜査した警察がイベントサークルの部室でゲージを発見し、豆柴《まめしば》のさくらちゃんを無事保護したらしい。

加東はサークルの仲間が犬の誘拐で稼いだ三百万円を着服し、賭博で全部失ったのだろう。半グレに振り込むはずの金に手を付けたとなればただでは済まない。ポチではなく自分が「殺される」と怯えていたのだ。

しかし、うちで金を都合できなかったからといって贋札で補填《ほてん》しようとするとは、浅はかもいいところだ。結果、半グレの一斉検挙となれば……やっぱり殺されるのでは？　自業自得とはいえ、ちょっと可哀想な気もする。

それにしても、加東は贋札なんてどこで手に入れたのだろう。平々凡々と真面目に生きているわたしには想像もつかない世界の話だ。

「ただいま……何やってるの」

事務所に帰ったら、豆佳ねえさんが金庫に大量のペットボトルを詰めていた。

「ビューティー・デトックス飲料水を買うたんよ。これを毎朝常温で飲むのが美容にええねんて。ここにストックしとくし、あんたも飲んでええよ」

「じゃあこの〈豆佳B・D〉は水の注文日で、ローソクみたいな絵はペットボトルだったの？ややこしいから、仕事用のカレンダーに私事を書き込むの、やめてよね」

「急に帰ってきたと思うたら、ガミガミうるさい子やなあ……今日はもう工房も閉めたし、ここの手伝いはいらんから帰りよし」

事務所を追い出され、小径を歩いて母屋に帰ろうとしたら、奥の広縁《ひろえん》で碁盤を囲んでいるわが家の男性陣の姿が見えた。

わたしは玄関に向かうのをやめ、驚かせてやろうと軒下づたいに広縁に近づいていった。

「平衙の言うた通り、ほんまに身代金やったら犯人をあぶり出すええ手になるし、嘘やったら通貨偽造の罪で捕まれと思うたんやが、まさか一味の三下《さんした》やったとはな」

「自首する覚悟で僕に連絡して正直にサークルや半グレのことを相談していたら、何とか告発者がばれないように助けてあげたのに」

「間違うた選択肢を選んだ結果、自分で自分の首を絞めよったな」

「それにしても源さん、戸締りしてない上に暗証番号のヒントをこれ見よがしに書いておくなんて、もはや犯罪幇助《ほうじょ》だよ」

「いや、すまん。ガラスを割られたりバールでこじ開けられたりするんは修理代がかなんて、豆佳ちゃんが言うたさかい……」

「大将が謝ることはない。うちに被害が出んでよかったやないか」

「おまえさあ、やつに僕への連絡を勧めるよりも、積極的に犯罪を教唆《きょうさ》しなかったか？」

「どうせ近々デザインも変わるし、負の遺産を始末するついでに最後のひと働きをしてもらうえ機会やった。それに、ああいう害虫にアリアの近くをウロウロされたら目障りでかなわん。一石二鳥に片付いてよかった」

…………………。

はて、わたしの愛する家族は何者なのか。

おそらくこの世には、つまびらかにしないほうがしあわせな真実や、たぐれば切れて迷子になる糸がある。

わたしは踵を返して軒下づたいに来た道を戻り、紅殻格子《べんがらごうし》の玄関引き戸を勢いよく開けて「ただいま」と言った。

十津川警部と私　十津川警部とＧＯ　ＴＯトラベルミステリー

山木美里

昨日今日明日……変わりゆく世界に疫病なる過客が訪れて早数年。

マスク手洗い消毒うがい、まん延防止に緊急事態、三密を避けソーシャルディスタンスを保ち、不要不急の外出自粛。制約の多い世の中となりました。

わたしも新しい生活様式を模索すべきかと、自分を見つめ直してみました。

主な交通手段は足。犬が散歩に連れ出してくれなければ家の門から外へ出て行く必要性を感じません。食う寝るところに住むところと犬さえ揃えば巣ごもり上等ノンストレス。

さいわい、改めるべき項目も見当たらず、現状に適応しております。

そんなわたしもその昔、寝台特急「あかつき」で長崎へ向かったことがありました。

目的はもちろん殺人……ではなく九州旅行ですが、京さまの文庫を手に京都駅から列車に乗り込んだ時の気分はすっかり殺人犯。十津川警部のドラマでおなじみのオープニングテーマ曲が頭の中で無限再生されていました。

臨場感抜群の贅沢読書はとても楽しいものでしたが……事件は列車を降りてから起こりました。地面は止まっているのに、わたしの内臓はまだ走行している！

酔いました。

やっぱりおうち読書が一番と悟った次第です。

しかし、旅は人生、人生は旅と豪語する世のトラベラーさんたちに、インドア人間は人生を怠けていると叱られることもしばしば。

神学者アウグスティヌスも云いました。

世界は一冊の本のようなもの。

旅をしないということは、その本の一ページしか読まないようなものだ。

へー、さいですか。じゃあ、新しい生活様式の提案です。

疫病が去るまでは、トラベラーさんたちもおうち読書で、十津川警部と一緒に脳内推理旅行を楽しんではいかがでしょう。一冊の本どころか、先生は六百冊を優に超える著作をお持ちですから、すべて読破する頃には、自由にリアル旅行ができる世の中に戻っているのではないでしょうか。

その際、乗り物にお強いトラベラーさんはぜひ、犯人なりきり旅行読書にも挑戦してみてください。

二〇二二年三月三日、西村京太郎先生がこの世界から旅立たれました。

天国にはうつくしい名所がたくさんあることと思います。きっと、HR（HEAVEN RAILWAY）の時刻表を手にあちらの世界を巡っておられることでしょう。お悔やみよりも、この言葉を申し上げたいと思います。

BON《ボン》 VOYAGE《ボヤージュ》！

スワンの涙

米田《よねだ》 京《きょう》

【略歴】

一九六四年東京都出身。出版社勤務を経て、二〇一三年に「ブラインド探偵・諦めない気持ち」で北区内田康夫ミステリー文学賞特別賞を受賞。二〇一五年、同作を含む連作短編『ブラインド探偵』（実業之日本社文庫）で作家デビュー。緑内障を患い、視力は光をわずかに感じる程度。「全盲小説家」を自称している。

1

改札内にあるショッピングコンコースは、通勤ラッシュが一段落した朝の十時前だというのに、おどろおどろしい喧噪に包まれていた。

埃をかぶった天窓から射し込む日の光は、ゴールデンウィークが終わったばかりの新緑の季節に反して、どこか湿った感じがする。

それほど広くない通路は、買う気もないのに各店舗をそぞろ歩く冷やかし客と、作り笑いで彼らに声をかける呼び込みの店員がひしめき合って、漂う空気が欺瞞に満ちている。

訪問先への手土産なのか、和菓子の小片を試食するサラリーマン風。話題のスイーツを間にいさかいを起こしかけている母娘連れ。ストリートアートから人気に火が付いた「スワンの涙」ショップでは、発売されたばかりの新作Tシャツを求めるファンらしき若い男女が行列を作っている。

遮光ガラスで間仕切られたイートインスペースのあるカフェ。薄暗い店内には、テーブルに突っ伏している客がいた。

小柄で髪を後ろで束ねているから、おそらく女性なのだろう。

八時の開店早々に入店したはずだから、もう二時間近くもああしていることになる。

きっと、夜通し飲み歩いて朝帰りとなり、眠りこけてしまったに違いない。

ランチタイムで混雑する前に、退去してもらうしかない。

ホール担当のユカが、声をかけて肩に触れると、その女性は力なく隣席へ倒れ込んだ。彼女の顔面は蒼白で生気がなく、その胸部には登山ナイフが根元までぐっさりと突き刺さっていた。


ダメだ、こんなのでは！

綾部美雪《あやべみゆき》は、眉を顰めてたったいまガラケーに打ち込んだばかりの書き出しの文章を消去した。このような唐突な展開では、ミステリーとしての奥行に欠けている。話題作になるには程遠いと言わざるを得ない。


都内の高校を卒業して十二年。

アルバイトをしながら作家を目指している美雪は、三十歳になったのを機に、就職をした。だが、まだミステリー小説家になる夢を諦めたわけではない。

だからこそ、いまでもこうして目の前の情景から事件を創作してミステリーを書き出す訓練を怠っていないのだ。

スマホに馴染めないので、いまだに二つ折りの携帯電話を使用しているのが玉に瑕なのであるが。

そのガラケーの表示に目をやって、時刻を確認する。

集合時間の十時まであと十分。出勤初日から遅刻するわけにはいかない。美雪は、携帯を尻ポケットにしまうと、指定された場所へ向けて歩を速めた。


「事件解決の情報をお寄せくださーい」

「ご協力お願いしまーす！」

駅西口のロータリーでは、三年前に発生した「結衣《ゆい》ちゃん誘拐事件」の目撃情報を求める街頭活動が行われていた。

被害者家族やボランティアグループが必死になって、この活動のシンボルのようになっている「結衣ちゃんバッジ」とチラシを配布している。

被害児童である神原《かんばら》結衣ちゃんの似顔絵が描かれ、捜査本部の電話番号が記された缶バッジを製作できたのは、熱心な支援者が多額の寄付を施したからなのだそうだ。控えめだが、嫌味のないデザインをしたバッジは、手にしやすく情報収集に一役買っていると聞いている。

もとより、誘拐され山中に全裸で遺棄されていた小学一年生のことを思うと、その度にいたたまれない気持ちに苛まれる。立て看板に貼付されている結衣ちゃんの写真を目にするだけで、胸が締め付けられて気が滅入るいっぽうだ。

テレビで観た記憶のある被害児童の母親らしい女性は、美雪と同世代だったはず。化粧っけのない顔をしているが、何かを超越したように達観した表情が心に刺さる。

そういったことも含めて、エンタテインメントと正反対にあるこの未解決事件とは、美雪は少し距離を置くようにしていた。

だが、ミステリー作家としては、どんな悲惨な状況からも「娯楽」の要素を見つけ出さなければならない。

今後の執筆の参考にするためにも、チラシとバッジを受取り、関係者から話を聞きたかったが、如何せん今日は時間がない。

美雪は、後ろ髪を引かれる思いで街頭活動を横目で見つつ、先を急いだ。


この日の「行動予定」に、集合場所として記されていたロータリーの先にあるファッションビル横の車寄せ。そこには、美雪が就職した会社の名前をドアにペイントした二トントラックが駐車してある。

オフィスに出勤するのではなく、指定された現場近くでその日のスタッフが顔を合わせるのが、この仕事の一日の始まりなのだ。

トラックの荷台に寄りかかりながら、人待ち顔で缶コーヒーを片手に煙草をくゆらせている中年男がいた。

色褪せた作業着を着用して、角張った顔に脂を浮かせた四十代中頃と思える男は、下がった眉尻と猫背がどことなく猥褻な印象を漂わせている。元号も新しくなったこのご時世に、携帯灰皿も持たずに喫煙するとは、相当に自己中心的な……。

いけない、いけない。

この人が本日の現場リーダーの牛久保《うしくぼ》さんに違いない。本社からのメールに添付されていた写真の通りの「人着《にんちゃく》」をしている。

人物描写もほどほどにしないと、とんでもない先入観を生んで余計なトラブルの元になるだけだ、と思いつつも、その反省の中に警察用語を使用してしまう美雪であった。

「おはようございます！　今日からお世話になります綾部です。よろしくお願いします」

美雪は牛久保の元まで駆け寄ると、自戒の気持ちも込めて深々と頭を下げて挨拶した。

「あんたが綾部さんか、今日が初出勤っていう。おれがリーダーの牛久保だ」

顔を上げると背中に怖気《おぞけ》が走った。頭の天辺《てっぺん》から爪先まで、牛久保からジロジロと生暖かい視線が注がれていることに気づいたのだ。

やはり第一印象は間違っていなかったということか。

「白地の綿シャツにデニムのパンツね。ＯＫです。十分に動きやすい服装だよ」

現場責任者は、セクハラ的な視線を浴びせていたわけではなく、美雪の装いを検分していたのだった。

新入社員研修の時に、業務の際は動きやすい服装で出向くこと、と何度も注意されたことを思い出した。過剰な自意識に気づき、美雪は頬を赤らめた。

「リーダー制のことも心得てるよな？　現場ごとに責任者が変わるっていう。今日はおれがこの現場の大将だから、そのつもりで」

牛久保は意気揚々と話を続ける。

「追っつけ、おれと同じこの作業服を支給してやっからさ。あんたみたいな若いお嬢さんには着なれないものかもしれないけどよ」

そう言うと、腕時計に視線を落とした。

「あと一人、田中《たなか》っていう新人が来ることになってるんだけど、初日から遅刻か？　図太い野郎だな、ったく」

そこへ、銀色のゼロ・ハリバートンのアタッシュケースを片手に上品な紺色のスーツを身に着けた男が近づいてきた。

「えーと、あなたが牛久保さんですね？　私は本部から来ました田中ですが……」

「お前が田中か！　最初《はな》から重役出勤とはいい度胸してるじゃねえか」

牛久保は、田中のネクタイ姿を見咎めた。

「それに何だよ、その身なりは。動きやすい服装で来るようにって聞いてなかったのか、お前は」

　スーツ姿の新人スタッフは、一瞬だけ美雪と視線を合わせると、うつむいて軽く嘆息した。牛久保は鼻から荒々しく息を吐きだしながら、目を吊り上げて田中を睨んでいる。

　美雪は、反省したばかりなので、この同僚の人物描写を控えた。だが、この人の落ち着いた雰囲気から、牛久保が責め挙げているようなオッチョコチョイにはどうしても思えなかった。それに、田中の顔をどこかで見たことがあるような気がしてならない。

　どうにか気を取り直したらしい本日のリーダーは、二人の新人スタッフに向かってトラックの助手席をあごでしゃくると、乗車を促した。

「まあいいや。時間がねえから、今日の段取りなんかの細《こま》けえことは移動の車中で説明すっからよ」

2

　美雪が職を得たのは、銀座に本社を置く株式会社メモリアルという新進企業。より正確にいうと、豊島区に所在するその城北営業所の契約社員として働くことになっている。

　気楽なフリーター生活を送っていたが、この会社の主業務の特性に着目して、メモリアルへの就職に興味を持ったのだ。それはミステリー作家にとって、小説の題材の宝庫と言っても過言ではないくらいの確たる特徴だった。

メモリアルという会社は、高齢者のニーズに真摯に応える終活支援を旗印に躍進している「ヒューマン・トワイライトグループ」の中核を成している。

訪問介護事業、デイケア施設の運営から相続対策、各宗派に対応した葬祭のマネジメントまで幅広く担う企業集団の中で、メモリアルが専門に扱うのが、遺品整理。つまり、故人が遺した品を必要品と不用品に仕分けし、不用品を適切に処理して空き住居を清掃するという業務だ。

この仕事に従事することで、それまでに働いたコンビニの店員などでは体験する機会の滅多にない「命」と向き合うことができると思ったのだ。死に至った故人の歴史を垣間見て、創作のヒントが得られると期待したのである。

この職場での労働を基に、際どいストーリーを紡ぎだして一冊でもモノにできれば物怪《もっけ》の幸いだ。きっかけさえつかんでしまえば、波に乗れる自信を美雪は持っていた。

「今日の依頼人は、東京都住宅供給公社の北部支社管理第三課所属で、都営K団地の巡回管理人をしている城之内《じょうのうち》さん」

牛久保は、運転席に乗り込んでエンジンをスタートさせるなり、宣言通り本日の業務の説明を始めた。

「整理対象となる故人は、三日前にJR上野駅近くの昭和通りで交通事故死した諏訪《すわ》波平《なみへい》さん。

七十一歳で独り暮らし……」

リーダーは本日の仕事内容をスラスラと暗誦していく。

隣の窓際の席では、田中が「ゼロハリ」から取り出したタブレット端末に、その内容を入力している。

暗記が苦手な上にIT機器の取り扱いに自信がない美雪は、テキパキした二人に挟まれて身が縮む思いがした。それでも気を引き締めてガラケーを取り出すと、牛久保の話す内容をそれにメモした。

「昨日のうちに、おれが依頼人との打ち合わせと室内の下見、それから諸々《もろもろ》の事務処理を済ませてっからよ」

ヒューマン・トワイライトグループ内の中古車買い取り部門のスタッフを帯同し、諏訪氏の所有していた軽ワゴン車をすでに引き取っているという。

見かけによらず仕事が早く、きめ細かい男だ、この牛久保という人は。

集合場所から現場の都営住宅までは思いのほか近距離で、リーダーの説明は整理対象者の居住していたB－35号棟前の路肩にトラックを停めてからも続いた。

その住居棟は、ひどく古びていて壁面なども煤けて元の色がわからなくなっている。一階の商店は、軒並みシャッターを下ろして営業している店はほとんどなかった。駅のショッピングコンコースとは大変な違いだ。ニュース番組などで取り上げられる「空き家問題」を目《ま》の当たりにしたように美雪は思った。

「ベランダに個室シャワーとでっかいストッカーが置かれていてよ、まずはそいつらからやっつけなければならない」

昭和四十年代に建設されたこの集合住宅には、浴室と十分な収納スペースが備えられていない。そのため各戸が、ベランダなどに簡易シャワー室や物置を任意で設置する必要があったのだ。

「基本的におれとそっちの兄ちゃんで重たいものを運び出すから、あんたはストッカーと室内に二つある押入れの収納品の仕分けを担当してくれ」

巡回管理人によると、諏訪氏には身寄りがなく法定相続人は存在しないという。こういった場合、換金できるものはグループ内のリサイクル部門に送り、それ以外のものは廃棄処分とすることが社としてのルールとなっている。

古物取引から生じた利益は、法定相続人に支払われるのが通常の手順。今回は、メモリアルの売り上げとして計上されることになる。だが、大抵のケース、とりわけ独居老人の遺品整理においては、大きな金額は望むべくもないという。このような仕事は、いわば利益の追求というよりも、公共機関との密接な関係の構築といった側面の強い業務なのであった。

牛久保の見立てたところでは、家財も電化製品もジャンク品ばかりで、ほとんどが無価値だとのこと。

だったとしても、故人の愛着が強かったと思われる品は、一年間社の倉庫で保管するのがメモリアルの規定。想定外の相続人が現れた場合のトラブルを回避するためだ。それで、戸外へ搬出する遺品のすべてを記録し、明細書を作成することになっている。そういった細かい心配りが、メモリアルをこの分野のトップ企業に成長させた秘訣なのだろう。

そんなわけで、美雪の初仕事はストッカーと押入れの内容物を「リサイクル」「廃棄」「保管」の三つに仕分けすることとなった。

男は力仕事、女は細かい仕事という前時代的な役割分担に違和感を覚える向きもあるだろうが、美雪はラッキーだと思った。肉体的疲労が大きいと、今晩の執筆に差し障ると考えたからだ。

「運び出しと物品の仕分けなんかは午前中に終わらせて、午後はゆっくりと清掃に充てようぜ」

牛久保が二人の新人スタッフを励ますようにハッパをかけた。

「それにしても、お前ら運がいいぜ。これが、死後何日かして遺体が発見された孤独死の現場だったら、死臭がキツくてしばらくは飯も喉を通らねえからな。グフフフ」

リーダーのからかうような物言いに、一瞬だけゾクリとさせられた。だが、美雪の視線はB‐35号棟の壁面に釘付けになっていた。

女子大生と思《おぼ》しき三人組が、代わる代わる壁面をバックに記念撮影らしきことをしているのだ。高齢化が進んでいるらしき都営団地に似つかわしくない光景。

注意深く見つめると、その壁には先ほど駅のショッピングモールで目にした印象的なアートが描かれていた。

「あっ。あれは『スワンの涙』じゃないですか」

美雪の視線に気づいた田中が、壁面を指差して声を上げた。

「全国各地のボランティアが働く現場に描かれていて、話題沸騰なんですよね、あれ」

田中が、瞳を輝かせて豆知識を披露した。案外とおしゃべり好きのようだ。

「スワンの涙」のことは、流行にそれほど敏感でない美雪でも無論知っている。

被災地や人捜しが行われている場所に赴いた匿名のボランティア活動家が、奉仕作業に力いっぱい従事し、立ち去る時に現場の壁面にこのアートを描き、「シグナスＴＤ」というサインを残していくのだという。

「よくあるグラフィティと違って、『リバース』とかいう手法が用いられてるんだよな、あれ」

牛久保までがこのアート作品のことを知っているのが、少し意外だった。

確かに団地の壁面に描かれているこのグラフィティも、カラースプレーなどを使用せずに、その箇所だけ汚れが落とされて、白鳥が涙しながら躍動的に羽ばたいていく意匠となっている。環境に優しいこの手法は「リバースグラフィティ」と呼ばれているのだそうだ。

「ステンシルっていう型紙でマスキングして、その部分の汚れを何らかの方法で洗い流してるんじゃねえかと思うんだ、おれは」

リーダーが、とっておきらしい情報を付け加えた。

「謎めいた作者の行動と、アートの斬新さのミスマッチなところが最大の魅力なんですよ、『スワンの涙』の」

田中は、唇を舐めながらうんちくを傾ける。

「そんなことが若い人たちに支持されて、これをプリントしたTシャツとかの関連グッズが飛ぶように売れてるそうなんです。その売り上げはすべてHHKというNPO法人に寄付されてるらしいですし」

「何ですか？　そのHHKって」

美雪が、耳にしたことのない団体名だった。

「『被災者&被害者を救済する会』の略称です」

きっと、田中のような意識高い系といわれる人たちに支持されている運動なのだろう。瞳を輝かせる同僚を見つめて、美雪はそう思いつつ、素朴な疑問を口にした

「でもどうしてこんな場所に描かれているのかしら、『スワンの涙』が」

「さあ、雑談はそれくらいにして、さっさと仕事を片付けちまおうぜ」

牛久保の呼びかけに、二人はハッとしてすぐさま仕事モードに戻った。

3

諏訪氏の居宅は、これまでに美雪が目にした人の住む場所の中で、もっとも老朽化が激しく、しかも薄汚れていた。

エレベーターのない建物を階段で四階まで上った手前から五室め。

何度も塗装が繰り返されたらしい重い鉄扉を三人でくぐると、力仕事担当の二人は、懸案の粗大廃棄物を検分するため、最奥にあるベランダの方へ進んでいった。

美雪は申し訳程度の玄関にしばし佇んで、室内を見廻した。

半畳もない三和土《たたき》のすぐ右手に、ごく小さい流しと一口コンロが備え付けられている。その左隣はトイレで浴室はない。だからこそベランダに簡易シャワーを据え置いたのだろう。

ダイニングキッチンと呼ぶにはあまりにも貧弱なモルタル壁にリノリウム張りの空間。足裏に何かが付着しそうなその床面には、むかしの喫茶店でよく見かけた極小《ごくしょう》の二人用テーブルと椅子が一脚、そして異常なモーター音を響かせたワンドア冷蔵庫と食器棚代わりらしいカラーボックスが所狭しと置かれている。部屋中にブルーチーズのような臭いが充満。美雪は、思わず閉口して顔を顰めた。

作家の卵は、このスペースの情景描写を試みたが、何度やっても聞こえのいい文章が頭に浮かんでこない。致し方なく才能の限界に怯《おび》えながらその行為を諦めた。だからというわけではないが、ここにあるものはすべて廃棄処分だな、と頭脳仕事担当者は決定した。戻ってきた牛久保にその旨を伝えたところ、リーダーも同意見だった。

次に現場責任者は、男性若手社員を促して、二人共同で狭小スペース（台所）に散らかる家財の撤去に取り掛かった。

粗大ゴミとなった元台所廻り用品を次々に搬出していく肉体労働係を横目に、美雪は「奥の間」へ足を踏み入れた。

居室は振り分けタイプで畳敷きが二部屋。向かって右側の四畳半には半間の、その隣の六畳には一間の押入れが設《しつら》えられている。

小さい部屋を寝室として用い、大きい方を仕事場としていたことが一目見ただけでわかった。寝室の押入れには布団が収納されていて、仕事場には事務機器やデスクが配置されていたからだ。

二人はびっしょりと汗をかいて、今度はシャワーボックスの解体に取り組んでいる。スーツ姿だった若い男はネクタイを外し、上衣を脱いでワイシャツの上に作業着を着用していた。だがスラックスはそのままなので、シャワー室の底部に溜まっていた汚水にまみれてドロドロだ。この着衣がスーツとしての用を足すことは二度とないだろう。

だめだめ。

牛久保と田中の二人が作業に集中しているのをいいことに、つい気が緩んでまたガラケーにテキストを打ち込んでしまった。こんな描写はミステリーと無関係だし、さっさと自分の仕事に取り掛からないと午前中のノルマを完了できなくなってしまう。

それほど広くないベランダには、シャワー室と物置のほかにも、エアコンの室外機と二槽式洗濯機、長ネギを植えたプランター、何かを焼却した痕跡のある一斗缶が雑然と並んでいた。どれも放ったらかしで、置かれている床面は足の踏み場もない状態。

そのため、牛久保と田中の作業もあまりはかどっていない様子だ。

シャワー室の外面は水垢だか黒カビだかでどす黒く変色して、ドブ川のような臭いを発している。内部も人ひとりがやっと立てるくらいの狭さだ。それらを我慢するにしても、こんな半端なものに身を委ねて温かくない湯を浴びるのでは、冬季には寒さが身に染みただろう、と美雪は独居老人に同情した。

4

物置は、ベランダ左端にある隣室との間仕切りを目いっぱい塞ぐだけの間口、つまり九〇センチ以上はあるスチール製の二枚折ドアタイプのものだった。高さが二メートルをゆうに超える巨大な造りで、奥行きも一メートルはある。

反対の右端で牛久保たちが解体に四苦八苦している簡易シャワーと比較すると、それほど古びていないのが少し気になった。

扉を開けると、まず目に飛び込んできたのは夥しい数のビデオテープ。その存在をもちろん知っていたが、美雪の実家では早くからＤＶＤに移行したこともあり、なじみの薄い代物だった。中央のパーティションで左右に分割されている物置の片方のスペースのほとんどを占領している。ラベルも貼らず、無造作かつ乱雑に横積みされた黒くて四角いプラスチックケースが、ざっと見積もって五百本以上。

「ビデオテープは廃棄か保管か決めるのに、録画内容を観ておく必要がありますよね？」

ストッカーとシャワー室の中間に鎮座する洗濯機越しに、リーダーに尋ねた。

「ああ、そうしてくれ」

ガス管を取り外すことに悪戦苦闘している牛久保は、気のない返事で応じた。

仕事部屋のデスクの上に、ビデオデッキ一体型のブラウン管モニターがあったのを確認している。二十年前くらいまで「テレビデオ」とかいう商品名で販売されていたものだ。

それにしても、いまどきパソコンでもタブレットでもなくブラウン管型テレビとは。美雪は、伝聞でしか知らない昭和の残像を垣間見た気がした。

「ヒッ！」

録画されている内容を目の当たりにして、美雪は息を呑んだ。同時に、あまりの衝撃に見舞われると人はこんな声を出すということを思い知った。

次に胃の中から酸っぱいものが込み上げてくるのを感じた。

ストッカーの扉近くに積まれていたビデオテープの一番上にあったものを何気なく手に取り、それをテレビデオにセットして、再生ボタンを押した次の瞬間のことだ。

映し出されたのは、ダビングを繰り返したと思われる粗い映像で、目を覆いたくなるようなシーンの連続だった。

未就学ないしは小学校の低学年と思われる女児が、水着や下着、時には何も着衣していない姿で次々に登場する。そんな児童たちが身体をくねらせたり、股間をクローズアップされたり、というむごたらしい場面が立て続けに映し出された。

テープには、プールや海水浴場で盗撮されたらしきものから、市販品と思われるものまでゴチャ混ぜで収録されていた。

物置の中のビデオをランダムに十本ほど選んで再生してみたが、内容はいずれも幼女を凌辱したものばかり。おそらくここにあるすべてのテープが、同じような忌まわしいコンテンツばかりなのだろう。

物置のビデオテープが置かれていたのと反対側のスペースに目をやると、そこには段ボール箱が山積みされていた。

こちらも怪しい臭いがプンプンしている。

最上段にあったボックスを取り出して、中を検分してさらにギョッとなった。

その中には五歳くらいと思われる女児の腕、脚、胴体、頭部がバラバラにされて詰め込まれていたのだ。

よく見ると、それは解体されたマネキン人形であった。だが、それまでに目にしていた内容があまりにも特殊で神経が張り詰めていただけに、度肝を抜かれた。

下段の箱には、各シーズンのカラフルな女児服が満載されていた。きっとこれらをマネキンに着せては愉悦に浸っていたのではないか。

諏訪氏の性癖と嗜好が知れるアイテムだ。

牛久保と田中は、ようやく分解できた簡易シャワーをトラックまで運び出している真っ最中で、いますぐ相談できる相手はいない。

しかし、リーダーの意見を参考にするまでもなく、「児童ポルノ禁止法」の観点からこれらは現存させてはならないご法度の品だ。

一般ゴミとして処分して万が一流出でもしたら、美雪だけでなく会社としても償いようのない大問題に発展することは必至だ。

この手の禁制品は、グループ内の産業廃棄物部門に処分してもらうしかない。

ダイニングキッチンだった場所に三個並べた大きなカーゴボックスの真ん中、「廃棄」の箱に、美雪は寒気のするような気持ちをおさえ、ビデオテープと女児服を次々に放り込んでいった。

そうしているうちに、まるでアイドルマニアがコンサート会場周辺のホテルを手当たり次第に予約するように、美雪の脳内はアッという間にある考えで埋めつくされた。

目の前のショッキングな品々と、自分が生まれる少し前、つまり元号が昭和から平成に改まった頃に生じた痛ましい事件のことが符合してしまったのだ。

警察庁から広域重要指定第一一七号とされた通称・宮崎勤事件のことを執筆の参考に調べたことがあり、その犯人がこの手のビデオのコレクターだと作家の卵は知っていた。

美雪がその凶悪犯罪と結び付けたのは、朝に駅前でチラシ配りをしていた「結衣ちゃん誘拐事件」のこと。

もしかしたら、あの未解決事件の犯人はこの部屋の住人なのではないか。

遺留品の類似性から考えると、その可能性は十分にある。

街頭活動中の関係者を目にした時はあれほど胸が痛んだが、いまは体温が急上昇したように感じる。

小説のアイデアが、脳内でスパークしたのだ。

このことを題材にミステリーを仕上げられないものか、と。

室内の検分をさらに進めれば、もっと画期的な証拠の品が見つかるかもしれない。

それが事件解決に役立てば、一石二鳥ではないか。いや、それをモチーフにした作品が発表できれば話題になることは間違いないし、ベストセラーは約束されたようなものだろう。これはもう、一石三鳥、いやいや四鳥、五鳥といえるかもしれない。

ノンフィクションとの境界が曖昧だが、売れてしまえばそんなことは問題ではない。

美雪は、さらに体温が上昇していくのを感じる。

不謹慎と自制しながらも、どうしてもほくそ笑んでしまう。

抜け目ないと思われるかもしれないが、これは「卵」とはいえミステリー作家の習性のようなものだから仕方あるまい。


その時、デスク脇にあったＦＡＸ電話が着信を告げた。

5

「諏訪ちゃん、
プチエンの寝屋崎です。どうもどうもご無沙汰してます。

突然の断筆宣言からずいぶんと時間が経ちましたね。そろそろ気持ちが変わったんじゃないかと思って、ここんところずっと電話してたけど、つながらないからこのＦＡＸを送ってます。

前から言ってるように、執筆再開は大歓迎なので決意が固まったら連絡ください。何時でもウェルカムです。

また、美少女を辱めるコミックで世間をアッと言わせようよ！

プチエンジェル編集部
寝屋崎勤三

ＰＳ　そうそう、例のビデオシリーズ新しいのが入ってますので、ご希望ならダビングするよ」

受信音とともに感熱紙が排出されてきた。

ピーガガガガという耳障りな音にも、いまどきメールやラインではなくこの通信手段を使用することにも美雪はなじみがない。その上、軽薄な語り口からは「作家」に対する敬意が感じられず、物書きの端くれとして抵抗を覚えた。

だが次の瞬間、美雪は新入社員研修の時に繰り返し注意されたことを思い出した。

曰く、「遺品整理の最中に故人の関係者より連絡があった場合、誠意を以て対応し、とりわけ独居者の場合は対象者の逝去を真摯に伝えること」

それでその決り事に従おうと行動を起こしかけたが、それよりも先にニンマリとしてしまった。

やはりだ。

『プチエンジェル』という雑誌のことはまったく耳にしたことはない。しかしこの文書から類推するに、美少女専門の成年コミック誌なのだろう。規制が厳しくなった昨今では、ネットを中心にアンダーグラウンドで流通しているマニア向けのマイナーメディアであるに違いない。ここにも記されている通り、諏訪はかつてこのコミック誌でその手の作品を発表していた漫画家なのだ。例のビデオの収集などもこの編集者を通じて行っていたのだろう。で、趣味が高じた結果、卑劣で残忍な実力行使に……ということなのではないか。

美雪は自らの推理の冴えに酔いしれて、ゾクゾクしてきた。

ちょうどその時、シャワー室をトラックまで運び終えた牛久保と田中が戻ってきた。

推し測ったストーリーを覆い隠して、美雪は一連の事実のみをリーダーに報告した。

「こりゃ、いけねえな。無論すべて廃棄処分だ」

再生したビデオを一目見るなり、牛久保は苦々しげに言葉を漏らした。隣から覗き込んでいた田中も、眉を寄せて恐い表情になっている。

「いずれにしてもあんたは、この寝屋崎って人に諏訪氏が亡くなったことを伝えてくれ。それも我々の大事な役目だ」

牛久保から溜息交じりに命じられた。だが何をどうしていいのか皆目見当がつかない。それで、リーダーに具体的な方法を尋ねた。

「その感熱紙のヘッダの部分に、発信者番号ってのがプリントされてるだろ。そこにファックスを送り返しゃいいんだよ。ったく、少しくらいは頭を使えよ」

ややこしい遺品が登場したことで、牛久保は平常心が乱されているようだ。

それにしても、ファクシミリに触れた経験のない美雪にとって、雲をつかむような話である。「送り返しゃいい」と言われてもこの機械をどのように操作したら、それが可能になるのかさっぱりわからない。

いい感じで推理が進んでいたのに、それを中断されたことも愉快でなかった。

「ちょっと、その紙を貸してくださいよ」

途方に暮れていると、もう一人の新人スタッフが、受信した感熱紙を美雪の手から取り上げた。

助けてくれようとでもいうのか？

田中はタブレット端末を取り出すと、一瞬の迷いもなく巧みにそれを操った。

「こういった場合の返信文書のテンプレートファイルをたまたま持っていたんです。ひな型に諏訪さんの名前を書き込んで、ＦＡＸ送信アプリで送っておいたから、もう大丈夫ですよ」

同期社員は、そう言うとウインクした。

力仕事をしていた時にはドン臭くしか感じられなかったけれど、あまりのスマートさに美雪はこの同僚を大いに見直した。

「はい、ご苦労さん！」

そこへ、還暦を少し越えたと思われる男が扉を開け放した玄関先に姿を現した。上下揃いのベージュ色をした作業服を着用している。

「これはどうも、城之内さん」

牛久保が、愛想笑いを浮かべて応対する。この人が巡回管理人のようだ。職業柄なのか、人情味に溢れた雰囲気がある。

「昨日の打ち合わせで聞き漏らしてしまったんですけど、諏訪さんは漫画家さんだったんですか？」

上目使いになって質問を繰り出した。牛久保なりに引っかかるものでもあるのだろうか。「容疑者」の個人情報といえば、美雪にとっても知りたい事柄である。聴覚に全神経を集中させて二人の会話に耳を傾けた。

「そういうことをしていた時代もあったようだけど、最近の主な生業《なりわい》は清掃業だったみたいだよ」

城之内は、興味なさげに応じる。

ずいぶんとつれない回答だ。が、何かを押し隠しているような感じもする。

「そうですか。確かに原稿とか著作した単行本なんかがまったく見当たらないんですよね、この室内に。古い話だからなのかな」

食い下がる牛久保に美雪は心の中で拍手を送った。

「そうなんだよ。本人が言うには、三年前に契機があって、そういったものを全部燃やしちまったってことなんだ」

巡回管理人はベランダの方向をあごでしゃくった。

「あそこにまだ一斗缶が残ってるんじゃないかな。それで時間をかけて少しずつ焼却したらしいんだ。おれも、煙のことでずいぶんと苦情を受けたものさ」

その一斗缶は間違いなくベランダにまだ放置されていた。そんなことよりも、先ほどのＦＡＸで明記されていなかった諏訪の断筆宣言した時期がわかったことはラッキーだ。三年前といえば「結衣ちゃん事件」が発生したのと同時期。生原稿や著作物がまったく残されていないのは、証拠を隠滅したということなのではないか。美雪は、自分の推理が間違っていないことを改めて確信し、ゾクゾク感が高まっていく。

「『結衣ちゃん誘拐事件』って覚えてるかね？」

聞き捨てならない単語が、城之内の口から飛び出した。

「あの事件に、えらく責任を感じていたんだよ、諏訪さん」

「どういうことなんです？」

牛久保がすかさず問い返した。

そうそう、それは美雪も訊きたかったことだ。もっと突っ込め！

「少し長い話になるよ」

そう断ると、表情をこわばらせて、城之内管理人は語り始めた。背中をモルタル壁に委ねたのは、腰を据えて話す覚悟を決めたのだろう。

諏訪波平は幼い時分から絵を描くのが得意だったそうだ。長野県の高校を卒業して上京すると、銭湯のペンキ絵師、映画の看板描きなど特技を生かした職業を転々としてきたという。しかし本人の最大の目標は、プロの漫画家になることだった。何度もあらゆる公募に挑戦しては落選の連続で、いい加減諦めて故郷へ帰ろうと決心を固めた。ところがそんな矢先にある出版社から原稿依頼の声がかかった。しかしそれは自らが志向していたのとはまったく違うジャンルだったそうなのだ。美少女を辱めるというそのテーマを描くことは、諏訪氏にとってまるで命を削るような作業に等しかったという。だが憧れの「筆一本で生計を立てる」漫画家生活のために、甘んじて執筆を続けていたのだそう。そんな最中に「結衣ちゃん事件」が発生。アングラシーンで話題になっていた諏訪作品もやり玉の一つに上げられた。諏訪氏の精神的ダメージは尋常ではなく、目を覆うばかりだったそうだ。事件を厳粛に受けとめ自責の念に駆られた結果、それ以来筆を折り、二度と漫画を描くことはなかったという。生原稿、単行本の類は時間をかけて焼却し、資料として集めたビデオ、マネキン、女児服などの素材類は、流出の可能性を排除できないなどの理由から、処理に困ってそのために購入したベランダストッカーに放置したままになっているのだそうだ。

城之内管理人は話し終えると、しばらく天井を見つめて、やがてやるせなさそうに嘆息しつつ大きく肩を落とした。

事情を知ってしまうと、美雪が推量したストーリーのほとんどが見当違いだったと認めざるを得ない。

ストッカーが個室シャワーと比べてずいぶんと新しかったこと、ビデオテープが極めて乱雑かつ無造作にそれに詰め込まれていたことなど、美雪にも思い当たる節がないわけではない。

では、これまでの推理がすべて間違いということになるのか？

いや、そんなことはない。

諏訪だって、身の上話を一から十まで管理人氏に打ち明けたわけではないだろう。

あのゾクゾクする感じは、決して思い違いではなかったと信じたい。

牛久保と並んで城之内を見送ると、美雪は新たな証拠を見つけるべく、仕事部屋の押入れの整理に取りかかった。

6

色褪せた建て付けの良くない襖《ふすま》がはめられた押し入れは、整頓されていて、ベランダストッカーとはまったく違う様相を呈していた。

パッと見たところ、ここには生活用品が収納されているようだ。

だが、よくよく観察してみると、一般の人が日常的に使用する品とは言い難いものが系統的に納められていた。

もっとも取り出しやすい右側上段は、キャンプ用品らしきもので占められている。神田のスポーツ用品店でバイトした経験のある美雪だからわかったのだが、テント、寝袋、マットレス、大型懐中電灯、インバーター発電機、コッヘル、屋外用コンロ、ザックなどが即座に取り出せるようコンパクトにまとめられていた。その脇にはレトルトごはんが段ボールごと保管されていて、存在感を示している。

隣の左側上段には、下着、着替えなどの衣類がいくつもの紙袋に詰めこまれて配置されている。こちらも日々の着用が目的ではなく、すぐにでも持ち出せることを主眼としているように思えた。

まるで緊急に応じて逃亡生活を送ることができそうな装備の数々。

美雪の全身が再びゾクゾク感で包まれた。

やはりそうなのだ。

司直の手が自分に及びそうなことを悟った諏訪は、それから逃れようとこの場を離れる準備を進めていたに違いない。

萎えかけていた気分を一掃できた感じがする。

次に右側下段のスペースに保管されているものを目にして、今度は腰を抜かしそうになった。

鋼鉄製にして黒光りする狭長かつ円筒状の物体。

こ、これはもしかしてライフル銃？

諏訪は狙撃手《スナイパー》のような真似までしていたというのか。

火器に詳しくない美雪であるが、その物体が銃身であると確信した。

ところが。

その横には、黄色を基調とした直方体で業務用掃除機と同じくらいの大きさをした機械が置かれている。本体の背面にテレビコマーシャルで耳にしたことのあるメーカー名が記されていた。

どうやらこれは、高圧洗浄機のようだ。

奥の方に二十リットルほどの容量のあるポリタンク。手前にはファイルケースがあり、その中に不規則な形にくり抜かれたプラスチックのボードが数枚収納されていた。

管理人氏が、最近の諏訪は清掃業に従事していると言っていたが、これらはその際に使用する機材なのだろう。このスペースはどうやら商売道具をしまっておく場所のようだ。

それにしても、専用機器を自前で所有しているとは、この仕事によほどやり甲斐を感じていたということなのか。

いずれにしたって、美雪の心証としては諏訪は真っ黒であることに変わりない。

頭の中で閃いているプロットを忘れないうちにガラケーにメモ書きして、形として残したい。

だが、ガラス窓一枚隔てただけのベランダで牛久保と田中がストッカーを運び出そうとしているから、いまは無理だ。

だからこそ一刻も早く真摯な気持ちでパソコンに向かい、小説を執筆したくてウズウズしているのだった。


ピンポン！

玄関チャイムが鳴った。

力仕事担当の二人は物置を搬出して不在なので、ここは美雪が対応するしかない。

「あの、こちらは諏訪波平さんのお宅で間違ってませんよね」

玄関口まで出向き、来客の姿を視認しその声を聞いて、美雪は心底仰天した。

そこにいた男女は、今朝ほど駅前ロータリーでチラシ配りをしていた夫婦だったからだ。「結衣ちゃん事件」の被害者家族。つまり誘拐された児童の両親だ。

「はい……そうですけど」

数秒にわたって絶句してしまった美雪だが、どうにか自分を取り戻してようやく言葉を発した。

これは一大事だ。

遅々として進まない捜査活動に業を煮やした遺族が、真犯人と思われる男の自宅へ直談判に乗り込んできたのだ。

「私は神原と申します。こちらは夫です。諏訪さんは引っ越しでもされるのですか？」

結衣ちゃんの母が、室内を見廻しながら口を開いた。

しかし、どうも様子が変だ。彼女からは、怒りとか悲しみではなく、戸惑いの感情しか伝わってこない。

「あの、じつは諏訪さんは三日前に交通事故でお亡くなりになったんです。私どもは遺品整理を担当しておりますメモリアルという業者で……」

美雪の懸命の説明も、この夫婦の耳には前半部分しか届かなかったようである。

狭小な玄関口が重苦しい空気で満たされた。

二人にとって、諏訪の死とはそれほど思いもよらないことだったのだろう。

「そ、そんな！」

しばし呆然となっていた妻の口から、悲痛な叫びが漏れた。

「だって、一週間ほど前にお電話差し上げた時にはお元気なご様子で、その日、つまり今日は一日在宅しているから何時でもいいので訪ねてきてよ、とおっしゃってたんですよ。諏訪さん！」

結衣ちゃんの母は見る見る平常心を失い、涙まみれになってしまった。夫は妻を気遣い、悲嘆に震える彼女の背中を優しげに撫でることに専心している。そうすることで、動転しそうな己の気持ちを紛らしているようにも思える。

「あの……」

美雪は、かけるべき言葉が見つからない。こんな場面の対処法は、新人研修では教わっていなかった。

そこへ、牛久保と田中が戻ってきた。美雪はリーダーに手早く状況を説明した。

「先ほどは取り乱してしまい本当に申し訳ありませんでした。あまりにも突然の訃報だったものですから」

牛久保の誘導により四畳半に移動した五人は、車座になって神原夫妻の話を傾聴することとなった。二枚だけあった座布団は客人である二人に使ってもらった。

「お二人は、以前から諏訪さんのお知り合いだったのですか？」

心底済まなそうに頭を下げた神原夫人に頷くと、牛久保が根本的な質問をした。

夫人は、夫と視線を合わせて事情を話していいかを確認している様子。それを受けて神原氏が軽くあごを引いた。

「私たちはＨＨＫ、被災者&被害者を救済する会というＮＰＯ法人を通じて、諏訪さんにとてつもなくお世話になっているんです。そもそも私たちは、三年前に……」

妻が遠慮がちに口を開いた。

彼女は、この段になって初めて、自分たちが「結衣ちゃん事件」の被害者家族であると明かした。このことだけは、きっぱりと言い切った感がある。決然とした表情に、美雪はある種の尊敬を覚えたほどだ。

「初めは私たちの街頭活動をお手伝いくださるというお申し出をいただきました。それが出会ったきっかけです」

そこまで言うと、もう一度夫と視線を合わせた。核心に触れることへの再確認なのだろう。

「あの、皆さんは諏訪さんが何をされていらした方かご存知ないのですね」

「元漫画家で、いまは清掃業をしていると聞いてますが」

牛久保が応じた。

「それは表向きのお話です。私たちだけには打ち明けてくださったんですけど、あの方は……」

結衣ちゃんの母は光の宿る目を見開いて言葉を続ける。

「シグナスＴＤってお聞きになったことありますよね。全国各地で話題になっているあの『伝説のボランティア』の正体が、じつは諏訪さんなのです」

これには一同驚かされた。とりわけ諏訪を真っ黒と断定していた美雪は、二の句が継げなくなってしまった。

「それ以前のことはよく存じませんが、三年前に結衣の事件があった頃から、思うところがありになったということでボランティアに力を入れられたそうなんです……」

妻は悲しみがこみ上げてきたのか、その先を詰まらせた。

「時を同じくして、シグナスＴＤこと諏訪さんが現場に残していくリバース・グラフィティが次第に注目されていくようになりました」

夫が続きを引き取った。

「最近のブームは皆さんもご存じでしょうけど、諏訪さんはいまでもご自分がシグナスであることをひた隠しにされていて、いっぽうで莫大な著作権収入のほぼ全額をＨＨＫに寄付してくださっているんです」

そして街頭活動で配布している「結衣ちゃんバッジ」も、諏訪さんが無償でご提供くださったんです、と付け加えた。諏訪宅からほど近いあの駅前で活動する時には、終了後に挨拶に訪れるのが通例になっているという。

「全国各地の被災地に軽ワゴン車で乗り付けては、お一人でキャンプを張られて精力的にボランティア活動に励まれてました」

結衣ちゃんの母が、鼻をすすりながら言葉を差し挟んだ。

「そして『スワンの涙』を残して、何の見返りも求めずに立ち去っていかれるんです。本当に尊敬すべきお方です、諏訪さんは」

妻はすすり上げながら、苦しさと感謝が入り混じった複雑な心情を吐露する。

確かに「スワンの涙」はそのアート性の高さだけでなく、作者の神秘性、清廉さからも評価されている作品だ。

「残りの人生を人助けのために捧げるんだ、と口癖のようにおっしゃってました。『スワンの涙』が役立つならば、その売り上げはすべて世のために使いたいとも」

結衣ちゃんの父も、いつの間にか涙交じりになっている。

夫妻はその後も、「伝説のボランティア」に対する感謝と尊敬の気持ちをたっぷりと語った。

そして、街頭活動のお陰で、情報が集積されて容疑者がしぼられてきたと捜査本部から連絡があった、と前向きな報告を残して辞去した。


諏訪波《スワナミ》平↓「スワンの涙」↓白鳥の落涙↓シグナス（ハクチョウ座）TD《ティアドロップ》。


よく考えたら、ごく単純な言葉遊びではないか。

キャンプ用品も、大量のレトルトごはんも、着替えセットも、野営しながら奉仕活動に勤しむシグナスTDの持ち物だとしたら、何の不思議もない。必需品と言ってもいいくらいだ。

高圧洗浄機は、リバースグラフィティを描くための秘密兵器なのだろう。そして、ボランティアの現場に作品を残していくという行為は、元漫画家としてのプライドの表れだったのではないか。最後につまずいたとはいえ、幼少時からの憧れの職業だったのだから。同じ理由で、「結衣ちゃんバッジ」の似顔絵も自筆したに違いない。

女子大生が記念撮影していたこの建物の「スワンの涙」は、諏訪氏が初期に習作として描いたものだったのではないか。

牛久保が昨日のうちに処理したと語っていた軽ワゴン車も、伝説のボランティアのトレードマークの一つだ。

美雪はそういったことすら見抜けずに、勝手な推理に耽っていた自分の浅薄さを大いに恥じて、猛省した。

そして、「結衣ちゃん事件」は、軽はずみな気持ちで小説の題材にするべきではない、と自分に言い聞かせた。

神原夫妻と結衣ちゃん、そして何よりもシグナスＴＤこと諏訪氏のためにも。

「さあ、おれも手伝ってやるから、さっさと押入れの整理を終わらせちまおうぜ！」

牛久保がリーダーらしく気合を入れて、残りの荷物に手を延ばした。どことなく目の色まで変わっている。

美雪はほっこりした気持ちで、現場責任者に協力した。

田中は、何かを考えるような表情で古参社員に視線を注いでいた。

7

すべての作業が終了したのは午後四時を少し廻った頃だった。当初の予定よりはややオーバーしたが、初出勤者が二人いる現場としたら上出来だろう。

その時、昔ながらのおんぶひもで乳児を背負った若い男が、慌ただしげに諏訪宅の玄関先へ駆け込んできた。

「本日は……お役に立てずに……本当に申し訳ありませんでした！」

子連れの男は顔中を汗まみれにして、ひどく落ち着かない様子で謝罪の言葉を述べた。あまりにも腰を折るものだから、ピンク色のおんぶひもがずれてしまい、背中の赤ちゃんが滑り落ちそうになって危なっかしい。

「あんた誰だ？」

瞬時呆気に取られた牛久保だったが、眉を吊り上げて若い男に詰め寄った。

「どうも……すみません……。自分は……本日この現場に来ることになっていた……田中稔彦《たなかとしひこ》です」

この男も田中？　それにしても、とんでもなく焦っているので、話していることが聞き取りにくい。

「出掛けに……ベビーシッターからドタキャンの電話がありまして……。妻が昨年亡くなったんです……。いろいろと手を尽くしたんですが……本当にごめんなさい！」

子連れの田中は、ずっと落ち着きがなく、しかも言い訳が先行しているものだから、すべてにおいて意味不明だ。

だが、一息着かせて繰り返し話を聞き、ようやく言いたいことを理解できた。

彼は美雪同様、本日が初出勤でこの現場に赴くことになっていたという。ところが、出勤直前になって頼んでいた子守役が急病になり来られないことになった。シングルファーザーなので、乳飲み子を置き去りにすることはできない。八方手を尽くして代替案を模索したところ、埼玉県に住む亡き妻の母が乳児を預かってくれることに。慌てて出かけたために、この日の「行動予定」が登録されたスマホを携行するのを忘れ、本部にも現場にも連絡ができなかったという。図らずも無断欠勤となってしまったが、深く反省し謝罪だけでもしようとこの場の住所を本社から聞き出して、諏訪宅へ出向いたということだった。

「お前なあ、そんな言い訳が通用するとでも思ってるのか！」

牛久保が子連れの田中にさらに詰め寄ろうとする。

元からいた田中が、二人の間に割って入ってリーダーを抑えた。

「田中くん、そういう事情なら仕方ないですよ」

こちらの田中は、作業着を脱いでスーツ姿に戻っていた。スラックスの裾は汚れたままだが、落ち着いてエグゼクティブな雰囲気を取り戻している。

「もう一度メモリアル本社に連絡して、今後の指示を仰いでください。私からも口添えしておきますから」

スーツの田中は、悪いようにはしませんよ、と言い含めて子連れの田中を帰宅させた。

「お前は……」

再び呆気に取られた牛久保は、スーツの田中に向かってやにわに口を開いた後、少し考えて言葉使いを改めた。

「あなたは、一体誰なんですか？」

何かを感じ取ったのか、腰を屈めて上目使いで田中の喉仏を見つめている。

「私ですか？　最初に申し上げたはずですよ、本部から来た田中と。私は、ヒューマン・トワイライトグループ本社で取締役管理部長を務めている田中稔《たなかみのる》です」

思い出した！　この人は、抜群の営業成績で若くして取締役に登用されたと会社案内で紹介されていたグループ本社の田中部長だ。道理で、どこかで見覚えのある顔だと思ったはずだ。あまりにも出世が早かったので、牛久保のような古参スタッフは逆に認知が追いついていなかったのかもしれない。

田中は涼しげな表情で続ける。

「先ほどの田中くんが遅れていたようだったので、こちらの仕事を手伝いましたが、じつは別の目的があって私はこの現場に参上したのです」

そして若き部長は、鋭い視線でリーダーを見据えた。

「牛久保さん、あなたが責任者を務めた現場で、明細書の品目数が合わないというクレームが複数回にわたってご遺族から本部に寄せられています」

「そ、そんなはずないです。私はルールに従って真面目に仕事をしてるだけですから」

威圧的な態度だった男が、肩をすぼめて小さくなっている。顔は青ざめ、声もかすれ気味だ。

「それじゃあ、先ほど押入れから取り出して、その作業着の内側に隠したものを見せていただきましょうか」

田中が牛久保に詰め寄った。

「い、いや、これは……」

現場責任者は両手を交叉させて、身を抱くように腰を折った。

管理部長が、その手を解き放して作業着のジッパーを下ろす。

すると、高圧洗浄機の脇に保管されていたプラスチックのボードが、バラバラと床に落ちた。

「これは、シグナスＴＤが『スワンの涙』を作成する時に使用するステンシルですね」

田中は、それらを一枚ずつ丁寧に拾い集めている。

「この価値はあなたもご存知のはずですよ。今朝ほどは、あなたご自身がリバースグラフィティについて力説していたくらいですから」

「違うんだ、待って……」

「その続きは、本部でお聞きしましょうか」

管理部長は、牛久保の肘をつかんで表へ出るように促した。リーダーだった男は、肩を落としてすっかりしょげかえっている。

「あ、そうだ綾部さん！」

急に振返ると田中は、はるか部下筋に当たる女子社員に呼びかけた。

私服に着替えた美雪は、部長が牛久保から取り上げた部屋の鍵を手渡されて、戸締りしたらそれを新聞ポストに落としておくように申し付けられた。

「それから、本日の明細書はぼくが担当しますけど、業務報告書の方はあなたがまとめて本社へメール送信しといてください」

カリスマ部長は茶目っ気のある表情を浮かべている。

「大丈夫ですよ。ウチは書式自由だから。事実をそのままお書きください」

田中は、ウインクして付け加える。

「ガラケーをチラ見させてもらったけど、もう少し考察を加えて書いた方がいいかもしれませんね、ミステリー小説は」

さすが最年少で取締役になっただけあって、鋭い観察力だ。牛久保のことも含めて、何でもお見通しだったということか。

美雪の心中には、様々な感情が去来した。そして、しばらくこの仕事に打ち込むのも悪くないな、と思った。

興味本位ではなく人の生命と真摯に向き合えば、きっと話題先行ではない多くの人に感動を与える作品を書き上げることができるだろうから。

十津川警部と私　「京」の字を頂戴しました

米田京

あまり公表していませんが、米田京は、じつはペンネームなのです。

男性誌を中心に雑文を書いていたことがありまして、それはもう、苦行の連続でした。自殺した歌手を口寄せしていると主張する明らかにインチキな霊媒師を相手に、アイドルさながらのインタビューを試みたり、東京湾を泳いで横断させられたり（途中で断念）、へそピアスを体験取材させられたり……。

呪詛を唱えたくなるような仕事を繰り返す日々。

で、その当時に名乗った筆名が、米田共だったのです。

ミステリー好きの勘のよろしい皆さんならば、お気づきですよね。

「米」「田」「共」を組み合わせると、どんな意味になるかを。

小説を書き始めるに当たり、いくら何でもそれはまずいだろう、と思い立ちました。しかし、語感は使い慣れているので踏襲したい。ミステリーに身を投じる覚悟は決めていたので、「京」の字を尊敬する西村京太郎先生から拝借することで、現在の筆名に落ち着いた次第なのであります。

ある出版関係のパーティで、初めてお目にかかった際に、思い切ってこのことを打ち明けました。すると先生からは、ご快諾いただき、「頑張ってください」とのお言葉まで頂戴したのです。

車イスに乗った西村京太郎先生が、白杖を握る米田京を励ますの図は、周囲に涙を誘うほど感動的な光景でした（空気感からの憶測）。

それ以来、トラベルミステリーには砕身していますが、気軽に旅に出られる身の上ではないので、苦労しとりますです。

失礼しました。テーマは、「十津川警部と私」でしたね。

私の十津川初体験は、ＴＶドラマでした。何人もの俳優さんが演じられてますが、初代の三橋達也さんが印象的でしたね。その後読み始めた小説シリーズでは長い間、十津川を三橋さんでイメージしていましたが、さすがに時代設定が合わなくなり（米田の脳内の話です）、最近では高橋英樹さんに落ち着いています。しかし、亀さんは、ずっと愛川欽也さんで固定なんですよね、不思議なことに。

先述しましたが、私のように自由自在に旅行できない者にとって、十津川警部シリーズは、ミステリーとしてワクワクさせられるだけでなく、旅の醍醐味も楽しめる作品です。同じように十津川シリーズを堪能している読者は少なくないと思います。

ここから反省。

今作でも、もう少し鉄道などの場面を盛り込みたかったのですが、今後の課題とさせていただきます。

本稿を執筆している真っ最中に、悲しい報せが舞い込みました。

西村京太郎先生のご冥福を衷心よりお祈り申し上げます。

パーフェクト・ウィンド

和喰《わじき》 博司《ひろし》

【略歴】

一九六一年大阪府大阪市生まれ　元気象庁予報官。二〇〇九年第七回北区内田康夫ミステリー文学新人賞特別賞を「休眠打破」で授賞。受賞作は『はじめてのミステリー2』(実業之日本社)に収録されている。書下ろし短編「ホタルはどこだ」は『三毛猫ホームズと七匹の仲間たち』(論創社)、「捜査関係事項照会」は『棟居刑事と七つの事件簿』(同)に収録された。

1

長瀬由香《ながせゆか》はいつもと同じ時刻に、タブレットのビデオ通話システムを起動させた。システムが立ち上がり、ビデオ画面に大宅《おおや》真《まこと》の顔が映った。カーキ色の防寒服を着ている。

「あ、おはよう」

「おはよう。きょうは自主トレだったよね。いま天王山《てんおうざん》にいるの？」

「そう、昨日の朝、予報どおり雪が降ってね。ちょっとした雪山の訓練ができたよ。さっきテントの外に出たら、星がきれいに見えたよ」

由香は山央県《さんおうけん》美央町《みおうちょう》にある美央理科大学の三年生で、年が明けてから休学し、ロサンゼルスに留学した。同級生の恋人大宅真とは毎日決まった時刻に、五分間だけビデオ通話をしていた。

「いまね……えっ……」

突然、真が右横に顔を向けた。

「どうしたの？　なにかあった？」

「いや、いま外でなんか聞こえたから……ちょっと待ってね……」

真の身体が右に傾き、上半身が画面の外に消えた。

「え、なんだっ、おまえっ」

瞬間、「ごん」という鈍い音がして、「うがぁっ」と真の呻く声が聞こえた。

画面には右側に身体をねじった、真の下半身だけが映っている。「ごん、ごん」と鈍い音が聞こえたのと同時に、彼の下半身が微動した。

「えっ、どうしたの？　マコっちゃん」由香は叫んだ。「ねえ、どうしたの、マコっちゃん。そこにだれかいるの？　マコっちゃんになにをしたのっ。マコっちゃんっ……」

真の下半身はぴくりとも動かない。突然の侵入者に襲われたのだ。間違いない。

由香はスマホの時刻を見た。午前八時三十二分だった。ロサンゼルスはいま冬時間だから日本は、十七時間早い一月二十三日の午前一時三十二分だ。

由香は幼馴染みの津島《つしまごろう》吾朗のスマートフォンに電話をかけた。しかし応答がない。由香は苛立ちを覚えた。

スマホが震えた。実家の母親だった。この時間に真とビデオ通話をしていることを知っている母親は、ときおり電話をかけてくる。通話に出た。由香は思わず叫んでいた。

「お母さんっ、お願い。山央県警の代表番号を調べて――」

2

「気象庁の天気予報業務って、警察の犯罪捜査に似ていると思うんですよ」

東郷直樹《とりごうなおき》災害対策係長が口を開いた。清水奈緒美《しみずなおみ》は、県警警備部危機管理課の直属の上司である東郷を見た。

一昨日、山央県竜野町《たつのちょう》で暮らす奈緒美の祖父が亡くなった。山央県有数の観光地美央町に隣接する竜野町は約三二〇世帯、住民は八百人前後で、県内で一番小さな町だ。

奈緒美は久しぶりに、長年祖父の面倒をみてくれた伯父宅を訪れていた。

祖父はとても朗らかな性格で、九十二歳の大往生ということもあり、湿っぽい通夜《つや》にはならなかった。東郷はその通夜に参列し、伯父宅で用意された精進落としにもつき合ってくれた。

彼は子どものころ、竜野町に住んでいて、竜野小学校の、いまは廃校になった分校に通っていたという。

奈緒美は昨年四月、所轄署の刑事課から災害対策係――通称〈サイタイ〉に転勤になった。

本部異動は栄転になるが、入庁しておよそ十年、捜査第一課刑事を目指してきたので、現況に満足しているわけではない。

小学生のころ、家に空き巣が入ったことがある。多くの刑事たちが家のなかを調べ、物証を採取し、捜査を始めた。そのときの刑事の姿が眩しくみえた。十日後、犯人が逮捕されたと聞いたとき、「すごいなあ」と感動し、刑事になりたいと思った。

その憧れが次第に大きくなり、いまに至っている。

異動を打診されたとき、刑事課長からは「本部に上がって認められれば、捜一《そういち》に横滑りできるかもしれないぞ」と励まされたが、災害対策を担当する危機管理課から捜査一課に異動できるとは思えない。それでも、希望を捨てずに業務に邁進しようと考えた。

災害対策《サイタイ》担当もけっこうおもしろい仕事で、気象予報士の資格を持つ東郷係長の話は、くどく感じることもあるが、非常に興味深かった。いい経験になると感じている。

東郷は最近、体調を崩したとかでアルコールを控えつつ、強引な伯父にウーロン茶を飲みながらつき合っていた。周囲では親戚たちがすでに顔を真っ赤にしている。

午前一時半を過ぎていた。奈緒美の両親は先ほど寝屋《ねや》に向かった。

「警察の仕事に似ているって、どういうことですか」

伯父が酒臭い息を吐きながら訊ねる。

「警察の犯罪捜査は、現場や被害者の周辺で手がかりを探し、そこから客観的な証拠を拾い上げ、さまざまな推測のもとに、一つの結論を導き出します。天気予報は、観測結果を基にスーパーコンピュータで予想天気図を作成して、気象庁の予報官が天気図に描かれた情報を読み解いていき、気象学の見地から将来の天気を予想していきます。いわば手がかりから推測していく手法は、犯罪捜査も天気予報も同じだと思うんです」

「そういえば、東郷さん」突然、伯父が赤ら顔を傾けた。「竜野町の、小学校の分校の隣にあるアメダスってなんですか」

「アメダスは地域自動気象観測システムという無人の観測装置です。自動で気温や降水量、風向風速を計っていて、竜野町のアメダスでは積雪も計っているんですよ」

「なるほど、なるほど」

伯父が調子のいい返事をする。本当に理解しているのか、疑問だった。

「じゃあ、その隣の、でかいサッカーボールを横半分に切ったようなやつって、なんだっけ。あれができたときに聞いたんだが、すっかり忘れてしまったよ」

伯父は東郷係長を質問責めにする。

「サッカーボールみたいな白いドーム型のものは〈ウィンドプロファイラ〉と呼ばれる無人の施設で、1・3ギガヘルツの電波ビームを垂直方向と、そこから東西南北に十度傾けた斜め上空の、合計五つの方向に照射しているんです。この電波が上空に吹く風に当たって、散乱して戻ってきます。そのときのドップラー効果を利用して、周波数の変化を算出し風向風速がわかるんです。簡単にいえば、風の流れを横から見たような断面図——風のCTスキャンみたいなものだと思えばいいですね。これで、地上から上空約九千メートルまでの風の変化を、時間を追って見ることができるんです。たとえば寒冷前線が通過した場合——」

東郷は、気象の話になるといつも熱が入る。

奈緒美はこの十カ月で、気象のおもしろさを知った。

昨年四月、新任の防災担当者の研修のため、奈緒美は県庁所在地にある山央地方気象台を訪ねた。庁舎に隣接する敷地に、ウィンドプロファイラが設置されており、予報官から説明を受けた。

——これを見てください。

予報官は観測データを表示したディスプレイを指で示した。

そこには天気図などでみる矢羽根が上下左右に等間隔で描かれ、背景は水色になっていた。

——この縦軸が垂直方向、横軸が時間軸を示していて、十分ごとの時系列になっています。ここにある矢羽根がその空間での風向風速をあらわしているんです。この矢羽根を見ると、地上から上空三千メートルくらいの高さまで、ずっと北西風が吹いているでしょう。そのなかで一部、矢羽根が不規則になっているのがわかりますか。

データを見ると、数個の矢羽根だけ、まったく別の風向になっていた。しかもその部分は濃い青色になっていた。

——これで、この上空を渡り鳥が飛んでいったことがわかるんです。

この話はいまも印象に残っている。

これらのデータは「一カ月経てば新しいものに上書きされる」と言う。東郷はその話まで紹介しそうになったので、奈緒美は慌てて制止した。

「係長、もうそのくらいでいいですよ」

詳しい話をしても、酔っ払った伯父たちはほとんど聞いてはいない。申し訳ない気持ちになる。

そのとき、伯父の胸元のスマートフォンが鳴った。

「なんじゃい、こんな時間に——」

伯父は悪態をついたが、スマホの画面を見たとたん、いそいそと席を外した。

伯父が通話をしながら、メモを取っている。込み入った話かもしれない。

奈緒美もスマートフォンを取り出した。時刻は午前一時五十五分だった。伯父が戻ってきた。

「どうしたの、伯父さん」

「通夜に参列しとったご婦人、覚えとるか？　娘さんがいまロスに留学しているって話をしとったただろ――」

「ああ、あのきれいな感じのひとね」

落ちついた雰囲気のある四十歳代半ばの女性だ。彼女の前で、鼻の下を伸ばしていた伯父のほうをよく覚えている。

伯父の話によると、彼女はロサンゼルスに住む娘の長瀬由香に深夜、電話をかけることがある。その時間帯に、由香が彼氏の大宅真とビデオ通話をしていることを知っているからだ。

今夜連絡をすると、突然、山央県警の代表電話番号を教えてくれと頼まれた。そのあと、「ごめん、ネットで調べるから」と由香は通話を切った。しばらくして彼女は再度娘に電話して、事情を聞きだした。同じ大学に通う、大宅真がいま天王山の山頂にいて、彼とのビデオ通話の最中、横合いからテントに侵入した何者かに襲われた様子で、応答がなくなったという。

「こんな時間にすまんが、おまえ、様子を見に行ってやってくれんか」

まさかそんなことを言われるとは思わなかった。

「警察にも連絡しているんでしょう」

もしそうなら、天王山や周辺を管轄する美央警察署に連絡が入っているはずだ。

「おれの自慢の姪っこは、県警刑事だからいつでも困ったことがあれば相談してくれっと言ったんだ」

とんでもない発言だが、〈県警刑事〉の響きは耳に心地よかった。

だが東郷係長の手前、釘を刺さなければならない。

「伯父さん、いまどきそんな話は通用しないからやめてよね」

「わかった、わかった……ほら、これ……」

伯父は無理矢理、住所を書いたメモを手渡してきた。

「このとおりだ」伯父が拝むように手を合わせる。「な、ちょっとだけ、見てきてくれんか」

「行ってあげたいけど、お酒を飲んだから車では行けないよ」

「運転ならおれがやってもいいよ」東郷係長が言う。「それに美央理科大って、こんどの土曜日、ぼくたちが防災講演をするとこだな。これもなにかも縁かもしれないしな」

素面《しらふ》なのは東郷係長だけだ。伯父の依頼を渋々承知し、奈緒美は「申し訳ありません」と東郷に頭を下げた。

外に出ると、冷気が首筋を撫でた。身震いするほど寒い。

ここは山央市から車で二時間ばかりの距離にある。標高が山央市より五百メートルほど高いため、気温も五度近く低い。道路脇には昨日降った雪が残っていた。こんな深夜の凍てつく寒さのなか、外に出ている者は誰一人いない。東郷が車のエンジンをかけた。

3

東郷が県警本部通信司令室に連絡したところ、長瀬由香から通報があったと確認が取れた。その際、長瀬はスマートフォンで撮影したビデオ通話の画面を証拠として提供してきた。ちょうど近隣で訓練をしていた、県警山岳遭難救助隊が天王山登山口に向かっているという。

奈緒美たちは伯父宅からそれほど離れていない、大宅真のアパートに立ち寄りドアを叩いたが、まったく反応はなかった。

奈緒美たちも天王山登山口に向かうことにした。街灯がなく、車のヘッドライトだけが頼りだった。

しばらく進み、話題に出たウィンドプロファイラの近くを通り過ぎようとしたとき、こちらに歩いてやってくる人影を見つけた。若い男だ。

スマホの液晶画面を見た。時刻は午前二時十二分だった。

自動車警邏《けいら》のときの習性で、車を停めて男に声をかけることにした。

「すみません、警察です」

奈緒美と東郷はライトで警察手帳を照らして提示した。

男は東郷の手帳を興味深げに覗き込む。

「こんな時間にどうしたのかな。お話、聞かせてもらえる?」

男が着た黒色のダウンジャケットの首元から、灰色のタートルネックが見えた。その裾がわずかに凍りついていた。

寒さのためか、顔が真っ青になっている。メガネの奥の目が不安げに揺れていた。

「ぼくは美央理科大の津島吾朗といいます」

奈緒美は驚いた。本部に照会したとき、報告に彼の名前があったからだ。

津島は美央理科大学の三年生で、同じ研究室に所属している大宅真のアパートに向かおうとしていたようだ。竜野町の自宅アパートで寝ていたとき、ロサンゼルスの長瀬由香から電話がかかってきたという。

「津島さん、もしよろしければ少し事情を訊かせてもらえませんか」

津島は自分のパジェロで近くまで来ているという。アパートの駐車場に停めてあるそうなので、奈緒美たちの車に同乗してもらうことにした。奈緒美は早速、津島に訊ねた。

「大宅真さんって、どんなひとなんですか」

「非常に真面目で、勉強熱心で、山好きな男です」

奈緒美の、わずかな疑念が消えた。悪戯で、彼女を驚かそうとしたわけではなさそうだ。

「長瀬由香さんは、どうしてあなたに電話をかけてきたんですか」

「ぼくたち三人は幼馴染みで、だから頼まれたんです」

三人とも山央市の出身で、近所に住んでいたため子どものころから仲が良かった。

「二人はいつごろから、つき合っていたの」

「一年前です。由香は以前からマコトのことが好きだったし、二人がつき合うのは当然の成り行きだったしね」

「彼女さんはいまロサンゼルスにいるって聞いたけど」

「由香の母方のおじいさんがアメリカ人で、ロスで大学教授をしているんです。由香は以前からアメリカの文化を学びたいという夢があって、今年の年明けからおじいさんの大学に留学していたんです。で、しばらくマコトと別れわかれになってしまうから、毎日、ロスの時刻で午前八時半に五分間だけビデオ通話でラブコールをしていたんです」

その最中に、大宅真が何者かに襲われた可能性がある。ビデオ通話の映像写真があり、長瀬由香の目撃証言の信憑性は高い。だからこそ、県警本部が素早く動いたのだろう。

「長瀬由香さんから電話がかかってきた時刻を覚えていますか」

東郷直樹が訊ねる。

「いまから十五分くらい前ですが……ちょっと待ってくださいね」

津島吾朗がスマートフォンを取り出す。

奈緒美はそれを受け取った。履歴を見ると、午前一時三十三分、午前一時四十二分、そして午前二時一分の計三回、着信記録が残っていた。

「はじめの二回の電話は寝ていて気づかなくて……。三度目のときに出たら、由香がマコトの様子がおかしいから見てきてくれって」

「それからどうしたんですか」

奈緒美は訊ねた。

「ぼくたちも今夜、マコトが〈自主トレ〉と称して、天王山で雪山登山の訓練キャンプをするって本人から聞いてたし、さっき由香も同じことを言ってました。でもさすがに山には登れないので、とりあえずマコトのアパートまで見に行くことにしたんです」

「いまアパートに行ってきたけど、彼はいませんでした」

奈緒美が答えると、津島は黙り込んだ。

奈緒美が質問を続けようとしたとき、津島が突然、東郷係長に声をかけた。

「あの……こんなときにすみませんが、もしかして東郷さんって、次の土曜日の、うちの大学の講演の講師さんですよね」

「はい、そうですよ」ハンドルを持つ東郷がわずかに頭を動かす。「ああ、そうか……きみ、美央理科大の学生さんだったね」

県警危機管理課は年に数回、依頼を受けて職員が出張して特別講演を行う。今週末は美央理科大学で行うことになっている。その担当が東郷係長だった。

「講演のこと、教授から聞きました。ぼくも聴講させていただきます」

「ところで」奈緒美は話を戻した。「大宅君はいま天王山のどこにいるか、わかりますか」

「いいえ、わかりません」

「いま、『ぼくたちも』って言ったけど、今夜大宅君が自主トレキャンプをする話は、きみ以外に、どれだけの人が知っているの」

「昨日マコトが大学で話してたから、友だち二十人くらいは知ってるんじゃないかな」

「そこまで公言しているんなら、報告のとおりなんだろうね」

奈緒美はそう口にしながら、大宅真が無事であることを祈った。


天王山は、標高約一三〇〇メートル。登山口駐車場から山頂までの標高差は約七五〇メートルで、標準登山時間は三時間、下山時間は二時間三十分ほどだ。

登山口駐車場には数名の警察官の姿があった。応答せよ、という無線の声が聞こえた。ひとりがそれに応じ、状況を伝えている。

「天王山登山口駐車場、現着《ゲンチャク》。救助隊との合流を待つ。どうぞ――」

先着の警察官によると、携帯電話会社に調査依頼をして、美央町付近にある中継施設のアンテナで、微弱電波を感知していることがわかった。

電源の入った携帯電話は、常に微弱な電波を発しており、これを近くのアンテナで感知すれば、アンテナからの方角や距離がわかり、位置を推定することができるのだ。

長瀬由香の証言が裏付けられたことにより、本格的な捜索活動が開始されたようだ。

警察官に訊ねると、一時間後に県警山岳遭難救助隊二名が到着し、準備ができ次第、登り始めるという。

「よし、おれたちも登ろう」いきなり東郷直樹が言い出した。「降雪時の遭難は、危機管理課が所掌する防災に属するから、サイタイ長としても対応しなければならない」

東郷係長は〈おまえはどうする〉という目を投げかけてきた。災害対策係員は全員、冬季の災害救助訓練の一環として、二度の雪山登山で技術を磨いた。対処能力は十分ある。

奈緒美たちは危機管理課長の許可を取り、所轄警察署の予備の登山服を借用した。0・15から1・3ギガヘルツまで、幅広く受信できる広帯域ハンディレシーバーなどの装備を身に着けた。十分な準備運動をしたあと、所轄地域課ほかのメンバーとともに登山口を出発した。

先発した救助隊の足跡を、アイゼンをつけた靴で踏みながら進んだ。登り始めてからおよそ三時間後、奈緒美たちが八合目付近を登っていたとき、携帯していたハンディレシーバーが鳴った。

先着した救助隊からの報告だった。

――こちら救助隊、山頂付近に設営されたテントのなかで男性一名の遺体、発見。

4

清水奈緒美は天王山山頂の北端にある見晴らし台に立っていた。足元の雪は融けかかっている。奈緒美が山頂に到着して七時間が経過し、すでに現場検証は終わっていた。

見晴らし台は平地になっており、竜野町の町並みを眺望できる。眼下には山に囲まれた町が広がっていた。

町全体がミニチュア模型のように見える。向かいの山の斜面には段々畑が並んでいた。

竜野町には南北に小さな川が流れていた。その北西側に、昨春廃校になったばかりの竜野小学校の分校跡があり、その隣に昨夜東郷係長が話していたアメダス観測所とウィンドプロファイラと呼ばれる風を観測する施設の白いドームが見えた。

そこから二キロほど離れた町の集会所で、いまごろ祖父の葬儀が執り行われているはずだ。こういう事態になった以上、参列できないのはいたしかたない。

美央警察署に「天王山殺人事件」の帳場《ちょうば》が立ち、午前九時過ぎに第一回捜査会議が開催された。

被害者は大宅真二十一歳。山頂近くの森林の中に張られたテント内で、うつ伏せになって倒れていた。死体の傍には、被害者の血痕が付着した、ラグビーボール大の岩が転がっていた。これで後頭部を殴打されたようで、死因は脳内出血とみられた。

遺体は山央大学医学部法医学教室に運ばれた。

危機管理課は山央地方気象台に気象照会をかけ、竜野町アメダスによる積雪量や同地域の風向風速のデータを入手し捜査本部に提供した。

アメダスの積雪量は五センチだが、山頂では気温が十度程度低くなっているため、それ以上の積雪があったと推定された。また一から二メートルの北西風が吹いていた。


翌二十四日、大学関係者や大宅真の友人たちに当たっていた捜査員によって、情報がもたらされた。大宅が事件当夜、山でテント泊をしていることを知っていた人物は、大学のクラスメートの二十数名に限られるため、そのなかに犯人がいる可能性は高い。

司法解剖によると、死亡推定時刻は一月二十三日午前一時から二時までの間で、長瀬由香の証言から、実際の犯行時刻は午前一時三十二分と断定された。

死体の保存状態がよく、時間幅も一時間だけだった。

その日の午後、急遽帰国した長瀬由香が山央県警の事情聴取に応じた。

所用で伯父宅を訪れていた奈緒美が美央署に立ち寄ると、廊下で長瀬由香とすれ違った。顔見知りの捜査員に訊くと、帰国してすぐに駆けつけてきたという。

長瀬はすっきりとした顔立ちで、強い意志が感じられる目が印象的だった。全体的にエキゾチックな雰囲気が漂っていた。突然、恋人を喪った衝撃はその表情にあらわれていた。悲しみを必死に押し隠そうとする姿が痛々しかった。

あとで奈緒美が聞いたところ、長瀬由香は大宅真が襲われた際、犯人に結びつくような姿や声を確認していないと証言したという。その後、彼女はまず津島に連絡したが、応答がなく、母親からの電話のあと、ネットで調べた山央県警の代表番号に通報した。

長瀬由香は津島に電話したときのことを話した。

「ゴローははじめ電話に出てこなくて、警察に通報したあとスマホに何度もＬＩＮＥを送っても既読にならず、三回目の電話で返事があったんです。寝ていたらしくて『どうして出てくれないのよ』って悪態ついたら、ゴローが『なにがあったんだ』って訊ねられて事情を話したんです。ゴローは無駄足になるかもしれないけど、まずマコっちゃんのアパートを見に行ってくると言ってくれました」

津島との関係について長瀬は明快に答えた。小学校時代からの友人数名が、「津島は昔から長瀬由香のことが好きだった」と口を揃えた。

「わたし、ゴローのことをそんなふうに想ったことがないんです。幼馴染みだし、大学でも仲良くしてたから、勘繰る人もいたかもしれませんね。わたしは子どものころからマコっちゃんのことが好きだったんですが、自分からは言い出せないまま年月が過ぎて、一年前にゴローに背中を押してもらって、わたしから告白したんです。それにゴローにはインターンシップで出会った年上の彼女がいるんですよ」

インターンシップとは、学生が企業で短期間業務を体験する制度で、津島は昨年十月、東京の理化学関係の会社で知り合った女性社員と交際しているという。

夕方、奈緒美は帰宅するため駐車場に向かった。

美央署の建物は古く、手狭になったため、敷地の隅に簡易のプレハブ小屋を建てていた。その横に停めた車に近づいたとき、突然背後から声が聞こえた。

「久しぶりやな、清水」

振り返ると、県警刑事部捜査一課の高橋信夫《たかはしのぶお》の姿があった。

兵庫県出身の高橋は、同期のなかで一番の出世頭《しゅっせがしら》である。押しの強さだけで捜一刑事にのし上がったと言われている。事件発生とともに、所轄に出張《でば》ってきたのだろう。

態度も顔も声も大きいが、気弱なところもある。教場《きょうじょう》時代は「のび太君」とからかっていたが、さすがにいまはそう呼べない。

「立ち話ですまんけど、天王山で殺人が起きた、二十三日未明、津島と会ったときの様子をちょっと教えてくれへんか」

奈緒美は説明した。

「あの日は祖父の通夜があって、竜野町の親戚の家にいたのよ」

奈緒美は伯父からの突然の依頼を受けて東郷係長とともに出かけたこと、その途中に津島吾朗と会ったこと、天王山に登るに至った経緯などを話した。

「津島君と会ったのは、午前二時十二分。彼と会った直後、スマホで時刻を確認したから間違いないよ」

5

二十五日、あらためて大宅真の交遊関係について捜査が行われた。奈緒美は忌引休暇中だが、特別に許可を取り参加させてもらうことにした。

捜査班は大宅真の周辺を広く聞き込み調査をしたが、金銭的なトラブルもなく、彼に恨みを抱くような人物はまったくみつからなかった。

その夜、東郷直樹も捜査本部に駆けつけてきた。再度、事情聴取に応じるためだ。

インターンシップの情報を得るため、東京に出張していた高橋信夫も戻ってきた。高橋は奈緒美と東郷の姿を見つけて近づいてきた。

「清水、おまえ、いまも捜査一課に希望出しとるんか。そやったら、けっこうやばいことになったかもしれへんぞ」

美央署会議室で捜査会議が始まった。まず高橋が報告する。

「長瀬が証言していた東京の会社は、多田化学《ただかがく》という理工系の大学生に人気の企業でした。美央理科大学からインターンシップで職業体験に来たのは津島だけやなく、大宅も来とったそうです。

人事担当者に聞いたところ、インターンシップで働きに来た学生を採用するわけやないけど、これまでの例ではその確率が高いとのことでした。そやけど人員整理などの影響で、さ来年度の採用枠が少なくなっていたそうです」

大学関係捜査班の一人が発言する。

「大宅と津島が所属している美央理科大学の研究室の話によれば、教授推薦枠で一人だけ多田化学に就職できるようですが、担当教授は、津島か大宅のどちらかを推薦しようと考えていたとのことですね」

再び高橋が口を開く。

「多田化学側も、推薦されたほうを採る心積もりやったようです」

「そのことを、大宅と津島は知っているのか」

捜査一課長が訊ねると、高橋が答えた。

「多田化学の人事担当者は否定しとりました。そやけど津島がつき合っとった女性社員は人事課の職員で、彼女を通じて津島が知った可能性はあるんやないかと考えてます」

大学関係の捜査で、津島が多田化学への就職を熱望していたという情報を得ていた。

大学関係者の話では、多田化学は研究環境が整っていて、海外留学の可能性もあり理工研究の第一人者になるのも夢ではない。

だが入社するのは非常に狭き門で、採用試験が行われる前に、優秀な学生を選抜しているのが実情である。担当教授は、津島と大宅はともに優秀で、なおかつ二人とも多田化学への就職を希望しているため、どちらを推薦するか悩んでいたという。

就きたいポストに憧れる気持ちは奈緒美にもよくわかる。こうして事件捜査に身を置いて、さらに刑事への夢が高まった。

津島も同じ思いをインターンシップの経験を通して、抱いたのではないか。

「これはえらい大きな動機になるんやないか」

高橋信夫が砕けた口調で言い放った。

だが立ち塞がる壁がある。犯行時刻は、二十三日午前一時三十二分に絞られている。

奈緒美たちが津島と会ったのは、午前二時十二分のことだ。標高一三〇〇メートルの山頂で殺人を行った人物が、四十分で下山することができるのか。

その物理的な説明がなされないかぎり、津島を犯人だとすることはできない。

天王山の山頂からのルートは限られている。途中、車が通行できるような国道や県道はなく、またスキーやスノーボードを使って下りられるような斜面もない。ただひたすら、山頂から登山口まで樹林帯の登山道を下っていくしかないのだ。

県警山岳遭難救助隊員の話によると、彼らのように山岳訓練をしている者であれば、標準タイムの半分の時間で下山することができるが、夜間の場合は二時間三十分を一時間四十分に縮めるのがやっとだという。

「津島吾朗が犯人だと仮定しても、やつはいったいどんな手を使ったんや。空でも飛ばんとできひんやろ」

高橋が怒鳴った。

毎晩、大宅真は日本時間の午前一時半にビデオ通話をしていた。しかも五分間だけだ。

津島が犯人ならまさにそのタイミングを狙って殺害し、犯行時刻を確定させたうえで、なんらかの方法で天王山から高速で下山して、アリバイを作ったことになる。

逆にいうと、アリバイを作るために、犯行時刻を確定させる必要があったのだ。

高橋が続ける。

「冬山登山中もビデオ通話するやなんて、普通は考えへんやろ。そやけど犯人はそれを確信しとった。いや絶対連絡を取り合うことを知っとったから、殺害計画を立てたんやな」

「そこまで知り得たのは、二人と仲がよかった津島だということですね」

別の刑事が高橋の発言を受けて、口を開いた。

「そういうこっちゃな」高橋が頷く。「そういや、津島はなんではじめの二回の電話に出えへんかったんや。なんか気になるんやけどな」

そこに謎を解く手がかりがあるのかもしれないと、奈緒美は思った。

「わし、同期やから言いたかないんやけど」高橋の声質《せいしつ》が変わったような気がした。「そこの危機管理課の清水さんがよ、せっかく津島に職質《ショクシツ》かけたんやったら、やつが近くに停めとったパジェロをちょびっとでも調べてくれとったら、そこから物証が見つかって、事件は案外簡単に解決しとったかもしれへんのにな。本部刑事やったら、せえへんミスやぞ」

高橋はあからさまに表情を歪めた。悪意に満ちた目をしていると思った。

あの時点で、津島の車を調べることが可能だったのか。できるはずがないとの反論を口にするのははばかられた。同時に、いまの言葉を素直に受け入れようと思った。

奈緒美自身、津島吾朗は犯人でないと信じたいが、それも捨てざるを得ない。

津島と会ったとき、彼のダウンジャケットの裾が凍りついていた。その直前まで暖かい布団のなかで眠っていたとは思えない。すぐにあやしいと気づくべきだった。

偶然とはいえ、最重要容疑者のアリバイを証明する立場になったのは、紛れもない事実だ。

事件捜査に参加して、浮かれている場合ではない。奈緒美は追い詰められた気分になった。

――津島のアリバイは、なんとしてでもわたしが崩してやる。

奈緒美はそう決意した。

6

翌日、奈緒美は再び美央町に向かった。

危機管理課長が捜査一課長に依頼した結果、美央署刑事課の捜査に、奈緒美の参加が許可された。最重要容疑者である津島吾朗と事件発生直後に会った者としての協力も理由の一つだが、正式には、本部危機管理課として気象情報の提供が主な役目だった。

要請がすんなり認められたのは、捜査本部の大勢が奈緒美に同情的だったこともある。

昨夜の高橋の発言は、捜査会議に出席していた全員が耳にしていた。明確な反論やかばい立てをする者は、ひとりもいなかった。しかし高橋の主張に納得できても、どうすることもできなかったことを誰もが承知しているのだろう。異例の措置だった。

その日のうちに、津島がパラグライダースクールに通っていたとの情報がもたらされた。すぐさま県内外のパラグライダースクールをしらみつぶしに当たったところ、五件目に問い合わせた、隣県のスクールに、津島が二年前から通っているという情報を得て、捜査陣は湧き立った。

奈緒美はパラグライダースクールを訪ねた。

スクール内の広大な敷地には、高さ二十メートルほどの人工の小山が作られており、初心者なのだろうか、十数名の練習生が順番にそこから飛行していた。

目を上空に転じると、五百メートルほどの山頂から飛び立った、色とりどりの翼が飛遊しているのが見えた。彼らは十分間隔で、広い芝生に着地していた。

聞き込みに応じてくれたのは、冬場なのに日焼けしたインストラクターの青年だった。白い歯が眩しい。通された部屋には、全国各地のパラグライダー場の写真が掛かっていた。

「パラグライダーをするには、なにか資格がいるんですか」

早速、奈緒美が訊ねると、インストラクターが答えた。

「いりませんよ。パラグライダーは非常に簡単で、一日か二日程度の練習で、五〇〇メートル級の山からの滑降ができるようになりますよ」

津島はどんな高所からでも下降する技量の持ち主で、パラグライダーの装備も自前で持っているという。パラグライダーで飛行するには、着地点となるべき広い場所が不可欠だ。

奈緒美は昨年春に廃校になった、竜野小学校の分校を思い浮かべた。ウィンドプロファイラの隣にある、いまは使われていない校庭。着地するには格好の場所だ。

津島はあの校庭を目指して、下降してきたのではないか。

「夜間、真っ暗なときにパラグライダーで降りることはできますか」

奈緒美の問いに、インストラクターが呆れた表情で首を振った。

「夜間に飛行するなんて、常識じゃ考えられません。無謀すぎますよ」

竜野町の中心部には常夜灯が設置されているところもあるが、アメダスやウィンドプロファイラなどの施設周辺には、ほとんど灯らしい灯はない。それどころか近くには川が流れ、急な斜面も数多くある。

町のいたるところに電力線や電話線が張り巡らされ、万が一それらに接触すれば、生死にかかわる。やはり夜間の飛行は困難だと判断した。

清水奈緒美は、所轄刑事とともに大宅のアパートや竜野小学校分校の周辺で聞き込みを行った。本格的な地取《じど》り捜査は、所轄署刑事課に所属していたとき以来だ。

十数軒ほど訪ねまわったが、まったく進展はなかった。深夜の出来事で、目撃者がいるとは思えなかった。

二十軒目に訪問した家の、三十代後半の小柄な主婦が「そういえば」と首を傾《かし》げた。中学受験を控えた長男が、おかしなことを言っていたという。

「天王山で殺人事件があった日、うちの子、夜遅くまで勉強していて、もう寝ようと思ってふと外を見たら、なにか黒いものが空から下降してくるのを見た、と言うんです。ＵＦＯかもしれないと言っていて、わたしたちも驚いていたんです」

その日の夕方、長男が小学校から戻ってくる時間帯を見計らって再度訪ねると、目鼻立ちの整った男の子が行儀よく玄関に正座して対応してくれた。

母親が息子に目配せしてから、口を開いた。

「さっきこの子に聞いてみたんですが、ＵＦＯらしいものが降りたところが、あの白いドームの近くだったって言うんです」

それは気象庁の観測施設だ。目撃した日にちを聞くと、殺人事件当夜で、午前一時五十分前後のことだという。

奈緒美は膝を折り、子どもと目線を合わせた。

「そのＵＦＯだけど……もうちょっと詳しく教えてもらえないかな」

「なんか、黒い物体が闇のなかをゆらゆらと降りてきている感じだった」

勉強していて、ふと窓の外を見ると、なにかの物体が落ちてきて、旋回するようにゆっくりと下降してきたという。

「それが、あの白いドーム型の施設近くに降りて来たのね」

奈緒美が念を押すと、小学生は「うん、まるであの白いドームに向かって、降りてきているようだったよ」と力強く頷いた。


奈緒美たちが持ち帰った小学生の証言に、捜査本部で喝采があがった。

「現場山頂は広い平地になっていて、その北端の見晴らし台から竜野町を見渡せるから、そこから空を使って逃げたのかもしれません」奈緒美は一同を見渡した。「『ゆらゆらと降りてきている』という小学生の証言は、津島が操縦していたパラグライダーだった可能性がありますね」

パラグライダー脱出説が有力になってきた。

竜野小学校周辺の捜査班からの報告では、津島がパラグライダーで降り立った場所として推定される竜野小学校の分校は、融雪のため地面が濡れていた。たとえ雪に着いた足跡があったとしても融けてなくなっただろう。実際、着地した痕跡はまったく発見できなかった。

周辺の地取りでも目撃者はみつからなかったという。

「大宅が殺されたら、すぐに自分にも容疑が向けられるだろうから、完璧なアリバイを作ろうと考え、犯行時刻を確定させたうえで、パラグライダーを使って現場から逃走する計画を立てたんじゃないかな」

別の捜査員が発言すると、大学関係を調査していた捜査員が補足する。

「聞き込みによると、津島の担当教授は非常に実証主義的な人のようですね。だから、たとえ津島に容疑がかけられたとしても、彼にしっかりとしたアリバイがあれば実行が不可能だから、そのことで推薦から外すようなことはしないと考えていたのかもしれないね」

パラグライダースクールを調べた捜査員が報告する。

「長瀬由香は午前一時三十三分と一時四十二分の二回、津島のスマホに電話をかけています。津島は気づかなかったと話していますが、これは別の考え方ができます。一度目は殺害直後であるため、単に無視しただけでしょう。そして二度目の一時四十二分のときは、もし津島がパラグライダーで飛行中だったのなら、電話に出られるはずがありません。パラグライダーを操縦しているときは、キャノピーという布製の翼をコントロールするロープを、両手でしっかり持って、小さなガッツポーズをする姿勢を取るんです。両手を肩から下に下げてしまうと、キャノピーが萎んで、地面に急降下してしまいます」

闇のなかで下降する物体——それが津島の操縦するパラグライダーであったのなら、どのようにしてそれを可能にできたのか。なんの目標物もない――いや、なにも見えないなかでの飛行はインストラクターに指摘されるまでもなく、非常に危険な行為だ。

小学生はウィンドプロファイラに向かって降りてきたと証言している。気象庁の観測施設にながあるのか。そう考えたとき、東郷係長の言葉を思い出した。

「電波じゃないですか」奈緒美は思わず叫んでいた。「ウィンドプロファイラは、風の観測のために1・3ギガヘルツの電波を出しています。津島君はそのことを知っていて、この電波を捉《とら》えてウィンドプロファイラのドームを目標に降下してきたんじゃないでしょうか。そうすれば電線などの危険個所を避けて、飛行することも可能です」

「電波を捉えるってことが、そんな簡単にできるのか」

誰かが疑問を呈した。

「いや、できるかもしれへんぞ」高橋が横から口を出した。「1・3ギガヘルツの電波を誘導電波として受信できるようにレシーバーを改良したらええんや。たとえば、わしらが使っとる広帯域ハンディレシーバーの受信帯域は1・3ギガヘルツもカバーしとるから、ほとんどの電波を受信できるはずや」

同様の機種は、東京・秋葉原で購入できる。

「たとえそれができても、パラグライダーを操縦しているときは手が使えませんよ」

捜査員のひとりが反論した。

「とりあえず、それも含めて県警の装備部門に問い合わせてみいひんか」

目先の方針が決まった。


一時間後、回答が届いた。

パラグライダーで下降する際、イヤホンを使えば可能とのことだった。

ハンディタイプのレシーバーにはメーターがついていない機種があって、イヤホンから聞こえる音を頼りに受信状態を確認することができるという。

そこで奈緒美は口を開いた。

「今回の犯行にあたって、津島君が一番気を遣ったのは、犯行時刻を確定させることだった。そうしないと、アリバイ工作が無駄になってしまいます。死亡推定時刻は二十三日の午前一時から二時までの間です。司法解剖の結果はある程度、時間の幅があるものです。今回は一時間でしたが、それが三時間から四時間となれば、アリバイには使えません。アリバイ工作のポイントは、三時間かかるところを四十分程度で下界に降りることだから、死亡推定の時間幅が大きければ無意味になります。そこで大宅君が毎夜ロサンゼルスにいる彼女と五分間だけビデオ通話をしていることを利用して、犯行時刻を確定させたうえで、パラグライダーで現場から逃走——いや逃飛行したんでしょう」

「でも、それをどうやって証明するんだ」捜査員のひとりが発言する。「いまの話はすべて想像にすぎない。可能だということがわかっても、それを証明できなければ絵に描いた餅でしかないだろ」

アリバイ工作の全容は、おおむね推測できている。しかし実証できなければ、裁判所に逮捕状を請求することはできない。捜査本部に重い空気が漂った。

「わしらは津島に手も足も出えへんってことなんか。クソったれが」

高橋が悪態をつく。奈緒美も同じ気持ちだった。

奈緒美は窓から空を見上げた。

遠くの空を、鳥の大群が北の方角に向かって飛んでいくのが見えた。

もしも津島が犯人だとするなら、彼はとんでもない方法を考えたものだ。鳥のように空を飛んで、現場を離れ、アリバイを作るとは――。

奈緒美は事件当夜、車に同乗したときの津島を思い出した。

大宅が事件に巻き込まれたかもしれない状況で、友人の心配をしながらも真剣さに欠けるところがあった。自分の興味を優先し、東郷の講演会の話題に転じた言動に、違和感を覚えたものだ。

そんな津島に底知れぬ恐ろしさを感じた。

そのとき、奈緒美は昨年四月の気象台研修を思い出した。

気象台の予報官が、ウィンドプロファイラの電波で渡り鳥をキャッチしたと話していた。

県警本部にいる東郷係長に連絡し、現況を伝えたあと確認してみた。

「その方法なら、可能かもしれないぞ」

東郷が大声を出した。

「係長、どういうことですか」

「理科大に通っている津島吾朗は、ウィンドプロファイラが1・3ギガヘルツの電波を照射していることは知っていたんだろうけど、具体的にどんなふうに風のデータを読み取っているかは知らなかったのかもしれないな。生のリアルタイムデータは東京の気象庁本庁で処理しているはずだから、当時の生データを見せてもらえるよう、いまから気象台に依頼してみるよ」

奈緒美は捜査本部にいまの発見を報告し、東郷からの連絡を待った。


二時間後、一月二十三日のデータが、捜査本部チームの専用PCに送られてきた。

東郷が気象台に赴き、本庁から入手した生データ画像を、ディスプレイ上に表示させてスマホで撮影したものだ。

奈緒美は会議室の大型テレビに表示されたデータを眺めた。

気象台見学で目にした矢羽根が、上下左右に等間隔で配置されている。背景色は水色だ。

「これをご覧ください」入手した資料を手に、奈緒美は解説を始めた。「これは、横軸が時間軸で十分ごとの時系列になっています。矢羽根がその空間での風向風速をあらわしていて、地上から上空三千メートルまでは北西風が吹いていることがわかります。このなかで注目すべきなのはこの二箇所――二十三日午前一時三十分から四十分と、四十分から五十分のところです。わかりにくいかもしれませんが……一部、風向が乱れているようにみえますよね」

風向を示す矢羽根の向きが、少しだけ周囲と異なっていた。背景色はそこだけわずかに濃い青に変わっている。

風向が乱れた高度は、三十分以降は千メートルから五百メートル、四十分以降は五百メートルから地上付近の箇所だ。

「多少の変化しかみられませんが……それでもこれは、この時間帯だけなにかの物体がそこを通過したことを意味しています。それにもう一つ、風向が変化している部分の背景の色がわずかであってもダークブルーに変わっているのは、下降気流が起きていることを示しているんです。ピンポイントの空間で気流が激変することは、自然界では決して起こりえません。この時間帯になにかの物体が下降して、強制的に風を乱していたと考えられるんです。そのなにかとは――津島吾朗のパラグライダーだと思われます」

「なるほど、そういうことやったんか」

高橋が唸る。

「皮肉なもんですね」奈緒美は続けた。「アリバイを作るため、正確な犯行時刻がわかるように細工をしたことが、かえって足をすくう結果になってしまった。これだと午前一時五十分前後に地上に降り立ったと証明できると思います」

清水奈緒美は想像した。

標高約一三〇〇メートルの天王山の殺人現場からパラグライダーで飛行し、闇夜に紛れてゆらゆらと下降する黒い影。それを気象庁の観測施設が捉えていた――。

そこで、奈緒美は非常に重要な事実を口にした。

「でも、これですべてが解決したわけではありません。これは何者かがパラグライダーで降下したことを科学的に裏付けただけで、それが津島吾朗だと証明しなければなりません」

「まだそれがあったか」

会議場で数名が声を挙げ、溜息が洩れた。

「いったい、わしらはどうすりゃええんや。ここまでやってもあかんのか」

高橋が苦渋の表情をみせた。

何者かがパラグライダーとウィンドプロファイラを利用して、現場を脱出した。ここまでは解明できている。

しかし、いまのままでは津島吾朗こそが犯人だと断定することができない。

「なんとか、ならへんもんなんか」

高橋が弱音を吐いた。

「それこそ家宅捜索《カチコミ》して、津島のパジェロを調べてみるのはどうですか」

奈緒美が提案すると、高橋が首を振った。

「そいつは最後の手段や。彼が犯行に絡んどるちゅう確度の高い証拠が出てからでも遅《おそ》おないやろ。やつの行動は見張っとる。不審な動きがあったら現場を取り押さえちゃるけど、いまんとこ、そうしたことはないんや。くそいまいましい。自分のアリバイ工作に胡坐《あぐら》をかいとるんとちゃうか」

結局、打開策は見つからず、いったん散会することになった。

奈緒美が県警本部に戻ると、東郷係長が唸りながらパソコンに向かっていた。

どうしたのか訊ねると、「明後日の講演会のプレゼン、まだ準備ができていないんだ」と渋い顔をした。

「お手伝いしましょうか」

「助かるよ。理科大の学生たちも楽しみにしてくれているから、がんばらないとな」

東郷からプレゼン資料のコピーを見せてもらった。資料は三部構成になっていた。第一部は県警の主な防災活動の説明、第二部は山央県や美央町周辺の気象特性、第三部は県内のアメダスやウィンドプロファイラなどの気象観測システムの解説になる。

資料にひととおり目を通したとき、奈緒美は事件当夜の車内での会話を思い出した。

思いついたアイデアを東郷に伝えたあと、奈緒美は美央署に電話をかけた。高橋を呼び出し、

「なんだ清水」と不機嫌そうな声を無視して言った。

「のび太君、一つだけ打開策が見つかったよ」

奈緒美はつい懐かしいあだ名を口にしていた。

7

ウィンドプロファイラと呼ばれる、風を観測する無人の気象庁施設は、間近で見ると、とても大きかった。直径約八メートルの円形のコンクリートの台座の上に、白いドーム形の屋根が取りつけられていた。それが、巨大な半分に切ったサッカーボールに見えなくもない。

そのそばに、同庁の許可を取りつけて、物置小屋を設置していた。美央警察署構内にあったものを移設したのだ。

ガルバリウム鋼板でできた、二枚の引き戸で真ん中に鍵がついたものである。本当は簡易のプレハブ小屋を建てたかったが、時間も予算もなかった。

作業が完了したのは、奈緒美たちが美央理科大にいたころだ。

午後八時過ぎ、奈緒美は高橋や美央署捜査員たちとともに、ウィンドプロファイラの周辺に潜んでいた。

道路脇に停めたトラックの荷台に二名配置し、奈緒美と高橋は、竜野小学校分校の隣にあるアパート一階の空き部屋に許可を取って待機した。西側の窓から物置小屋とウィンドプロファイラのドームが見渡せる。

部屋の電気をつけず、暖房も入れていないから、足元から冷気が立ち昇る。下半身に厚めのブランケットを巻いていても、冷え症の奈緒美にはつらい。

「本当に来るんか」

双眼鏡を覗きながら高橋が言う。

「たぶん来ると思うよ。あんたもわたしの報告、聞いていたでしょう」

きょうの午後、美央理科大学で開催された防災講演会は盛況だった。

会場の講堂は広く、奈緒美たちがパソコンの準備をしているときから学生や教職員が集まり、百名ほどの聴衆となった。東郷係長の補助役で彼の隣に座り、会場を見渡したとき、前方付近に津島吾朗の姿を見つけた。

東郷係長の講演が始まり、第三部のウィンドプロファイラによる観測の仕組みについての説明へと進行した。

この施設のデータは一カ月経てば、古いデータは新しいものに書き換えられてしまうが、今日の講義ではあえて異なる説明をした。

「東郷さんは『半永久的にデータが残っている』って言ったんだろ」

高橋が呟く。

そのとおりだ。東郷はこう説明した。

――観測データを記録したパソコンが施設内の小屋にあり、気象台の予報官が一週間に一度、取り出して検証しています。

実際はそんなことはしていない。すべて嘘っぱちだ。

後日、講演内容に一部誤りがあったと、大学事務局に書類を送付するつもりだった。だが、効果はテキメンだった。

「津島君はそれを聞いたとたん、表情が凍りついたようになって、講義の途中で席を立ってしまったのよ」

「津島がこの施設のことをよく知っとったら、ジ・エンドとちゃうんか」

「そうだけど、津島君は係長の言葉を聞いて、かなり慌てていたのよ。だから必ずやってくると思う」

「なあ、清水――」

意外に落ち着いた高橋の声だった。

「なに?」

「おまえ、いまの仕事のほうが向いてへんか」

「嫌味言わないで」

「そういうつもりやないいんやけどな」

のび太の声がひるんだように思えた。

「ほっといてくれへん。そういうん、余計なお世話、言うんやよ」

下手な関西弁を使ったが、高橋は突っ込むことなく黙っていた。

午後十時を過ぎたとき、車のヘッドライトが見えた。赤いパジェロが停車し、津島吾朗が降りてきた。小さなザックを背負っている。

高橋が唾を飲みこむ。

津島は足早に施設に近づき、フェンス上部を手で掴み、網に足をかけてジャンプした。敷地内に着地すると、迷うことなく物置小屋に向かった。

小屋の前でザックを降ろし、なにかを取り出した。

電気音が聞こえた。電動のこぎりだ。

それが扉に当てられる。ガガガッと金属音がして、火花が散った。

その瞬間、高橋が部屋を飛び出した。

奈緒美も彼を追った。トラックの荷台からも捜査員が駆けてくる。高橋がフェンスを越えて、津島の背中に近づいた。靴音に気づいたらしく、津島が振り返る。

「津島吾朗だな」

高橋が叫んだ。津島が電動のこぎりのスイッチを切る。

「住居不法侵入及び器物破損の容疑で逮捕する。とりあえず、それ、危ないから下におろしてくれへんか」

8

美央警察署に連行された津島吾朗は、素直に容疑を認めた。

同時に、彼の自供に基づいて自宅アパートや近くの裏山を捜索したところ、自室内から広帯域ハンディレシーバーを、裏山からは土の中に埋められていたパラグライダーを発見した。パラグライダーの翼は布地を黒色に塗り替えられていた。

大宅と長瀬のビデオ通話を利用して犯行時刻を確定させ、ウィンドプロファイラの電波を捉えて夜間飛行を可能にしたことなど、すべて推測どおりだった。

犯行時、正体を悟られないように、覆面をしていたという。

「ぼくたち三人は子どものころからいつも一緒で、あまり意識したことはありませんが、小学校の高学年あたりから、上下関係ができてきたような気がします。勉強もスポーツもなんでも一番だったのが大宅で、その次が由香、ぼくは僅差であってもいつも三番目でした。二人はそんなこと気にしていなかったようですが、ぼくには常に劣等の意識がありました。口にしたことはなかったけど、ぼくも由香が好きでした。でも彼女は大宅が好きだったし、ぼくにはなにもできません。ぼくは自分の気持ちを封印して、逆に由香の背中を押すようなことをしたんです。ぼくが一番みじめだと感じたのはそのときでした」

絞りだすような声だった。

「あの日は分校の校庭に降りたあと、近くに停めていたパジェロに装備などをしまって、友だちのところに行ってアリバイを作るつもりでした。でも、地上に降りたとき、スマホに由香から連絡が入って、大宅のアパートに向かうことになったんです。だからアリバイは、アパートの大家さんに証明してもらおうと方針を変えたのです。パジェロで行かなかったのは、警察官に出くわして車内を調べられる危険性を回避するためでした。実際、警察官に尋問されたとき、そうしてよかったと思いました」

津島は続けた。

「子どものころから工学の研究者になるのが夢でした。多田化学に入れば、マサチューセッツ工科大学に留学することも夢ではないし、科学者として成功できると思っていました。でも、多田化学に入るのはとても狭き門で、インターンシップのときに知り合った人事の彼女の話では、会社側はぼくか大宅のどちらかを採るという腹積もりであること、研究室の教授もどちらかを推薦するようだと知りました。ぼくの成績はわずかに大宅に劣りますし、大宅も多田化学を希望していました。大宅だけには負けたくない、なんとかしたいと思い始めて、殺害を決意しました」

奈緒美も県警捜査一課刑事になるという夢がある。

今回、事件捜査に加わり、わずかでも事件解決に役立てたことでその気持ちはさらに強まった。なんとしてでも県警本部の刑事になりたいと思った。

津島の場合、その想いが間違った方向に働いたことが残念でならない。

津島吾朗を大宅真殺害の容疑で再逮捕したとの報告を受けた夜、奈緒美は仕事を終えると、県警本部ビル近くの公園に足を運んだ。

ベンチに腰かけ、夜空を見上げた。

いくつもの星がきらめき、とてもきれいだ。

この星空の下、いま長瀬由香はどんな気持ちでいるだろうか。そんなことを思った。

犯罪は残酷だ。

被害者のみならず、加害者の周辺も悲しみの底に突き落とす。津島がほんの少しでもそんなことを想像できていれば、こんな悲劇は起こらなかったかもしれない。

――データは一定期間が過ぎれば、新しいものに書き換えられる。

そうであってほしいと奈緒美は思った。

人間《ひと》は機械的に答えを出すことはできない。あがき苦しんで、そのなかから一歩でも前進していこうとする。

いまの奈緒美もそのひとりだ。どんな困難があろうとも、自分の夢は諦めない。

そしてひとであるかぎり、再生する力があると信じたい。それは津島吾朗、長瀬由香、そして多田化学の人事課の女性も例外ではない。彼らはいつの日か、もう一度立ち直れる。

奈緒美は空を見上げた。

明日はいい日になりそうな気がした。

十津川警部と私　西村京太郎氏の教え

和喰博司

今回の依頼をいただいたとき、真っ先に思い出したのは、わたしの恩師で山村正夫記念小説講座名誉塾長の森村誠一先生から聞いたエピソードだ。

「かつて西村さんは注文がないときも、ずっと小説を書いていたんだよ」

それは西村京太郎氏が一九七八年、十《と》津《つ》川《がわ》省《しょう》三《ぞう》警部が登場する『寝台特急《ブルートレイン》殺人事件』（カッパ・ノベルス）を刊行した、はるか前のことだろう。当時から原稿用紙に日夜向かっておられたのかと思うと、「すごいことだな」と胸を熱くしたものだ。

このとき、毎日小説を書くことが大切なんだと、森村先生に叱咤激励され、なおかつ間接的に西村氏からご教授いただいたような気分になった。

以前、テレビのインタビュー番組で、西村京太郎氏が列車内を隈なく探索されている様子を観たことがある。ミステリー作家はこれほどまでに調査を重ねて、作品を作り上げるのかと驚き、だからこそ読者を飽きさせない物語を、次々と生み出せるのだろうと納得した。

依頼を受けたあと、西村京太郎氏とご一緒できる喜びを噛みしめる一方で、十津川警部の名を冠した作品集にかなうミステリーが書けるのかと、しばし頭を悩ませた。

その結果、鉄道にこだわらず、自分なりの本格ミステリーを創造しようと考えた。

前作「捜査関係事項照会」のヒロインを再登場させて、真正面からアリバイ崩しに挑む物語を書き上げた。このたくらみがうまくいったのかどうか、読者の厳しい審判を待ちたい。

三年ほど前まで、わたしは地方気象台の予報官をしていた。本作はそのころの知識を使っている。気象庁時代の旧友から作品中のシステムが改善されていると知らされ、さっそく同庁に問い合わせた。気象台に勤務していた当時、多くの電話照会を受けたが、電話をかける側になるのは初めてである。天気相談所の係官に用件を伝えたところ、所掌する部署にまわしてもらい、担当官から詳細な説明を受けた。非常に丁寧な対応だった。ここに感謝の意を表したい。

そして得られた情報から、本作で扱っているある事柄は、本書が刊行される二〇二二年秋にはすでに実行不能であると知った。したがって、本作の舞台設定はほんの少し過去の、コロナ禍以前のある時期ということになる。

技術の向上は日進月歩だ。

わたしが予報を担当していたころ、土砂災害警戒情報、竜巻注意情報、高温注意情報、特別警報などの運用があらたに開始され、これらの作業手順の習熟を欠かさず行っていた。

気象庁だけでなく、警察の科学捜査の技術も同じように進歩する。そうした最先端の知識を学び、ミステリー小説を書き続けていく覚悟を、いま強くしている。

ことし三月上旬、担当編集者に原稿を送付した直後、西村京太郎氏の訃報を知った。

西村氏の偉大さを実感していただけに、その衝撃は大きかった。本エッセイを綴りながら、いまあらためて西村氏の作品への情熱、取材の姿勢を自身の胸に刻みたいと思う。

西村京太郎氏のご冥福を心よりお祈りいたします。

編集後記

浜井武

本書は、ミステリー界をリードしてきた大家と、俊英作家七人との協作という、論創社アンソロジーの第四巻である。

これまで刊行された『浅見光彦と七人の探偵たち』（内田康夫ほか、二〇一八年一月刊）、『三毛猫ホームズと七匹の仲間たち』（赤川次郎ほか、二〇一九年七月刊）、『棟居《むねすえ》刑事と七つの事件簿』（森村誠一ほか、二〇二〇年十二月刊）の三巻は、その発行間隔がほぼ一年半であった。

それに比べ、この『十津川警部と七枚の切符』（西村京太郎ほか、二〇二二年十月刊）だけは、二年近く間隔が開いてしまった。これには理由《わけ》がある。

論創社編集部と、編集に協力した作家の米田京さんと私は、早くから西村京太郎の名を冠したアンソロジーを作りたいと願っていたのだが、以前西村さんにお願いしたところ、丁度似たような企画に関わっているからだめだ、と言われてしまった。

恥ずかしながら私は、西村さんが選考委員をされていた「湯河原文学賞」の入選作家たちの作品と、ご自身が書かれた作品とを合わせて、祥伝社から短編集を出されていたことを知らなかったのだ。

ただ西村さんは、そろそろ終わりにしようかと思っているので、頃合いを見てまた連絡を寄越すように、と言ってくださった。

　そして去年（二〇二一年）の十一月だったと思うが、改めてお伺いを立てたところ、もう賞の選考はやめられていて、すんなり承諾してくださった。そればかりか、ダメモトのつもりで「赤川（次郎）さんは、新人作家のころの思い出を書いてくださったのですが」と言うと、「いいですよ。ＦＡＸで締め切りを知らせてください」とおっしゃるではないか。

　大喜びしたものの、そこからが元編集者として私のダメなところで、ほかの七名の作家方からは、二〇二二年の春頃に原稿をもらえばいい、と相談していたから、それに合わせてもう少ししてから、ＦＡＸでお願いしよう、と思ってしまったのだ。

　そして二〇二二年三月、突然の逝去――。

　私の愚図のために、載せられるはずだった巻頭の言葉をもらい損なってしまい、読者をはじめ本書に関わってくださった方々、そして西村先生にも、申し訳ない、と思っている。

　そこで、これに代わる巻頭言として、二〇二一年四月に出た「西村京太郎ファンクラブ」会報第38号（事実上の最終刊）の中から、「思い出の一冊――『天使の傷跡』」と、「オリンピックの終わり」を採らせていただいた。

　また、七名の収録作家方には、自作短編のあとに、自己紹介を兼ねた「十津川警部と私」の中で、弔意を表していただいた。

さて、本書に収められた八作品について、簡単に紹介しておこう。

まず、**西村京太郎「振り子電車殺人事件」**であるが、この作品に辿《たど》りつくまでの作業は、嬉しい大変さであった。

ご存じのように、十津川警部ものの短編といっても、数が少なくない。編集部が用意した候補作だけでも多いのに、収録作家方からも、あれがいいんじゃないの、という推挙もあった。それらの中から、今回のアンソロジーにふさわしい基準として、やはり本命の鉄道ミステリーであること、またこれまでに刊行された短編集の標題となっていないもの、そして何よりも作品として優れているもの、という条件の中で私たちは本作を選ばせてもらった。これは「オール讀物」一九八三年一〇月号に書かれ、『高原鉄道殺人事件《ハイランド・トレイン》』（カッパ・ノベルス、一九八四年）で書籍化、一九八八年には光文社文庫として刊行されている。

この作品の面白いところは（ミステリーの解説の原則として、曖昧な表現しかできないが）、振り子型電車の持つ特性がトリックに生かされていること、そして南紀白浜を走る路線ならではの状況が、捜査を混乱させている点だろう。

なお、振り子型電車の特性については、本書のカバーイラストを担当されている横井かずみさんも、特急「くろしお」に乗車した際、本作の登場人物と全く同じ体験をしたそうである。

そして、西村作品に続く七人の俊英作家たちは、全員が何らかの文学賞を受賞されており、作品もそれぞれ意欲作揃いである。

安《あ》萬《まん》純《じゅん》一《いち》「偽りなき顔」は、鉄道の駅名が事件の解明に大きく関わっているところに、作者が本アンソロジーに収められることを意識しているように思われる。一見、完全犯罪で終わったように見せながら、犯人自身が否定的感想を述べているのも面白い。特に、最後のせりふも短編ならではの遊びで、気が利いている。

井上《いのうえ》凛《りん》「瞳の中の海」では、三重県志摩の美しい海岸が、事件の核心に関わってくる。広い意味ではトラベル・ミステリーに入るのかもしれない。年の離れた若い妻と再婚した、高名な画家の死の真相とは？　ところで、耳の形から親子関係を推測する話は、「菓匠探偵〈いとぐちや〉」にも出てくる。一冊のアンソロジーの中で、こんな偶然が重なるのも一興かもしれない。

川辺《かわべ》純可《すみか》「温泉旅館の納戸神」の舞台は、「Y町」とあるが、数々のヒントから見て、間違いなく、西村京太郎が晩年を過ごした湯河原町であろう。そこにも作者の西村氏への思いが感じられる。古くから伝わる納戸神の正体とは？　その意外性が心地よい。

獅子《しし》宮敏彦《ぐうとしひこ》「満州麗人列車」は、始めから終わりまで、列車内で起こった事件を描く、正真正銘の鉄道ミステリーである。それも、戦時中の旧満州国を走っていた超特急あじあ号を模した、満鉄の特別列車を用意したのが楽しい。謎の「麗人」は、昔私が担当させてもらった、島田一男氏の長編を思い起こさせた。

山木《やまき》美《み》里《さと》「菓匠探偵〈いとぐちや〉」では、超特急とは真逆の、古都京都で路面も走る京福電鉄・嵐電が登場し、ゆったりとした速度に合わせて、路線に沿った名所の案内もしてくれる。老舗和菓子店の若き女性店主はいわゆる名探偵のはずなのだが、彼女も気づかなかった〝家族〟の秘密とは？

米田京《よねだきょう》「スワンの涙」は、早とちりのクセのある、作家志望の女性が主人公。彼女の大いなる思い違いが重なり、最後はちょっといい話で終わる。本当の探偵役が彼女ではなかった、というところが面白い。

和喰博司《わじきひろし》「パーフェクト・ウィンド」では、犯人は、鉄道ではないが、思いがけない〝乗り物〟を利用してアリバイを作る。作者は気象学の専門家として、犯人の行動を読者に納得させてしまう。

以上八作品、それぞれに趣向を凝らした、ミステリー小説ならではの世界を楽しんでいただければ、幸いである。

西村京太郎元担当編集者鼎談

西村先生と光文社の思い出

多和田輝雄／八木沢一寿／浜井武

一九九五年、取材旅行先の九州において。
左から西村京太郎、八木沢、多和田、浜井。

〈はじめに〉

編集部　今日はわざわざお集まりいただき、ありがとうございます。

西村京太郎さんの「十津川警部」の名前をかぶせたアンソロジーを編むにあたって、十津川警部初登場の頃からの編集者だったお三人に、西村さん及び西村作品についての思い出を語っていただきたいと思います。

多和田《たわだ》さんは西村さんの担当者として、新書版「カッパ・ノベルス」の黄金時代を長く担って来られ、また編集長になった方です。

八木沢《やぎさわ》さんも長く「小説宝石」の編集者また編集長として、光文社において小説誌を支えてこられた方です。

浜井《はまい》さんは「光文社文庫」の編集長として、多くの西村作品の文庫化に関わった方です。

西村作品について語っていただくのに相応しい方々であると思います。

よろしくお願いいたします。

〈取材旅行の思い出〉

浜井武《たけし》（以下、浜井）　私は、西村京太郎さんを、けっこう前から存じ上げておりましたが、直接原稿をもらう担当者ではありませんでしたので、今日はお二人からどんな話が聞けるのか、楽しみです。

早速ですが、この写真を持ってきましたのでご覧ください（鼎談とびら参照）。懐かしいでしょう？

八木沢一寿《かつじ》（以下、八木沢）　実は今日、同じ写真を持ってきました。一九九五年に『九州特急「ソニックにちりん」殺人事件』（カッパ・ノベルス、一九九六年）のために出かけた取材旅行での写真ですね。西村京太郎さんと写っているのが、ちょうど今日ここにいる三人ですね。

多和田輝雄《てるお》（以下、多和田） 「週刊宝石」の穴井くんが撮影してくれたんだろうな。西村さんはこの帽子がトレードマークでした。

八木沢 この小説は「週刊宝石」で連載しました。

多和田 取材旅行は雑誌の担当編集と、ノベルスの担当編集がついていった。このときは、浜井さんも来てるけど、何でだったか覚えていません。

浜井 ぼくも、なんでノコノコ付いていったのか、覚えていません。たいていの作品は西村さんと担当編集者が、取材旅行に行っていたわけですよね。

多和田 そうですね。さすがに『シベリア鉄道殺人事件』（朝日新聞社、一九九三年）のときは現地に行かず、フリーライターの人に取材をお願いして、列車に乗ってもらいました。

あと『札幌駅殺人事件』（カッパ・ノベルス、一九八八年）ね。札幌駅を訪れたことはあるとは思うけど、この作品を書くためには行っていなくて、取材記者とカメラマンを派遣して、始発から終電まで張り込んで取材してくれと頼んだわけ。すごく大変だったと言っていたような気がします。

八木沢 西村さんは、同じ場所を題材に書くことも結構ありますから、まったく現地に行っていないというのは、おそらくほとんどないのでは。

ただ、資料に半分頼ったケースもありました。二〇〇四年に、沖縄に取材へ行ったときのことです。

東京から編集者四人で飛行機に乗って、向こうで西村さんご夫妻と落ちあって、天気も良かったし取材も予定通り済んで、那覇のホテルに泊まりました。夕食時、沖縄民謡なんかをやってくれるホステスさんが来て、踊りもありましたね。そしたら珍しく先生がお酒を召し上がって、少し酔われて奥さんと一緒に、早めに部屋に引き上げたんです。

当然麻雀とかもやらないし、僕らは時間を持て余す感じになって、せっかく那覇に来たんだし国際通りまで出てもうちょっと飲もうか、って出かけてしまった。

それでお店にいたら、ケータイに電話がかかってきて「今、先生が救急車で運ばれた」と連絡がありました。

びっくりして病院に向かったら、起き上がれないとかそういうわけじゃなくて、ちょっとお疲れになったご様子で。先生が倒れてるのに飲みに出かけちゃって申し訳ない、と奥様に謝りましたが、奥様も「大丈夫ですよ」と、仰って下さいました。

しかし翌日の宮古・石垣は取材を控えてもらって、編集者二人で済ませ、別の二人は先生夫妻を湯河原まで送り届ける、という感じでたいへんな取材旅行でした。

その宮古・石垣取材で書かれた小説が『十津川警部「オキナワ」』（カッパ・ノベルス、二〇〇四年）です。

だから、そういう訳で西村さん自身は取材できてないんですよね。

多和田　取材は基本的に、四日か五日で二社分取材してたんですよね。二泊三日したら他社の編集者にバトンタッチする。

八木沢　そう。沖縄取材はちょうどバトンタッチされた後だったんだよね。他社があってすぐ次がウチで、疲れが出てしまったのかもしれないです。

浜井　多和田さんは『赤い帆船《クルーザー》』（カッパ・ノベルス、一九七三年）の担当だったわけですが、取材は行かれましたか？

多和田　海洋ものの取材は行っていませんね。

八木沢　初期の作品ですね。その頃は「初版作家」との噂もありましたが。

〈売れっ子作家になるまで〉

浜井　当時カッパ・ノベルスの責任者だった窪田清さんが、販売部長から「そろそろ、西村さんはやめてよ」なんて言われた、とボヤいていたのを覚えています。ただ、窪田さんは西村さんの作品を好きだったので、販売部がなんと言おうと出し続けたわけです。

多和田　先生自身も「初版作家」と嘆いてましたが、カッパ・ノベルスについて言えばそんなことはありませんよ。カッパでのデビュー間もない頃から増刷した作品はありました。いま覚えてるタイトルで言うと、『消えたタンカー』（カッパ・ノベルス、一九七五年）とか。

浜井　そもそも西村さんと光文社との縁は、多和田さんが初めでしたよね。

多和田　そうです。森村誠一さんからのご紹介でした。

一九七〇年の九月に佐賀潜さんがお亡くなりになって、自宅で通夜があった。私も参列したんですが、そこに森村誠一さんがいらした。私は森村さんの担当だったので話しかけたら「乱歩賞作家の先輩で西村京太郎さんが今、いるんだけど、書き下ろした作品があるから読んでくれないか」と頼まれました。じゃあ改めてお会いして作品を預かりましょう、ということで、後日、新宿の『白十字』という喫茶店で会うことになった。

八木沢　ありましたね、『白十字』。

多和田　それで原稿を受け取ったのが『ある朝　海に』（カッパ・ノベルス、一九七一年）なんだけど、西村さんが付けた原題は違ってたんじゃないかな。

非常にテンポが良く、スケールの大きい話で、それまでの推理小説とは違う読み応えがあった。ただ冒険小説っぽいからどうかなとは思ったんだけど、編集長の窪田さんがいいんじゃないの、って推してくれたので出せた。

それで思い出したんですが、原稿用紙の字が小さくて、読みにくいわけじゃないけど、なんとなく癖がある。

八木沢　そうそう。最初は読みにくいんですけど、慣れてくるとバランスのいいきちんとした字に見えてくる。

〈十津川警部　ブレイクのきっかけ〉

浜井　それにしても、十津川警部というのも大きなシリーズになりましたね。最初は警部補だったのに。

多和田　そう。そもそも海洋物の小説が初登場だし、海の専門家だった。ヨットマンという設定もあったかな。

八木沢　それについては、先生自身が失敗したなって言ってましたよね。

多和田　それが鉄道ミステリ専門の捜査官みたいになってしまったのは、カッパ・ノベルス編集部の企画会議がきっかけでした。

少し前に刊行されていた、鮎川哲也さん編纂による鉄道ミステリ短編集が好調だったので、それなら長編の書き下ろしで鉄道推理の競作をしてもらおうじゃないか、ということになり、西村さんの『寝台特急《ブルートレイン》殺人事件』（カッパ・ノベルス、一九七八年）ができたのです。

浜井　思い出しました。鮎川哲也さんは僕の担当でしたが、あるとき鮎川さんから、昔の作家たちが書いた鉄道ものを集めてアンソロジーを作りたいのだけれど、よその出版社が乗ってくれない、という話を聞きました。それならウチでやりましょうよ、ということになり、活躍中の新しい作家の短編も混ぜて、鉄道ミステリーのアンソロジーを『下り〝はつかり〟』（カッパ・ノベルス、一九七五年）など三冊作りました。短編集にもかかわらず好評だったので、多和田さんの言われる企画になったのでした。

西村さんの大ブレイクは別格としても、他に草野唯雄さんの『山口線〝貴婦人号《エレガンス・トレイン》〟』も好調でしたから、当時の鉄道ブームの波にうまく乗れたのでしょうね。

多和田　そして第二弾の『終着駅《ターミナル》殺人事件』（カッパ・ノベルス、一九八〇年）で、西村さんは日本推理作家協会賞を受け、押しも押されもせぬ流行作家となり、十津川警部も陸に上がって、名探偵の仲間入りをしたのでした。

八木沢　ベストセラー作家になった後の販売会議では、当時の社長の小林武彦さんが売行表を眺めて「赤川さんと西村さんと言うのは、毎月出すわけにはいかないのですか」と言っていました。半年から一年かけて連載して単行本を一冊出すんだから、もちろん無理な注文です（笑）。

浜井　それに、他社からも出しているんだからねぇ。最初は「初版作家」だったかもしれないけど、そう言われるくらい、ミステリ界の寵児となったわけですね。

多和田　ブレイクした頃、「カッパ・ノベルス」の編集長だった佐藤隆三さんが「十津川警部ものの鉄道ミステリを書くのは、光文社だけにしてほしい」とまで言っていたよね。

浜井　その頃の西村さんと『小説宝石』はどのような関係でしたか。

八木沢　誰でもそうですが、デビューしたての方には雑誌のページを取れないので、書き下ろしで一冊まとめるんですよね。どうしても急いで単行本を出したい人は書き下ろしで出してた。『終着駅《ターミナル》殺人事件』はすぐ単行本にしたいための書き下ろしだったと思います。

ところが、西村さんの本が売れるようになってきて、今度は忙しくなっちゃって、単行本の書き下ろしができなくなってきた。そんなわけで『小説宝石』に連載してもらった。

そうなると、各社は雑誌のページ取りをしないといけない。小説誌や週刊誌が原稿のオファーを出して、先生に承諾をいただいて、いつまでに書きますという、この交渉を各社が作家と一対一でしなくなった。要するに、抜け駆けを許さない状態になってきた。

九社前後の出版社が、江戸時代の十組問屋みたいに、西村さんを囲い込む組合みたいになってしまったんです。

そうすると作家も、プロ野球選手の契約じゃないけど、長期契約で年俸が高い方がいいわけでしょう。むしろ、忙しくなるけどスケジュールがまとまり、予定が埋まってありがたい、ってことになった。年に一回、各社代表を出して会議で先生の年間執筆スケジュールが決定することになり、一社が年間に二冊出すことは不可能になったわけです。

浜井　連載は一回に五〇枚、七回で三五〇枚でちょうどノベルス判一冊分ですか。

八木沢　そうです。前述の「十組問屋」に入っていれば、来年分の一冊のスケジュールが取れたし、ついでに取材のスケジュールも取れる。こちらがテーマや舞台になる場所を考えて持っていき、西村さんと日程を詰める。しかし忙しいから、連載二ヶ月前なのに、取材に行けてないこともありました。

〈西村ミステリの特徴〉

浜井　書きながら取材することもあったと聞いたことがありますが。

八木沢　そうなんです。でも西村さんはそこがすごい。プロットの頭と尻を考えて、あとは細かく決めてなかったはず。それなのに書けてしまう。子供の頃からかなり本を読んでいたんでしょうね。

浜井　本格推理作家の人たちや夏樹静子さんなんかは、ノートにびっちりプロットやアイデアを書いてきて、あらすじ等を説明してくれましたが。

多和田　西村さんとか山村美紗さんは、そういうタイプとはちょっと違ったよね。

八木沢　そう、即興的と言えるかもしれない。だからこそテンポも良くて、読みやすい。

多和田　テンポがいいよね。文章も簡潔で短いし、会話も多いし、展開が早い。そして、くどい説明はない。

データを全部投入しました、という作品はまずないですからね。どこかを舞台にすると、その土地のデータと、テーマに沿った資料などはお渡しするけれども、作品中からはそれを過度に感じることはない。数字も使わないし、専門的なことも会話の中でなんとなく読者が理解できるように書けている。だから、ストーリーの流れを重視した作家って言えるかもしれない。

〈読点の多いのが西村流〉

八木沢　そういえば、西村さんって読点の打ち方が独特ですよね。

多和田　確かに多かった。カッパ・ノベルス時代には、ちょっと減らしますよ、と電話で了解をとってましたがね。それでもまだ多かったけれど。

浜井　最近「オール讀物新人賞」の『歪んだ朝』（角川文庫、二〇〇一年）を見たら、もう読点が多い。最初期の作品だから、これはもう書き癖なんでしょうね。書く時のリズムとして、しっくりくるってことなんでしょう。後年は書痙もあって口述筆記にしてらっしゃったので、そのせいかと思ってましたが。

多和田　私もそう思ってました。余計だと思った読点をこちらが消すと、戻ってきた著者校のゲラでは読点が増えてるんですよ。

浜井　明らかに意識して読点を打っている。

八木沢　読みやすさに関して言えば、やっぱり西村さんが長谷川伸門下にいた、というのが大きいんじゃないでしょうか。大衆文学の書き方などは、そこで相当鍛えられたんじゃないかと思います。だから、冒頭の引き込みはバッチリですよね。

多和田　うん、。始めの五ページをまず読ませてしまう。

八木沢　そして中盤には読者を引き込む大胆な流れ。事件に次ぐ事件とかで、読者を飽きさせない。

多和田　四〇〇枚前後の長編を一気に読ませる手腕がありますね。

浜井　長谷川伸が作った新鷹会《しんようかい》で、西村さんは長谷川伸賞をとってますよね。

八木沢　新鷹会からは平岩弓枝さんや池波正太郎さんが出てきている。つまり『御宿かわせみ』と『鬼平犯科帳』。そこに『十津川警部』も入れていいんじゃないかな。

多和田　「国民の小説」という感じで？

八木沢　そう。平岩、池波の二人に西村さんを並べてもおかしくないと思います。

浜井　ちなみに、西村さんは『十津川警部シリーズ』以外に書きたいものはあったんでしょうか。

八木沢　そうですね、時代物は書いてみたいって言ってましたよ。あと浅草物も。

多和田　それは私も聞きましたね。実際、『無明剣、走る』（角川書店、一九八二年）や『天下を狙う』（角川書店、二〇〇三年）が時代物ですよね。

〈西村さんの人柄〉

浜井　西村さんは優しい人柄に見えますが。

多和田　そうですね。それに、寡黙な人でしたね。

八木沢　基本的に喋らないよね。ただ、よく人のことを見ている印象です。でも僕らの個人的なことに質問とかはしないんですよね。

多和田　うん。関心がないんだと思う。

八木沢　そうなのかなぁ。作家としては珍しいタイプだと思います。取材旅行に出かけると、二泊三日を共にするわけですから、普通は一緒に仕事をするその人のことを知りたいと思うんですが、西村さんは違いました。まあ、取材という目的があるし、車窓からの風景を見る方が楽しいんでしょうねぇ。

多和田　生まれはどことか、親は元気かとか、そういう話はあんまりしないね。

八木沢　僕なんか、十何冊分も原稿もらってノベルスになってるんだけど、いつだったか西村さんに「あれ、八木沢くんとは仕事はあんまりしなかったね」って言うんですよ。じゃあ何してたんですかって訊ねたら「麻雀したり、カラオケ歌ったり、そんなことばっかりだったね」って（笑）。

多和田　半分冗談なんだろうけど。

浜井　ビジネスライクな付き合いだったと言うわけですか。

八木沢　でも、そういう冷たい人ではなかったですよ。温もりというか、そういうのはちゃんとある人です。

多和田　人との距離の取り方が独特、といえばそれまでなんだけどね。私の結婚式に来てくれたけど「その後、奥さんとはどう？」って会話もないしね。

それに、食事も恬淡としてたな。せんべいと牛乳で三食とか。歯が悪いのにせんべいがいいという（笑）。京都の吉兆で食事をしても、すごいとも美味いとも言わない。

浜井　そう言われてみると、グルメって印象はないですね。それに小説の中にも、食事のシーンの印象は薄い。トラベルものだったら地のものを食べて、温泉に入って、と旅情を感じさせる描写は定石ですが、そういうシーンはあまりない。

八木沢　何箇所も取材に行ってるんだから温泉の良し悪しとか感じるのかもしれないけど、そういうシーンも描写も少ないですよね。それに、一緒にお風呂に入ったことがないですね。宴席で裸になったことはあるけど、お風呂で裸を見たことはない（笑）。

〈趣味、興味について〉

浜井　それじゃあ、取材に出かけて、旅行的な楽しみというのはあまり感じていなかったのかな。

八木沢　写真を撮ったりということは好きだったようですよ。パーティや取材旅行でみんなのことを撮ってくれてましたね。

多和田　でも、その写真を、あとからくれるわけでもない（笑）。

八木沢　電車に乗るのも好きでしたね。それから、取材先の町の様子を見て、警察署の様子を見て……。まさに取材ですよね。

多和田　車もわりと好きでしたね。

編集部　では、乗り物好きだったんですね。そういえば、車の業界の話を書いてらっしゃった気が。

八木沢　『血ぞめの試走車《テストカー》』（日本文華社、一九七七年）ですね。いろいろ書けるのがすごいですよね。競馬の『日本ダービー殺人事件』（サンポウ・ノベルス、一九七四年）、ゴルフの『殺しのバンカーショット』（日本文華社、一九七六年）も書いているし、『太陽と砂』（講談社、一九六七年）や『おお21世紀』（春陽堂書店、一九六九年）という近未来ＳＦなんかも書いていた。

多和田　いろいろ応募してたからだろうね。

浜井　乱歩賞で、同じ年に何作も応募したって、本書巻頭の「思い出の一冊」にも書いていますね。

多和田　そんな作品があるから多趣味かと言うと、そうでもない。先ほど挙げたもの以外だと、麻雀ですかね。

八木沢　麻雀というと、西村さんは阿佐田哲也さんと生年が近いんですよね。お二人とも大衆文学の分野でヒットメーカー、映画好き、浅草好きと似ている。しかし阿佐田さんは六〇歳で亡くなり、西村さんは九一歳まで生きている。同じ時代を過ごしたお二人と、麻雀卓を囲んだ私は物狂おしい気持ちになりますね。

浜井　二〇二〇年ごろに西村さんと電話で話しましたが、辻真先さんのことをすごく懐かしがってらっしゃいました。二人は新鷹会で一緒でした。ただ、西村さんはそのことをご存じなかった。しかし西村さんの知ってる方が皆さん亡くなってしまってるから、辻さんしかいないんですよね。

八木沢　辻さんはまだ現役だから、本当にすごい。

編集部　今までのお話を聞いていると、西村さんはお仕事一辺倒な印象ですね。

八木沢　その通りですね。

多和田　趣味らしい趣味って、なんだろう。お酒は一切飲まなかったね。だから銀座のクラブに通うってのもなくて、麻雀ものめりこむほどじゃない。まあ、何億も年収のある人が、私たちのようなサラリーマンと一緒に打っても張り合いがないのかもしれないけれど（笑）。それでも真面目に麻雀打つんだよね。負けると悔しいから。

八木沢　安い手は絶対狙わない。

多和田　そうそう。タンピンだけではまず和了《あが》らない。少なくとも跳満、倍満。

八木沢　そこはもう徹底してるから面白い。

多和田　つまり、真面目なんだよね。たまたまハマっちゃうと怖い。役満和了《あが》られたときには参っちゃう。でも楽しかったですよ。気を遣わなくていいから。

八木沢　麻雀大会も何度かやりましたよ。京都では、西村さんと山村さんが主催して、編集者が各社から集まって、ある時には五〇人くらい集まってたかな。

浜井　かなり大規模ですね。

多和田　ご自宅には自動卓を設えた麻雀部屋がありましたよ。「今日は編集者たちと麻雀をやるぞ」という時には、西村さんのお宅で卓を囲みましたね。

いつだったかの冬に、打ち上げ麻雀会のつもりで行ったから当然徹夜だろう、と勝手に思い込み、宿泊予約をしなかった。そしたら他の編集者たちは宿をとってて、一二時くらいで帰っちゃったんだよ。私だけ残っちゃって「先生、宿ないんです」って言ったら「じゃあ、泊まっていきなさい」と言ってくれた。それで風呂に案内してくれたんだけど、風呂がすごく大きいんだ。五、六人は入れたんじゃないかな。

でも、雪が降るような寒い日なのに、ぜんぜんお湯が溜まんないんだよ。仕方ないから浅くお湯が張られたお風呂に横になって入ってた。

朝になったらお手伝いさんが朝食を準備してくれていて、食べて帰りましたね。西村さんはまだ寝てたけど。

編集部　ずいぶん自由なお宅ですね。

多和田　その頃は一人暮らしで、ネコしかいなかったからねぇ。寝てるところを起こしても悪いし。

八木沢　まあ、西村さんは、デビューして間もない頃は金銭的に苦労されてたけど、私たちが付き合ってる頃は食べ物に関心ないし、酒も飲まないし、お金にも興味がない。税務署だけは嫌がってたけど。

そんな具合で、僕らの世俗的な頭とは違って、煩悩がない状態というか。だから自由な小説が書けるって気もするし、西村作品を読むときはそんなことを思います。

多和田　色恋沙汰もないよね。

八木沢　陸軍幼年学校にいたせいか、ホモソーシャル的な感性が自分にあるんじゃないか、というようなことは、西村さん自身もチラッと言ってましたね。

編集部　二〇一〇年以降は戦争を題材にした作品をお書きになってますよね。その点について何か伺ったりとかしていますか。

八木沢　聞いてないですね。

多和田　僕らも現役ではなくなったしね。ただ『十五歳の戦争』（集英社新書、二〇一七年）を出されましたよね。遅すぎたのかもしれないけれど、この作品で、一つの確とした芯を抱いている作家だと知ることができました。

八木沢　聞き書き形式のやつですね。

多和田　ああいう経験が根っこにあるんだと思うと、十津川警部を通してあらゆるものを書いていたとも言えます。

〈マネージャーとしての山村美紗〉

浜井　そういった意味では、作家として満足していたのかもしれませんね。

そういえばお二人は、西村さんに怒られたことは？

八木沢　ありませんね。ただ、山村美紗さんを通して怒られたことはあります。

西村さんと山村さんは作家同士、ビジネスパートナーのような繋がりがあったから、電話か何かでちょっとした愚痴を言うんでしょうね。すると山村さんからお叱りの電話がかかってくる。今ふり返ってみると、それは私たちを慮ってのことと思います。

多和田　西村先生自身は、融通のきいてしまう人だったからね。

浜井　やはり、作家というのはどうしても孤独な仕事になってしまいますから、お互い補完し合うというか、電話で励まし合うってことはありますよね。いまでも若い作家の方も、そういうことをするとか。

多和田　同業者同士で情報交換をしてね。

八木沢　僕と多和田さんは山村さんとサイパンとかグアムに行ったんですが、その際に射撃場に寄ったんですね。山村さんが実射好きだったんですよ。

編集部　それはいつ頃でしょう。

八木沢　一九七八年かな。

編集部　西村さんの『黄金番組《ゴールデンアワー》殺人事件』（徳間書店、一九七九年）では、海外で実射をしているときに、誤って人を撃ってしまう事件が起こっています。

八木沢　山村さんとの旅行には、西村さんは行っていないのですが、そういうアイデアの交換のようなこともしてたんでしょうね。

多和田　山村さんと編集者の悪口とかも言ってたのかもしれない。

僕が山村さんの担当になって、『花の棺』の準備をしている頃に、西村先生のマンションに行ってては「山村さんはマイペースで困りますよ」と愚痴を言ってたら、いつもの朴訥とした感じで話を聞いてくれてたんだよね。

八木沢　それヤバいでしょ。

多和田　男同士の話だと思ってたし、先生も「大変だね」って感じの雰囲気で聞いててくれたんだよな。そしたらその夜、全部京都の山村宅に長距離電話で伝わってた。

浜井　あらら……。

多和田　山村さんにはいろいろ気を遣ってもらったのに、愚痴をこぼしちゃダメだったよね。

浜井　美紗さんがいたことは、西村さんにとってもよかったでしょうね。

多和田　そうですね。西村先生は人間関係に疎いというか、めんどくさがり屋なんで……。

浜井　それで、マネージャー的なことはほとんど美紗さんがやってらっしゃった。

多和田　そう。先生は書くだけが仕事で、他のこと、とくに人間関係で煩わしいことは一切嫌だ、適当によろしく、というタイプだから、山村さんはそれを補佐してくれていた。東京から京都に引っ越したことは、西村さんにとって本当にいいことだったと思います。書くことに集中できますからね。

浜井　山村さんがいる限り、出版社が都合のいいようにできないですからね。

八木沢　東京にいるときもいいものを書いてらっしゃったけど、京都に移ってさらに脂が乗ってきた感じですよね。

マネージャー役もこなし、山村さんにはプロデューサー的なところもありました。テレビ局との付き合い方も堂に入っていて、対外アピールみたいなこともうまかった。

〈プライベートでの西村さん〉

編集部　余談ですが、山村さんが『イヴが死んだ夜』（集英社文庫、一九八二年）の解説で、西村さんが急いだ様子で山村さんに電話をかけてきて、何かと思ったら「猫のミルクがなくなったので買ってきてくれ」と。

八木沢　猫好きなんだよね、西村さん。

多和田　でも、猫可愛がりするわけじゃないんだよね。

八木沢　抱っこしてるところも見なかったしね。

浜井　西村さんはプライベートな時間で、別の作家さんと交流するっていうのはなかったんですかね。

八木沢　交流というより、パーティとか選考委員であったときに話をする程度だったんじゃないでしょうか。

多和田　そういうときに「この後、銀座へ」って話になっても、他の作家の人たちと一緒に行かないしね。

浜井　辻さんのことを懐かしがるけど、自分から電話するわけでもないようだし。

そういえば「オール讀物」（二〇二一年七月号）の赤川次郎さんとの対談で、西村さんがずいぶんいろんなことを話していたので、意外に思いました。

多和田　具体的に琴線に触れるような質問をするとね、結構しゃべる。寡黙だけど無口じゃないいんです。

編集部　さて、お話は尽きませんが、時間が尽きてしまいました。貴重なお話も多く、私たちには初耳の話がたくさんありました。

本日はありがとうございました。

（二〇二二年六月二〇日、於・論創社）

十津川警部と七枚の切符《チケット》

2022年11月20日　初版第1刷印刷
2022年11月30日　初版第1刷発行

著　者　西村京太郎　他
発行者　森下紀夫
発行所　論 創 社
東京都千代田区神田神保町 2-23　北井ビル
tel. 03（3264）5254　fax. 03（3264）5232　web. https://www.ronso.co.jp/
振替口座　00160-1-155266
装幀／宗利淳一
装画／横井かずみ
印刷・製本／精文堂印刷　組版／ロン企画
ISBN978-4-8460-2218-1　